W0074540

btb

Buch

»Schönheit der Verwilderung« ist die fiktive Biografie des
genialen Außenseiters Johann Christian Günther. Er, den
man den »schlesischen Villon« nannte, steht am Anfang der
deutschen Boheme. Hineingeboren in eine zerrissene Zeit,
entwickelt er sich in seinem Denken und Dichten über seine
noch vom Barock geprägten Zeitgenossen hinaus. Gerade
28 Jahre alt, stirbt er im Jahre 1723. Der Tunichtgut führte
ein unbändiges Leben: Er ging in Seide und Lumpen, lag
vor dem Hurenhaus in der Gosse, fasste in der Schönheit
der Natur zarte Gefühle in reine Worte, stürzte vor August
dem Starken in peinliche Verwirrung, bestritt gelehrte
Disputationen, betrank sich in wüsten Gelagen bis zur
Bewusstlosigkeit, musterte alchemistische Experimentier-
kammern mit wachem Geiste, verzehrte sich in leiden-
schaftlicher Liebe – und zauberte mit Versen, wie kein deutscher Dichter vor ihm.

Autor

Henning Boëtius, geboren 1939, lebt als freier Schriftsteller
in Fulda. Seine Romanbiografien über berühmte Schriftsteller wurden von der Kritik ebenso gefeiert wie seine in
verschiedene Sprachen übersetzten Romane um den holländischen Ermittler Piet Hieronymus. Mit »Phönix aus der
Asche«, seinem zuletzt erschienenen Roman, der von Kritik
und Lesern begeistert empfangen wurde, feiert Boëtius auch
international große Erfolge.

Henning Boëtius bei btb

Ich ist ein anderer. Das Leben des Arthur Rimbaud (72189)
Lauras Bildnis. Roman (72803)
Der Gnom. Ein Lichtenberg-Roman (72408)
Undines Tod. Roman (72225)
Phönix aus der Asche. Roman (72967)

Die Piet-Hieronymus-Romane:
Blendwerk (42857)
Der Walmann (72332)
Joiken (72548)
Das Rubinhalsband (72639)

Henning Boëtius

Schönheit der Verwilderung

Roman

btb

btb Taschenbücher erscheinen im Goldmann Verlag,
einem Unternehmen der Verlagsgruppe Random House GmbH.

1. Auflage
Neuauflage März 2002
Copyright © 1987 by Henning Boëtius
Copyright © dieser Ausgabe 2002
by Wilhelm Goldmann Verlag, München,
in der Verlagsgruppe Random House GmbH
Umschlaggestaltung: Design Team München
Umschlagmotiv: E. Grames
Satz: IBV Satz- und Datentechnik GmbH, Berlin
MD · Herstellung: Augustin Wiesbeck
Made in Germany
ISBN 3-442-72830-4
www.btb-verlag.de

Geburt *(April 1695)*

Am Abend des 8. April 1695 schreibt Johann Günther, Arzt zu Striegau in Schlesien, folgenden Brief an den Kreisarzt und Physikus Caspar Thiem:

Werter Kollege und Freund,

die Umstände der Geburt meines Sohnes, die heute Morgen gegen vier Uhr erfolgte, sind von solcher Art, dass ich sie Ihnen zur gütigsten Beurteilung unterbreiten möchte.

Meine Frau ist von Jugend an von schlaffer, phlegmatischer und frigider Konstitution gewesen, worin die Ehe nur eine geringfügige Besserung gebracht. Sie ist fast ständig krank und kann den Pflichten der Haushaltsführung nur unter oft erheblichen Schwierigkeiten nachkommen. Namentlich Kopfschmerzen, Brust- und Zahnbeschwerden plagen sie häufig. Es treten aber auch nicht selten Koliken, Geschwülste, Gliederreißen, Kurzatmigkeit und blutiger Brustauswurf auf.

Ungeachtet sie von sich aus wenig isst und trinkt, neigt ihr Magen überdies in einem solchen Maße zur Schleimbildung, dass es nicht selten zu Erbrechen kommt.

Kurz nach unserer Heirat glaubte ich, bei ihr eine tuberkulöse Lungensucht feststellen zu müssen, zumal sie des Öfteren von fliegender Hitze und hektischem Pulsrasen befallen wurde. Ich behandelte sie mit gemäßigten Gaben von Opiumtinktur und erreichte nicht nur einen Rückgang der Schmerzen, sondern auch der Beschwerden selbst, wiewohl es immer wieder zu obgenannten Phänomenen und vor allem schweren Hustenanfällen, verbunden mit dem Auswurf großer Mengen schwarzbrauner, fauliger Lungensubstanz kam.

In Anbetracht dieser höchst ungünstigen Voraussetzungen, wozu auch das hohe Alter von siebenunddreißig Lenzen zu zählen ist, sah ich der heutigen Geburt mit einiger Sorge entgegen. Als gestrigen Abend das Wasser abgegangen war, gab ich vorbeugend ein Vomitiv, das auch guten Effekt hatte, denn es kam die Nacht über nicht zu genannten Beschwerden. Gegen Mitternacht klagte die Patientin jedoch ganz gegen ihre Gewohnheit über einen peinigenden Hunger und ich gab ihr daraufhin einen Brei aus gekochtem und zerstoßenem Fleisch, Kartoffeln und Brühe. Dies erwies sich jedoch als gegen alle Vernunft gehandelt, denn im Augenblick der Geburt erbrach sie alles unter einem schrecklichen, nicht enden wollenden Hustenanfall.

Ungünstig entwickelte sich auch der Verlauf der Geburt selbst. Es kam zu einem abnormen Blutverlust, der zu der zarten und gebrechlichen Leibesverfassung der Mutter in gar keinem Verhältnis stand. Auswurf und Blutung führten zu einer für das neugeborene Leben höchst unerquicklichen Situation, und es ist daher wohl nicht erlaubt zu sagen, das Knäblein habe in diesem Moment das Licht der Welt erblickt.

Zudem hatte sich die Nabelschnur so fest und mehrfach

um seinen Hals gelegt, dass das Kind vollkommen leblos und nach Abwaschung genannter Substanzen von rotblauer Farbe war. Dennoch begrüßte ich den Erdenwurm mit einem kräftigen Klaps auf sein Hinterteil, wodurch wunderlicherweise die Atemtätigkeit rapide in Gang kam und das soeben neu erschaffene Leben in ein mörderisches Geschrei ausbrach, was seine Lebensgeister aufs Vorteilhafteste belebte. Die Mutter aber schien um eine große Last erleichtert, denn Blutung und Husten hörten nun auf, und sie fiel in einen den ganzen Tag über anhaltenden tiefen Schlaf.

Der Knabe ist im Übrigen ohne jegliche Behaarung und von nur geringem Gewicht, ansonsten aber normal proportioniert, sodass es zu hoffen ist, dass er sein zukünftiges Leben auf gute Weise über sich bringen wird.

Dies alles Ihnen mitzuteilen, veranlasst mich die aufrichtige Neugier bei der Beobachtung aller den Menschen und die Natur betreffenden Vorkommnisse, in der ich mich Ihnen verbunden weiß.

Kinderstube *(Sommer 1698)*

Die Wände und die Decke des Zimmers sind weiß gekalkt, die Dielenbretter ausgebleicht vom vielen Scheuern. Vom Fenster zieht sich ein Balken aus Sonnenlicht schräg durch den Raum, in dem Staubteilchen tanzen. Wo er den Boden berührt, liegt ein leuchtendes Viereck mit einem Schattenkreuz.

In der Mitte des Raumes sitzt eine schwarz gekleidete

Frau auf einem Schemel. Sie hat ein geteiltes Band in der Hand wie einen Zügel, dessen Enden zu zwei Wiegen führen.

Die Frau bewegt das Band hin und her; die beiden Wiegen schaukeln im gleichen Takt.

Eine lange Zeit vergeht, während der das leuchtende Viereck über die Dielenbretter wandert. Als es die Frau erreicht hat, gleitet es ganz langsam an ihr hoch und wird dabei fast ausgelöscht von der Schwärze des Kleides.

Im Rhythmus ihrer Handbewegung beginnt sie leise vor sich hin zu singen:

Maikäfer flieg
dein Vater ist im Krieg
die Mutter ist in Pommerland
Pommerland ist abgebrannt
Maikäfer flieg.

In einer der Wiegen liegt ein Knabe auf dem Rücken. Er hat sich bloßgestrampelt, und seine Augen sind weit geöffnet. Das Mädchen in der anderen Wiege liegt bis zur Nase unter der Bettdecke begraben. Es hält die Augen geschlossen.

Die Augen des Knaben sind dunkel wie kleine Kohlenstücke. Man möchte nicht glauben, dass er mit ihnen sehen kann, so tiefschwarz sind sie. Dieser Eindruck täuscht auch nicht, denn er hört mit ihnen.

Er hört die Verse an der Zimmerdecke, wie sie dort summen und krabbeln.

Pommerland ist abgebrannt, Maikäfer flieg.

Das leuchtende Viereck mit dem Schattenkreuz hat jetzt die Frau verlassen und die Wand erreicht. Es gleitet an ihr hoch, und die Augen des Knaben folgen ihm. Sie hören nicht mehr. Sie sehen jetzt. Das macht sie etwas heller.

Die Frau hat aufgehört zu singen und ihre Hand zu bewegen. Die Wiegen kommen zur Ruhe.

Als das Mädchen die Augen öffnet, sieht man, wie blau sie sind. Auch sein Blick fällt auf das Schattenkreuz. So liegen beide Kinder still, während die Amme den Raum verlässt.

Friedhofsspiele *(Sommer 1700)*

Von der Hintertür bis zur Mauer ist der Garten schnell durchquert. Aber als Wachsoldat die Mauer abschreiten dauert eine lange Zeit. Das liegt an der Form des Gartens. Er sieht nämlich wie das Paradies aus, und das Paradies sieht wie Schlesien aus, das der Vater ihm aufgemalt hat. Lang und schmal, mit einem Strich in der Mitte, der Oder heißt, und vielen kleinen Linien rechts und links, die auch Flüsse sind. Im Garten aber sind es Wege. Er kennt alle ganz genau, denn er läuft sie jeden Tag ab, wenn er Postkutsche spielt oder Adam und Eva mit dem Mädchen.

»Was ist Schlesien?«, hat er den Vater gefragt.

»Unsere Heimat.«

»Was ist Heimat?«

»Das ist der Ofen in Gottes unendlicher Schöpfung, hinter dem wir am liebsten sitzen.« Dies sagte der Vater im Winter. Als er die Frage diesen Sommer wiederholte, hieß es hingegen: »Das ist das Sonneneckchen in Gottes unendlicher Schöpfung, in dem wir am liebsten sitzen.«

Im Garten stehen viele Bäume in Reih und Glied.

Der Vater pflegt sie, stutzt sie, begießt sie. Er gibt ihnen seltsam klingende Namen; und oft betrachtet er sie mit einem Blick, den der Sohn sonst nicht von ihm kennt. Die Augen des Vaters sind dann durchsichtig und weich. Der Sohn möchte diesen Blick auch haben; und darum läuft er manchmal überraschend zwischen den Bäumen einher, wenn der Vater sie betrachtet. Aber der Vater verliert dann seinen weichen Blick.

Die hohe Mauer, die den Garten begrenzt, ist an manchen Stellen schwarz und rußig. Es fehlen auch Steine, sodass man hier am leichtesten ausbrechen kann. Man muss sich nur vorsichtig anschleichen und unbemerkt vom lieben Gott die Bresche durchklettern.

Diesmal nimmt er den anderen Gefangenen mit. Es ist eine Prinzessin mit goldenen Haaren. Die Haare sind sehr wertvoll. Sie glänzen und sind so schwer, dass die Prinzessin den Kopf meist gesenkt halten muss, wenn sie ihm folgt. Er tröstet sie, indem er ihr über die Haare streicht und ihr verspricht, sie demnächst alle auszurufen.

Hinter der Mauer liegt der Gottesacker. Es gehört sich nicht, dort zu spielen, weiß er vom Vater. Als er fragte, was Gott auf seinem Acker anpflanzt, hat der Vater gelächelt. »Knochen. Totengebein. Man vergräbt die Toten in der Erde wie Kartoffeln, da hast du schon Recht, Sohn. Aber es wächst nichts draus, außer Kummer und Leid und Vergessen.«

Er wollte wieder fragen. Jedes neue Wort krabbelte so lustig im Ohr. Aber der Vater ermahnte ihn noch einmal, die feierliche Ruhe der Toten nicht zu stören. »Sie haben Grabsteine als Wächter.«

Als sie oben sind und zwischen den Grabsteinen laufen,

ergreift die Prinzessin seine Hand, weil sie sich fürchtet. Er kennt die Wächter alle mit Namen, denn er weiß schon die Buchstaben zu lesen. So sagt er zum Beispiel nur »Schön ruhig bleiben, Johannes, wir sind gleich vorbei.«

Der einzige Spion, der ihnen folgt, ist der große Schatten vom Kirchturm. Aber er ist sehr langsam.

Sie gehen um die Ecke, um dem Spion zu entwischen.

Hier ist es warm, und an der Steinwand erhebt sich ein Erdhaufen, den man leicht erstürmen kann.

Auf dem Hügel ist es noch wärmer, weil man der Sonne näher ist. Die Erde ist ganz locker. Deshalb ist es leicht, hier Gottesacker zu spielen und selber Leichen zu pflanzen. Er bittet die Prinzessin, sich dicht neben ihn zu setzen. Dann zeigt er ihr, wie man eine Leiche pflanzt. Man muss sich gegenseitig den Sand auf den Bauch schaufeln. Es ist ein schönes Gefühl, von der warmen Erde beerdigt zu werden. Schon ragen nur noch die Beine heraus. Wenn man dem linken Bein befiehlt, sich zu bewegen, dann gehorcht es nicht, aber das rechte zuckt. Das kommt daher, dass sie abgeschnitten und vertauscht worden sind.

Die Prinzessin hat auch eine Idee. Sie beginnt mit der Grabpflege. Sie pflanzt nämlich ihre Hand ein, damit sie als schöner Busch auf seinem Bauch wachsen kann.

Die Wurzeln des Busches bewegen sich. Er spürt es süß und komisch unter dem Sand. Und damit es dem anderen Toten ebenso gut geht, pflanzt er auch einen Busch auf den Grabhügel, unter dem die Prinzessin liegt.

Jetzt merkt er, dass der Spion um die Ecke gekommen ist. Es wird kühl und das Gold auf dem Haupt der Prinzessin verliert seinen Glanz. Aus dem fernen Paradies aber schallt eine mächtige Stimme: »Wo seid ihr hin, ihr Zwergengelichter. Es ist Zeit für das Abendbrot!«

In die abgeschnittenen Beine kommt Bewegung. Es gibt eine kleine, hastige Auferstehung. Sie klopfen sich die Erde von den nackten Bäuchen und den heruntergerutschten Hosen und huschen zwischen den Grabsteinen hindurch zur Mauer zurück. Als sie durch die Bresche klettern, schnappt sie ein großer, finster blickender Mann und klemmt sie unter die Arme. Er geht zur Regentonne und taucht die Kinder nacheinander ein. Das Mädchen kreischt und zappelt. Der Junge aber hält still.

Das Einzige, was er von sich gibt, ist ein lang gezogener, summender Ton.

Im Garten vor der Stadt *(Frühling 1703)*

Immer, wenn sie die Stadt durch das Tor verlassen, geschieht etwas Merkwürdiges: Die Stadt wird kleiner, der Vater jedoch größer. Er weiß, dass es an der Entfernung liegt, denn alle Dinge werden kleiner, wenn man sich von ihnen entfernt. Warum ihm aber der Vater jetzt größer erscheint, obwohl sie sich die ganze Zeit an der Hand halten, versteht er nicht.

Die Stadt ist schöner, wenn sie kleiner geworden ist. Sie liegt da wie ein großer Teller, in dem Türmchen und Dächer wie Spielzeug aufbewahrt werden. In der Stadt wohnen die Häuser, in den Häusern wohnen die Menschen, auch wenn viele Gebäude in Striegau nach dem Krieg leer stehen, und in den Menschen wohnen die Gedanken und Lüste. So ist die Welt wohl aufgebaut, Schachtel ist in Schachtel gesteckt. Aber die Stadt wohnt nicht in der

Landschaft. Sie breitet das Land um sich herum aus wie ein faltiges Tischtuch. Wenn man weit weg von der Stadt ist, wenn man ihre Silhouette mit einem Blick umfassen kann, spürt man, wie man zurück möchte, wie man durchs Tor schlüpfen will in den Bienenstock, wo es summt und brummt und man keine Angst mehr zu haben braucht.

Mit jedem Schritt wächst der Vater neben ihm, fast unmerklich, aber so, dass man es weiß. Er blickt zu ihm auf, sieht die bräunliche Haut mit den feinen Linien um Mundwinkel und Augen ganz genau. Sie erinnert an die Rinde eines Baumes. Der Vater hat seine Perücke zu Hause gelassen. Die grauen Haare umstehen sein Haupt wie eine filzige Krone.

Als sie den Vorgarten erreichen, hellen sich die sonst so finsteren Züge des gelehrten Medicus Johann Günther von Striegau auf. Sein Sohn spürt, wie auch der Griff seiner hornigen Hand zarter und freundlicher wird. Der Vater schließt die Gartenpforte und weist seinen Sohn mit einer Handbewegung an, auf einer kleinen Bank Platz zu nehmen. Dann beginnt er, auf und ab zu schreiten mit auf dem Rücken gefalteten Händen, manchmal auf den Boden, manchmal in die Luft blickend. Der Sohn wartet. Er weiß, dass der Vater sein Schweigen bald brechen wird.

Dieser Garten ist die Pflanzschule des Stadtmedicus. Hier macht er seine Pfropf- und Veredlungsversuche an verschiedenen Bäumen und Gewächsen. Hier sammelt und beobachtet er kriechendes und fliegendes Getier, aber auch den weiten Himmel über der Stadt mit seinen Meteoris oder Lufterscheinungen. Denn es gibt seiner Meinung nach etliche Seiten im Bilderbuch Gottes, die weniger rätselhaft sind, wenn man sie mit verständigen Augen betrachtet. Er glaubt nicht, dass eine Kohlweißlingsraupe ein geringeres Kunstwerk des Schöpfers ist als der Mensch. Also gehört die genaue und gründliche Beobachtung eines solchen Wesens zu den natürlichen Pflichten eines Arztes. Menschenkenntnis ist Naturkenntnis.

»Menschenkenntnis ist Naturkenntnis.«

Mit diesen Worten beginnt der Medicus seinen Vortrag, während der Sohn seine Augen mit der Hand beschattet und mit sehnsüchtigen Blicken zur Stadt hinübersieht. »Die Zeit hinter dem Ofen ist vorbei. Es ist die Zeit der Bücher gewesen, in denen man zu denken lernt, die aber den Augen schadet. Jetzt sollst du wieder sehen lernen.«

Der Vater macht eine Pause und schwenkt seinen ausgestreckten Arm wie einen Zeigestock über den Himmel.

»Diese große blaue Kuppel über uns, die wir Firmament nennen, ist eine Bühne, auf der mehr für uns entschieden wird, als wir uns gemeinhin träumen lassen.«

Ein Seitenblick auf seinen Sohn macht dem Vater deutlich, dass der Junge ein wenig Angst bekommen hat. Deshalb senkt er jetzt die Stimme, denn er weiß, wie schwierig es ist, einen wilden Stamm mit dem Edelreis des Wissens zu okulieren.

»Zu den Haupt- und Staatsaktionen des Himmels gehört das Wetter. Das Wetter aber hat eine große Macht über Pflanzen und Tiere, ja, auch über uns Menschen. Siehst du zum Beispiel dieses feingerippte, zarte Gewölk im Osten? Es ist nichts anderes als eine geheime Schrift, die uns etwas mitteilt. Wir müssen sie nur zu lesen verstehen. Sie sagt mir in diesem Fall, dass dort oben hoch über uns, höher als je ein Vogel fliegt oder ein Drachen steigt, eine leichte Luftströmung fließt. Form und Ausrichtung der Wolken, die mit ihren gebogenen Enden wie Gänsefedern aussehen, verraten mir, dass es eine kühle Luftströmung ist, die von den endlosen Schneefeldern Russlands kommt. Sie schwemmt die trübe und feuchte Luft der letzten Nacht beiseite und bewirkt, dass wir einen schönen, klaren Frühlingshimmel bekommen. Das wird nicht nur die Maikäfer aus der Erde locken, sondern auch die Menschen vor die Stadt treiben.«

Der Zeichenstock des Vaters zeigt zum Stadttor, aus dem der Sohn winzige Gestalten hervorkrabbeln sieht.

»Tiere und Menschen sind wie Barometer, die auf die feinsten Wetteränderungen reagieren. Du weißt, dass es im menschlichen Körper lange, dünne Röhren gibt, die wir Adern nennen. In ihnen vermag das Blut zu fallen und zu steigen, wie wir es von den Glasröhren des Barometers kennen.

»Ich habe«, doziert der Vater, »herausgefunden, dass fast alle Krankheiten Witterungskrankheiten sind. Ein guter Arzt sollte daher, ehe er das Haus eines Kranken betritt, immer zuerst dem Himmel einen gründlichen Blick schenken. Oft wird er schon an dessen Farbe, an der Form der Wolken oder dem Grad der Trockenheit der Atmosphäre ablesen können, was ihn im Haus erwartet: Siechtum oder Genesung.«

Der Vater kniet nieder und winkt den Sohn herbei. Dann scharrt er in der Erde herum, häufelt Sand und bewegt mit einem Stöckchen verschiedenes Getier, das er in seinem Versteck aufgestöbert hat. Auch wenn er kniet, ist der Vater noch viel größer als sein Sohn.

»Nicht nur der Himmel über uns kann uns manches lehren, auch dieser andere Himmel, den wir gewöhnlich achtlos mit unseren Füßen treten, ist mit Geheimnissen und mit Beispielen übersät. Siehst du, wie sich diese Raupe spiralig zusammenrollt? Bewunderst du nicht ihre Bewegung, und leuchtet dir nicht ein, dass es viel schwerer sein muss, zu laufen, wenn man mehr als nur zwei Beine hat?

Wir Menschen halten uns für die Krone der Schöpfung. In mancher Gelehrtenstube meint man, Larven, Würmer, Raupen und dergleichen so genannte niedere Tiere seien Stümpereien oder Übungsstücke des Schöpfers, ehe er an seine Hauptarbeit ging. Dies ist nichts als Eitelkeit. Andere wieder glauben, dass das Ungeziefer überhaupt nicht göttlichen Ursprungs sei, sondern Jahr für Jahr neu aus fauligen Substanzen wie Kot und Jauche entsteht. Sogar in den Därmen des Menschen könne es sich selbst aus Unrat gebären. Man erzählt Geschichten von Eidechsen, die einem Schlafenden aus dem Mund kriechen, von Schlangen und Gewürm, das sich im Körper durch die Adern zwängt und manchem üblen Gesellen aus den Augenwinkeln blickt. Dies sind dumme und gotteslästerliche Gerüchte. Denn der Vater der Welt hat keine einzige Kreatur ohne Nutzen geschaffen. Das gilt nicht nur für die Seidenraupe, der wir den Wohlstand unseres Landes verdankten, ehe der Krieg ihn zunichte machte. Das gilt auch nicht nur für die Biene, deren Honig dir so schmeckt. Es gilt im gleichen Maße für die Schädlinge, die nur die enge Sicht des Landmannes so nennt. So wie jeder Schaden eine Mahnung zur Tugend enthält, steckt in den Galläpfeln die Made des Fliegen-Wespleins. Engerlinge und Regenwürmer pflügen den Boden um; selbst wenn du an einem Tier gar keinen Nutzen erkennst, dann dient es wenigstens anderen nützlichen Arten als Nahrung.

Gott hat nichts Überflüssiges gemacht. Er ist kein Gaukelspieler und Scharlatan. Und er hat allem in der Natur seinen Platz zugewiesen. Nur wir Menschen pflegen hin und wieder die Dinge durcheinander zu bringen.«

Der Vater ist aufgestanden und zur Bank gegangen. Eine Handbewegung befiehlt dem Sohn, an seiner Seite Platz zu nehmen. Jetzt sieht der Vater mit strenger Miene zur Stadt hinüber. Er deutet auf die kleinen bunten Figuren, die dort über Wiesen und Felder laufen.

»Heuer gibt es wieder viel Missgeburten. Gemeinhin sehen die Menschen darin schlimme Vorzeichen. Das genaue Gegenteil ist jedoch der Fall. Ein Monstrum ist ein Zeichen, dass Menschen Schuld auf sich geladen haben, dass sie die Natur am freien Spiel gehindert haben. Du hast vom Monstrum aus Brieg gehört, das im letzten Winter die Einwohner dort in Angst und Schrecken versetzte. Es war ein Knäblein, wie es zweifelsfrei am vorhandenen Zeugungsglied zu erkennen war.

Aber außer diesem Organ war alles andere verkrüppelt und der Natur misslungen. Das Wesen sah aus wie ein zugebundener Beutel. Es hatte keine Brust, keinen Hals, keinen Kopf und keine Arme. Das Monstrum hörte unmittelbar über dem Bauch auf. Und doch lebte es und bewegte die verrenkten Beine. Ich habe selbst seinen Herzschlag gehört. Es musste entsetzlich dunkel und still in diesem Menschensack sein, denn er hatte ja keine Augen und Ohren. Am dritten Tag starb es, vermutlich an Hunger und Durst. Der Pfarrer verweigerte die Taufe und die Beerdigung. Er hielt das Wesen für ein Werk des Teufels, zumal die Mutter keine Angaben über den Vater machen konnte. Ich versuchte, den Pfarrer umzustimmen. Wenn da ein Herz schlägt, ist auch eine Seele in diesem Sack. Sind nicht auch viele Menschen, denen kein Körperteil fehlt, wie zugebundene Säcke?

Der Pfarrer wollte diesem Argumentum nicht zustimmen. Wir trennten uns im Streit.«

Der kleine Günther scheint seinen Gefallen an dieser Geschichte gefunden zu haben. Er nimmt die Hand des Vaters und bittet ihn, noch eine andere solche Absonderlichkeit zu erzählen.

»Nun gut«, sagt der, »ich sehe, dass du dich gerne ein wenig gruselst, aber merke dir die folgende Lehre:

Ein Monstrum entsteht, wenn Menschen wider die Natur handeln. Wenn sie zum Beispiel auf falsche und widernatürliche Weise kopulieren. Ich erzähle dir also, um deinen Lerneifer zu belohnen, die folgende Geschichte:

Es gab vor noch nicht langer Zeit eine Frau, die fast fünfzig Jahre ihres Lebens schwanger war, ohne ein Kind zu gebären. Sie lebte vom Verkauf von Alraunen.

Dieser schlimme Aberglaube nennt Wurzeln, die wie kleine Menschen aussehen, Kinder der Erde, die entstehen, wenn der Boden von Tränen und Samen unschuldig Gehenkter geschwängert ist. Alraunensammlerinnen siehst du deshalb oft auf Hinrichtungsstätten. Sie graben mit silbernen Schaufeln im Mondlicht nach solchen Zaubermitteln. Als jene Frau fünfundvierzig Jahre alt war, bekam sie einen dicken Leib. Sie beteuerte auch, dass sich in ihrem Bauch ein Kind sehr heftig bewege. Schließlich verlor sie, wie es sich gehört, nach neun Monaten das Wasser, aber es kam kein Kind zur Welt.

Sie hatte wohl Wehen, aber auch als man ihr treibende Pulver gab, wollte die Frucht nicht von ihrem Stamm abfallen. Sie blieb fortan dick und klagte immer wieder über Zustände, wie sie hochschwangeren Frauen bekannt sind. Als sie mit vierundneunzig Jahren nicht unvermögend starb, denn seit sie als schwanger galt, konnte sie ihre Alraunen noch teurer verkaufen als zuvor, erwirkte der Arzt des Ortes das Recht, ihren Leib zu öffnen. Und siehe da, man fand in der rechten Seite ihres Unterleibes eine bei-nerne Kugel, groß wie ein Kürbis und um die neun Pfund schwer. Sie war schrundig und hatte auf halber Höhe eine Einkerbung rund herum. Dort stach man mit dem Messer ein, und dann gelang es, die Kugel wie die Schale einer großen Walnuss zu öffnen.

Die Neugier der Anwesenden, zu denen auch ich gehör-te, war groß. Wir erkannten, dass in der geöffneten Kugel ein fertiger Mensch saß. Er war wohl erhalten, wenn auch mit einer dunklen, ledrigen Haut versehen. Ansonsten war er nicht unnatürlich gebildet. Die abgerissene Nabel-schnur hatte das Wesen wie einen Gürtel um den Bauch geschlungen. Im ersten Augenblick erschrak mancher von uns, denn das Wesen bewegte sich, und es sah aus, als ob es lebte, aber es waren wohl nur natürliche Kontraktionen der Materia, die durch die Eröffnung der Kugel zuvor ge-dehnt worden war. Obwohl es also aussah, als schlösse sich langsam ein Auge des Wesens und als bewegten sich seine Lippen, wie bei einem, der anhebt, etwas zu sagen, war das Wesen tot. Wegen seiner natürlichen Körperbil-dung wurde es mit einem christlichen Begräbnis bedacht, wiewohl es auf eine seltsame Weise schon immer begra-ben gewesen war.«

Der Vater steht auf und nimmt seinen Sohn wieder an der Hand. So gehen sie mehrmals im Garten hin und her unter den Spalieren der Zitronenbäumchen, die der gan-ze Stolz des Medicus sind, obwohl sie nur unreife Früch-te tragen, aus deren Schalen man bestenfalls mit Hilfe von Zucker und Rotwein ein magenstärkendes Getränk berei-ten kann.

Die Wolken am Himmel haben ihre Form verändert. Sie sind jetzt bauchig und sehen aus wie großer Blumenkohl.

»Was ist in den Wolken drin?«, fragt der Sohn. »Keine Steine und Diamanten, auch keine Donnerkeile, wie manche Leute noch heute glauben. In den Wolken ist nichts anderes als dicke und dünne Luft und ein wenig Wasser. Wenn sich die dicke und die dünne Luft glücklich mischen, kann es zu regnen oder zu schneien anfangen. Es kann aber auch Hagel entstehen oder ein Gewitter, wenn dicke und dünne Luft in Streit miteinander geraten.«

Der Vater lässt die Hand des Sohnes los und kniet nieder. Seine Finger beginnen, vorsichtig die Erde zu zerteilen. Er legt einen Käfer frei. Der hat rostbraune Fühler und einen Brustschild von gleicher Farbe. Sein Hinterleib ist mit weißen Dreiecken verziert. Er rührt sich nicht, aber er ist nicht tot, sondern nur kältestarr.

Der Vater nimmt ihn in die Handfläche und bläst seinen Atem leicht über das Tier hinweg. Die sechs Beine und die Fühlerkeulen beginnen zu zittern, die Flügeldecken klappen beiseite, die Flügel entfalten sich wie durchsichtige Blütenblätter, und dann schwirrt das Tier davon.

Für den kleinen Günther handelt es sich diesmal wirklich um ein Wunder, dessen Zeuge er ist, und es gibt auch einen dazugehörigen Gott. Der steht jetzt groß und dunkel gekleidet vor ihm und lächelt. Außerdem hat er einen langen Schatten, aber das liegt daran, dass die Sonne noch tief steht.

»Weißt du, warum der Maikäfer sechs Beine hat wie fast alle anderen Käfer auch?«, fragt der Schatten. »Es sind drei auf jeder Seite, damit der Käfer nicht umfällt oder im Kreise marschiert. Ein Bein zum Vorwärtslaufen, ein Bein für rückwärts, und eines, um still zu stehen.«

Jetzt lacht der Schatten und der Sohn fürchtet sich. Der Humor der Götter ist ihm nicht recht geheuer.

Die Glühwürmchenjagd *(Sommer 1705)*

Geht man des Nachts in einen dunklen Wald und steckt dort den Kopf in einen leeren Sack, kann die Finsternis so groß sein, dass vor den Augen Lichtpünktchen zu tanzen beginnen.

Der Vater hat ihn dieses Experiment machen lassen, wohl um ihm die Angst zu nehmen, die ihn befallen hatte, nachdem sie unter einem klaren Sternenhimmel über die Felder marschiert waren. Der Waldrand war über ihnen zusammengestürzt und hatte auch den letzten Lichtschimmer ausgelöscht.

Der Vater trägt den Sack über der Schulter und der Sohn hat eine Hand in den Hosenbund seines Führers eingehakt. Sie sind auf Glühwürmchenjagd.

»Es gibt keine Gespenster«, sagt der Vater, »außer denen, die in einem selber sind. Wenn jetzt ein grün leuchtender menschlicher Körper ohne Kopf zwischen den Bäumen erschiene, wüsste ich, was es damit auf sich hat.

In Nordamerika gibt es einen Indianerstamm, dessen Krieger als unverwundbar gelten und als Geister verehrt werden. Manchmal zeigen sie sich als kopflose, leuchtende Wesen, die im Wald umherschreiten und beim Licht ihrer Körper Tiere jagen. Ihr Geheimnis ist leicht zu enträtseln. Es gibt in jener Gegend sehr große Leuchtkäfer. Die Indianer stellen aus Öl und den zerstampften Hinterleibern dieser Tiere eine Pomade her, mit der sie sich einschmieren.

Unser hiesiges Johanniswürmchen ist bedeutend kleiner als seine nordamerikanischen Vettern. Aber es gibt genug

Rätsel auf. Wie macht es sein Licht? Es trägt doch wohl nicht eine winzige Unschlittkerze mit sich herum?

Und warum hören Männchen und Weibchen nach der Begattung auf zu leuchten?«

Der Vater geht jetzt schneller, und der Sohn hat Mühe, Schritt zu halten. Vor ihnen tanzen so viele Leuchtkäfer, dass es wie Schneegestöber aussieht.

Der Vater fängt an zu rennen, wobei er den geöffneten Sack vor sich hin hält. Die Johanniswürmchen schwirren um ihn herum. Der Sohn sieht den Körper des Alten vor sich als schwarze leere Fläche, als ob jemand da mit der Schere ein Stück aus der Nacht herausgeschnitten hat.

Schließlich kommt der Vater mit dem Sack zurück und heißt den Sohn hineinsehen. Der will seinen Kopf nicht in diesen Weltallbeutel hineinstecken, aber er wird mit hartem Griff an den Haaren gepackt und in dieses seltsame Planetarium eingetaucht. Mit der anderen Hand presst der Vater den Stoff des Sackes um den Hals des Jungen zusammen, damit die Beute nicht entschlüpfen kann.

Es hilft nichts, der kleine Günther muss seine Augen öffnen und in dieses enge und muffig riechende Firmament starren. Erst sieht er gar nichts, aber dann gewahrt er in unendlichen Fernen ein mattes Sternbild, das immer mehr verblasst. Als der Vater jetzt von draußen mit der Hand gegen den Sack schlägt, wird die große Macht des Schöpfers offenbar.

Die Sterne beginnen, in neuem Glanz zu strahlen, wobei sich ihre Konstellation fortwährend ändert und immer wieder andere Sternbilder entstehen.

Dies ist Johann Christian Günthers erste praktische Begegnung mit der Astronomie.

Kinderbeten *(Dezember 1707)*

Noch nie sah man Glühwürmchen im Winter. Aber diesmal sind sie da. Über die weiten, welligen Schneefelder kommen sie in Scharen.

Sie kommen aus allen Himmelsrichtungen. Viele halten Unschlittlichter und schützen die Flamme mit ihren Händen.

Die fast hundert Kinder aus den umliegenden Dörfern streben einem Hügel zu. Auf seinem Gipfel erhebt sich eine Art Tisch oder Altar aus Schneeblöcken. Zwei große Talgkerzen brennen dort und beleuchten einen Jungen, der unbewegt und mit ausgebreiteten Armen zusieht, wie die Kinder vor ihm einen Halbkreis bilden. Sie haben Stroh- und Reisigbündel mitgebracht, auf denen sie niederknien.

Die Stimme des Jungen vor dem Altar erhebt sich in der windstillen Nacht und beginnt mit einem monotonen Sprechgesang, dessen einzelne Abschnitte von den Kindern im Chor wiederholt werden.

Vater kröne du mit Segen
Vater kröne du mit Segen
Dieses kalte Kirchenschiff
Dieses kalte Kirchenschiff
Mit den Sternen am Gewölbe
Mit den Sternen am Gewölbe
Dem Gestühl aus Schnee und Eis
Dem Gestühl aus Schnee und Eis

Die Stimme des Vorbeters kommt wie als wohlgeformter Schneeball vom Hügel und löst jedes Mal eine kleine Lawine des Murmelns aus. So geht es eine ganze Weile, in der die Kinder für das Recht auf freie Ausübung des evangelischen Glaubens und die Rückgabe der Kirchen beten, die nach dem Ende des Dreißigjährigen Krieges an die Katholiken gefallen sind. Dann fliegt von irgendwoher ein wirklicher Schneeball. Im Nu löst sich der fromme Kreis auf. Die Kinder fallen übereinander her.

Es ist mehr als eine gewöhnliche Schneeballschlacht. Es ist ein Krieg der verschiedenen Dörfer gegeneinander. Sie führen ihn mit nasskalten Waffen, mit Schnee- und Eisklumpen und schließlich mit Stöcken und Steinen, die sie unter der Schneedecke hervorkratzen.

Die Glühwürmchen sind alle ausgegangen. Nur die beiden Altarkerzen brennen noch.

Als Günther später mit zerrissenen Kleidern und aus dem Mund blutend nach Hause kommt, erwartet ihn sein Vater. Er packt schweigend seinen Sohn, entkleidet ihn und wäscht ihn gründlich und so, dass es wehtut. »Wer so spät nach Hause kommt und aussieht wie du«, sagt der Vater dann, »der wird einmal ein Landstreicher und den anständigen Leuten auf der Tasche liegen. Eure Frömmigkeit da draußen ist lasterhaft und von ungesundem Wesen. Da, zieh dich jetzt an.«

Der Sohn muss sich in einen Anzug aus festem, grobem Leinenzeug zwängen. Es ist eine Art Sack mit fünf Löchern für Arme, Beine und Hals. Einen Hosenschlitz gibt es nicht. Der Vater bindet das Strafgewand sorgfältig am Hals seines Sohnes zu. Und so wird er ins Bett gesteckt. Der Junge liegt auf dem Bauch und weint.

Dann beginnt er sich in den Schlaf zu wiegen, bis er

spürt, wie die Sterne immer süßer und dichter unter seinem Bauch flimmern und schließlich den Bogen einer Milchstraße bilden, über die sie in warmer Flut davonspülen.

Gespräch im Wirtshaus I *(Winter 1709)*

Der Physicus Caspar Thiem ist auf der Durchreise nach Schweidnitz in Striegau eingekehrt. Er hat seinen Kollegen Johann Günther ins Wirtshaus kommen lassen, um sich die Zeit zu verkürzen. Der Medicus Günther ist gern gekommen, denn es gibt sonst nicht viel Gelegenheit für einen Disput. Sie haben sich in der Nähe eines eisblumenbedeckten Fensters niedergelassen und ihre Pelzmäntel anbehalten, denn es ist ein ungewöhnlich kalter Tag.

Sie trinken Bischof, einen Punsch aus Rotwein, Zucker und bitteren Pomeranzenschalen. Er hilft gegen Magenzwicken und Winterkrankheiten.

»Die Natur ist ein großer Künstler«, sagt der Physicus Thiem und deutet mit seinem dampfenden Glas auf die Eisblumengardinen.

»Sie ist jedoch ein noch größerer Arzt. Man muss sie nur sich selbst überlassen. Leider pfuschen wir ihr nur allzu gerne ins Handwerk. Der Bergbau in Altwasser macht mir den ganzen Sauerbrunnen kaputt. Dabei habe ich mit diesem Wasser bisher ganz außergewöhnliche Erfolge gehabt. Es befreit die Menschen von schädlichen Gasen, indem es sie aufstoßen lässt. Diese Gase bleiben sonst den Lebenssäften beigemischt.«

»Ich kann Ihnen nur zustimmen, verehrter Kollege. Geben wir den Kranken Feuer, Wasser, Erde und Luft. Die Alchimie mag oft an verwerflichen Unsinn grenzen, aber in den vier Elementen hat sie die entscheidenden natürlichen Heilmittel aus der Apotheke der Natur richtig zusammengestellt. Was heilt einen Schnupfen besser als die Sonnenwärme! Was gibt es für den von Seuchen geplagten Stadtmenschen Besseres als die frische Landluft. Und dann der Bolus. Unsere gute Striegauer Heilerde, deren Gebrauch neuerlich wieder zu Ehren gekommen ist. Ihr chronischer Verzehr entzieht nicht nur dem Blut üble Gifte, er wirkt auch läuternd auf den Geist. Ich habe oft beobachtet, dass sich der verschleierte Blick des Melancholikers nach der Einnahme des Bolus zu klären beginnt. Meiner Meinung nach weist dies auf einen engen Zusammenhang zwischen körperlichen und geistigen Gebrechen hin. Geht nicht auch mit der Erhitzung des Körpers durch das Fieber eine Erhitzung der Fantasie einher? Wir haben hier ein weites Feld der Beobachtung vor uns.«

»Wie wäre es, wenn man den von Ihnen postulierten Zusammenhang zu ergründen versucht, indem man die Körpertemperatur eines Poeten vor, bei und nach der Arbeit misst?

Übrigens ist Ihre These ein gefährlicher Gedanke für einen Medicus, der gerade seine eigene Körpertemperatur durch einen großen Schluck Bischof erhöht hat!«

Beide lachen wohldosiert, als sei auch die Heiterkeit ein Medikament, für das sich sparsame Anwendung empfiehlt.

»Striegau ist ein armseliger Platz«, sagt Günther. »Es gibt nur armselige Krankheiten hier, deren Behandlung mit armseligen Honoraren beglichen wird. Ich habe mich an diesen Zustand gewöhnt. Sorgen mache ich mir jedoch um meinen Sohn. Er ist ein quirliges Bürschchen. Sein Kopf gleicht einem Bienenstock, in dem es summt und brummt und aus- und einfliegt. Er kann keine Minute still sitzen. Ich habe schon früh die glücklichsten Anlagen an ihm diagnostiziert und, soweit es in meiner Macht stand, gefördert. Ich habe seinen Kopf mit guten lateinischen Autoren gedüngt, und ich habe ihn ein wenig in der Methode der Naturbeobachtungen unterwiesen. Was ihm jedoch immer mehr zu fehlen beginnt, ist die Autorität eines guten Schulmannes. Sein allzu lebendiger Geist braucht jetzt vor allem behutsam geführte Zügel. Nicht zu straff, nicht zu locker. Sie wissen so gut wie ich, Thiem, dass wir in einer Zeit des Umbruchs leben. Verstand und Frömmigkeit schießen gleichermaßen ins Kraut. Ich möchte nicht, dass mein Sohn auf die eine oder die andere Weise verwildert.«

»Leubscher ist dafür genau der richtige Mann. Mein Fritz ist bei ihm auf der Gnadenschule. Leubscher ist ein recht freier Geist, aber er ist beliebt bei den Schülern und versteht es, sie zum Lernen zu bringen. Er lässt sie Pflicht und Neigung vereinen.

›Da sei Gott vor, dass wir aus der Lust einen Zwang, aus dem Tempel des heiligen Geistes eine Folterstube, aus der Schule eine Sklaverei machen wollten‹ und ›Lasset keinen blinden Gehorsam, sondern euer überzeugtes Gewissen den Ausschlag machen!‹ Mit solchen Ansichten hat Leubscher manchen braven Bürger in Schweidnitz gegen sich aufgebracht. Aber die Erfolge geben ihm Recht. Ich sehe es an meinem Sohn. Er hat es in kürzester Zeit zu ganz ordentlichen Kenntnissen gebracht.

Schicken Sie Ihren Sohn also zu Leubscher. Er kann bei mir wohnen. Das wäre auch meinem Fritz ein Gewinn.«

Die beiden Männer hüllen sich in ein behagliches Schweigen, das entstehen kann, wenn Väter meinen, der Zukunft ihrer Söhne dienlich zu sein. Es ist das Gefühl, Ordnung zu schaffen über das eigene Leben hinaus. Die Hoffnung, im anderen fortzuleben, tröstet über manche Widrigkeiten des Daseins hinweg. Der Sohn wird wie man selbst sein, aber er wird es dabei besser haben, wenn es Gott und den Umständen so gefällt.

Die Aufnahmeprüfung *(Januar 1710)*

Die blonde Knotenperücke sitzt zu locker. Er spürt, wie sie verrutscht, als er seinen Kratzfuß macht.

Er greift mit der Hand zum Kopf und rückt sie zurecht, wobei er vorsichtig zu jenem imposanten Menschen späht, der kerzengerade hinter seinem Schreibtisch sitzt und eine gewaltige, jedoch höchst ungepflegte Allongeperücke trägt. Ihre braunen und verfilzten Locken ringeln sich an einem schmalen Gesicht herunter, dessen auffälligste Partien große hellgraue Augen und ein dicht unter der Nase sitzender spöttischer Mund sind.

Dieser Mund öffnet sich jetzt ein ganz klein wenig zu einem schmalen Spalt und gebiert Worte, ohne dass die Lippen größere Bewegungen vollführen. »Unter der staunenswerten Behaarung deines Hauptes soll sich ein beweglicher Geist befinden, wurde mir gesagt. Er mag sich noch im Larvenstadium befinden, aber bekanntlich pflegen solche unterirdischen Ungeheuer nach drei bis fünf Jahren als prächtige Luftwesen davonzuschwirren. Wir wollen also hoffen, dass es bei dir in eben demselben Zeitraum zu einem solchen Wunder kommt.«

Günther macht erneut einen Kratzfuß, wobei er diesmal seinen Kopfschmuck gleich mit der Hand festhält.

Wieder entschlüpfen Leubschers starrem Lippenpaar Bemerkungen, die keineswegs dazu geeignet sind, die Aufregung des neuen Eleven zu mildern.

»Ich nehme in deinem Interesse an, dass diese Katzbuckelei in erster Linie der Erkundung von Grund und Boden dienlich ist, auf dem wir uns hier befinden.

Es ist, wie du also bemerkt haben wirst, ein ziemlich alter und von unzähligen Versfüßen abgeschrammter Dielenboden.«

Als Günther zu einer dritten Verbeugung Anstalten macht, erhebt sich der Rektor Leubscher zu seinem Entsetzen hinter dem Schreibtisch zu einer schier bedrohlichen Länge und spricht mit dröhnender Stimme:

»Es trifft sich gut, dass wir gerade ein neues Theaterstück ins Werk setzen, in dem ich meine pädagogischen Einsichten gegen die Vorurteile der hiesigen Kleingeister verteidigen werde. Du scheinst mir geeignet, in diesem Stück die hüpfende Dummheit zu spielen. Die schleichende Dummheit ist bereits trefflich besetzt. Sie wird von deinem Freund Fritz Thiem gespielt. Zu deiner Erläuterung: Die schleichende Dummheit folgt dem Gedanken auf dem Fuß und passt auf, dass er nicht stolpert oder rückwärts den Halt verliert. Sie bewegt sich dabei ungefähr so.«

Und nun sieht Günther mit staunenden Augen, wie sich dieser lange Mensch mit durchgebeugten Knien in fast sitzender Position zum Fenster bewegt.

»Die hüpfende Dummheit hingegen eilt dem Gedanken voraus und sorgt dafür, dass er möglichst fleißig vom rechten Weg abweicht. Das verlangt in etwa folgende Gangart.«

Diesmal bewegt Leubscher sich wie ein Floh in Zickzacksprüngen über den Fußboden, bis er unmittelbar vor dem neuen Zögling landet. Dieser fährt erschrocken zurück und hält schützend den Arm vors Gesicht. Leubscher jedoch ergreift behutsam die blonde Zopfperücke und zieht sie Günther vom Haupt. Dessen dunkle Locken ringeln sich und stellen sich auf.

»Wie du jetzt begriffen haben müsstest, geht der kluge Gedanke gewöhnlich zwischen der schleichenden und der hüpfenden Dummheit eingeklemmt. Das macht ihn recht unsicher, töricht und langsam. Deshalb ist es ein Ziel der Arbeit meines Instituts, dem Gedanken die Kunst zu vermitteln, seinen Begleitern hin und wieder seitlich zu entschlüpfen. Ungefähr so.«

Leubscher macht einen riesigen Flohsprung zur Seite und Günther bekommt vor Staunen den Mund nicht mehr zu. Der Rektor nähert sich wieder und stülpt dem Schüler die Perücke über.

»Die Schüler tragen Perücken nur bei öffentlichen Anlässen. Im Unterricht versuchen wir, frische Luft möglichst nahe an das Körperteil heranzulassen, in dem neumodische Anatomen den Sitz des Geistes vermuten. Ich habe übrigens keine Ahnung, in welche Klasse wir dich stecken sollen. Man sagte mir, du seist des Lateins und sogar des Griechischen in einem gewissen Umfang kundig. Diesen Umfang gilt es also zu bestimmen. Das Lateinische ist ein schöner, wenn auch abgestorbener Baum. Von den schönsten Früchten, die er trug, ist vor allem Ovid zu nennen. Der traurige Sänger im Exil, der am Strand seines Verbannungsortes, dem Schwarzen Meer, mit umwölkter

Stirn auf und ab marschierte und seine unsterblichen Elegien ersann. Wir müssen uns die Situation folgendermaßen vorstellen.«

Leubscher geht mit kurzen Trippelschritten und höchst bekümmertem Gesicht vor Günther auf und ab.

»Zu jener Zeit, da Ovid natürlich nicht allzu gut von den Menschen und ihren Schwachheiten dachte, schrieb er folgende Verse, die ich dir jetzt vorsprechen werde und die du dem Sinn nach in unsere schwerfällige deutsche Sprache übertragen sollst:

Si quotiens peccant homines, sua fulmina mittat Iuppiter, exigua tempore inermis erit.«

Es entsteht eine Pause, in der sich Leubscher räuspert und Günther verlegen vor sich hinstarrt. Dann aber spricht er laut und deutlich:

»Schlüge Gott mit Blitz und Keilen gleich auf solchen Fehltritt zu,
Ganz entwaffnet ließ er bald die Sünder dieser Welt in Ruh.«

Jetzt ist das Staunen Leubschers Sache. Nachdem er seinen Schüler neugierig gemustert hat, sagt er: »Ich stecke dich in die oberste Klasse. So etwas ist mir noch nicht untergekommen. Eine Larve, die besser als mancher Maikäfer fliegt. Kannst du eigentlich überhaupt Prosa reden oder sind es immer gleich Verse?«

Unterricht *(Sommer 1712)*

Es herrscht Dämmerung im Klassenraum der Schweidnitzer Gnadenschule. Die schweren Vorhänge vor den Fenstern sind zugezogen, wie jeder Schüler sehen kann, wenn er den Kopf zur Außenwand dreht.

Würde er dies jedoch vermeiden, wären noch mindestens zwei andere Erklärungen für solche Lichtverhältnisse möglich, behauptet Leubscher.

»Seht mich einmal an«, sagt er. Das Kratzen der Federkiele hört auf. Leubscher mustert all diese verschiedenen Augenpaare, die im Dämmerlicht an Glasperlen erinnern, die jemand in die Luft gestreut und dort festgebannt hat. Da gibt es sämtliche Farben, die man an Augen kennt, graue, blaue, grüne, braune, schwarze. Da gibt es engstehende und weit auseinander stehende, erschrockene, selbstsichere, freche, dumme und intelligente Augen. Leubscher kennt sie alle. Er pflegt Menschen nach ihrem Blick zu beurteilen. Aber er vermeidet es, sein oft vernichtendes Urteil preiszugeben.

»Fritz, steh Er einmal auf«, sagt er. Der kleine Schüler erhebt sich, wobei er nur um ein Geringes größer wird.

»Welche anderen Erklärungen für dieses trübe Licht fallen dir ein?«

Fritz schweigt.

»Seh Er mich nur fester an, versuche Er einmal, in meinen Augen zu lesen, denen ich jetzt den sokratischen Blick der wissenden Dummheit verleihen werde.«

Leubschers große hellgraue Augen scheinen hinter einer Wolke zu verschwinden.

»Wenn man ein wenig erblindet ist«, stammelt das Fritzchen, »dann sieht man alles dunkler wie das Licht hier im Raum.«

»Das ist ein sehr gescheiter Gedanke. Wie nennt man denn diese Krankheit des Ein-wenig-erblindet-Seins?«

Verschiedene Finger fliegen hoch.

Fritz schweigt.

»Setz dich, lieber Fritz. Du hast bereits genug gewusst. Da einige von euch meine Frage augenscheinlich zu beantworten in der Lage sind, andere jedoch nicht, verzichte ich darauf, die Frage noch einmal zu stellen, denn was bringt es, den Wissenden zu fragen, und was den Unwissenden?

Der eine kaut wieder, der andere kaut überhaupt nicht, weil er die Maulsperre hat. Ergo, Fragen lohnen sich immer nur, wenn man weder weiß noch nicht weiß, wenn man sich zwischen beiden Extrema im Zustand des Halbwissens befindet. Ich beantworte also meine Frage selbst, indem ich das Ei in den Hennenafter zurückstoße und sage: Man nennt die teilweise oder völlige Trübung des Sehvermögens den grauen oder schwarzen Star, vielleicht, weil ein solcher Vogel am Auge eines solchermaßen Erkrankten vorbeiflog und mit einer Feder seiner Schwinge für einen Augenblick die Welt verdunkelt hat, dass ihm die Zeit in halber Umnachtung stehen zu bleiben schien.

Wie nennen wir den Augenblick, der aus der Zeit herausspringt wie das Teufelchen aus dem Kasten, wenn sie zum Stillstand kommt, Günther?«

»Nunc stans.«

»Ganz recht, wir wollen dieses nunc stans sogleich noch ein wenig besprechen. Vorerst warte ich jedoch noch auf eine dritte Erklärung unserer Raumbeleuchtung.«

Im nun einsetzenden und eine Weile fast atemlos zu

nennenden Schweigen trippelt Leubscher kopfschüttelnd hin und her.

»Wie immer erweist sich die einfachste Lösung als die am schwersten begreifliche. Ist es nicht so auch mit der Liebe? Ist sie nicht genauso unbegreiflich wie einfach einzusehen? Wenn wir hier im Dämmerlicht sitzen, dann kann es auch daran liegen, dass draußen Dämmerung herrscht, dass eine Wolke die Sonne verdeckt oder der Abend hereinbricht.«

»Könnte nicht auch Ursache sein, dass ein plötzlicher Nebel in diesem Raum entsteht?«

Als diese Frage von Fritz Thiem Gelächter hervorruft, sagt Leubscher mit strenger Stimme: »Fritz hat soeben von seinem Halbwissen einen guten Gebrauch gemacht. Auch diese Möglichkeit ist nicht auszuschließen, woraus man ersehen kann, dass es viele, vielleicht unerschöpflich viele Erklärungen für jeden einfachen Sachverhalt gibt. Daraus wiederum kann man ersehen, dass des Menschen liebster Zustand in einer so vieldeutigen Welt voller Rätsel und Lösungen jener ist, den wir den ...«

»Irrtum nennen.«

Leubscher hat wie ein Chorleiter durch eine künstliche, gleichsam zum Taktstock erhobene Pause die Antwort der ganzen Klasse hervorgerufen. Alle kennen diese Lieblingsthese ihres Lehrers.

Und sogleich folgt auch die zweite, allen bekannte Frage: »Was ist das Wesen des Irrtums?«

Und sie antworten wieder im Chor: »Das Wesen des Irrtums ist seine beruhigende Wirkung. Er macht die Menschen fröhlich und ausgeglichen, weil er sie so lange die kreuz und die quer an der Nase herumführt, bis sie sich als richtige fahrende Gesellen fühlen, die sich wohl eine

34

angenehme Rast am Wegesrand verdient zu haben meinen.«

»Sehr gut. Nachdem ihr also das Wesen des Irrtums
richtig erkannt und auswendig memoriert habt, möchte
ich fragen: Kann mir auch jemand sagen, woran man den
Irrtum erkennt?«

»Dass es einem wohl ergeht.«

»Thiem, du hast heute einen guten Tag. Ich denke, wir
können jetzt zum Abschluss dieses Themas gemeinsam
das Gedicht des großen Gryph über den Irrtum skandie-
ren.«

Ein Spaziergänger, der just in diesen Minuten draußen
über die sonnenüberflutete Gasse schlenderte und unter
den verhangenen Fenstern der Schule verharrte, war so in
die Lage versetzt, in einem wenn auch gedämpften Chor
unisono sprechender Stimmen den folgenden Text zu ver-
nehmen:

»Ihr irrt, indem ihr lebt; die ganz verschränkte
Bahn lässt keinen richtig gehn. Dies, was ihr wünscht zu
    finden,
Ist Irrtum; Irrtum ist's, der euch den Sinn kann binden.
Was euer Herz ansteckt, ist nur ein falscher Wahn.
Schaut Arme, was ihr sucht! Warum so viel getan
Um dies, was Fleisch und Schweiß und Blut und Gut
    und Sünden
Und Fall und Weh nicht hält? Wie plötzlich muss
    verschwinden,
Was diesen, der es hat, setzt in des Todes Kahn!
Ihr irrt, indem ihr schlaft; ihr irrt, indem ihr wachet;
Ihr irrt, indem ihr trauert; ihr irrt, indem ihr lachet;
Indem ihr dies verhöhnt und das für köstlich acht;

Indem ihr Freund als Feind und Feind als Freund
  schätzet;
Indem ihr Lust verwerft und Weh vor Wollust setzet,
Bis der gefundne Tod euch frei vom Irren macht.«

Nachdem das taktmäßige Aufsagen der Verse zu Ende ist und im Raum nur das summende Geräusch von einigen der Bildung abholden Sommerfliegen übrig ist, geht Leubscher wie ein Zeremonienmeister würdevollen Schrittes die Bankreihen ab und winkt die Schüler heraus in die Mittel- und Seitengänge. Da alle wissen, was jetzt folgt, haben sie ihre Perücken, die seitlich an den Holmen der Bänke an Nägeln aufgehängt waren, gleich mitgebracht.

Auf ein Kommando des Lehrers stülpen sie sich den Haarschmuck über und auf ein weiteres Kommando beginnt die ganze Schar die Knie zu beugen und wieder zu strecken. Nach Leubschers Auffassung gehören derlei den Unterricht hin und wieder unterbrechende körperliche Ertüchtigungen zu den feierlich-offiziellen Situationen, in denen der Geist bescheiden hinter dem Auftritt seines körperlichen Trägers verschwindet, um anschließend verjüngt wieder in den Vordergrund zurückzukehren.

Diesmal lässt Leubscher vierundzwanzig Kniebeugen vollziehen, die Anzahl der Stunden eines vollen Tages symbolisierend, denn er will so zum Thema Zeit überleiten. Die nächtlichen Stunden werden auf sein Geheiß mit geschlossenen Augen zelebriert. Dann, als die Perücken wieder aufgehängt sind und alle in den Bänken sitzen, fährt der Lehrer fort, und man hört wieder das Kratzen mitschreibender Federn:

»Der große Gryph war ein aufmerksamer Leser des nicht minder großen Boëtius. Und so war ihm der Unterschied des stehenden Augenblicks, des ›nunc stans‹, und des fließenden Augenblicks, des ›nunc currens‹, wohl bekannt. Der stehende Augenblick gleicht einem Tümpel mit glatter Oberfläche, in dem sich das Antlitz des Ewigen spiegelt; der fließende Augenblick gleicht eher einem ungestümen Bach, der alle Strohhalme unseres Daseins mit sich fortreißt. Um tiefer in diese Materie einzudringen, möchte ich vorschlagen, dass wir nach der wohl bekannten sokratischen Methode vorgehen und einen Disput beginnen, bei dem sich der Wissende dumm und der Unwissende klug zu stellen pflegt. Das Thema des Disputes lautet: ›Der stehende und der fließende Augenblick und die Liebe.‹

Johann Christian, würdest du den Part der wissenden Dummheit übernehmen und du, Fritz Thiem, den des dummen Wissens!«

Beide Schüler erheben sich.

»Wie üblich stellt die wissende Dummheit die Fragen, und die scheinbar gelehrte Unwissenheit antwortet. Also bitte, Günther, fang Er an.«

»Lieber Fritz, ich möchte dich also fragen: Folgt in der Liebe auf den stehenden Augenblick der fließende oder könnte es deiner Meinung nach eher umgekehrt sein?«

Der Passant, der immer noch draußen vor der Schule steht, hört jetzt lautes Gelächter. Dabei verfinstert sich seine Miene und er schüttelt missbilligend den Kopf.

Fritz Thiem aber steht mit offenem Mund vor Günther und bringt kein Wort heraus, während dieser sagt: »Oder ist es gar so, dass in der Liebe der stehende Augenblick selbst ins Fließen kommt?«

Diesmal ist das Gelächter ohrenbetäubend.

Der Mensch draußen, der Krause heißt und zu den

schärfsten Gegnern von Leubschers seltsamen Lehrme-
thoden gehört, steckt den Kopf zwischen die Schultern
und strebt, immer noch von Missbilligung geschüttelt, mit
eiligen Schritten seiner Wohnung zu, wo er Papier und Feder ergreift und ein Pamphlet wider das Lachen in der
Schule verfasst, das er in kleiner Auflage drucken und
unter die Leute bringen wird.

Vermummter Abschied *(Februar 1713)*

Die Schulzeit beschert Johann Christian Günther wach-
sende Anerkennung durch den Rektor und einige musisch
interessierte Bürger der Stadt. Aus seinem Elternhaus erreichen ihn Nachrichten jedoch so spärlich, dass er sich
manchmal fragt, ob er überhaupt Kind leiblicher Eltern
ist. Zwar lässt ihm der Vater regelmäßig bescheidene
Geldbeträge über Caspar Thiem zukommen; dies geschieht jedoch kommentarlos. Die Erinnerung an die Mutter beschränkt sich auf ein bloßes, flaches Husten, das er
manchmal zu hören meint, wie es aus einem abgedunkel-
ten Krankenzimmer kommt und vom Vater mit ungnädi-
gem Schweigen zur Kenntnis genommen wird.

Es geht jedoch nicht überall in der Welt so kalt und
sprachlos zwischen Eltern und Kindern zu. Im nördlichen
Rendsburg zum Beispiel findet an einem nasskalten Morgen im Februar 1713 ein Abschied statt, der als Beispiel
für wahre Sohnes- und Elternliebe gelten kann.

Da stehen vor einer Haustür in der Hohen Straße drei
Personen so eng beieinander, dass ihre schweren Winter-

mäntel wie das Fell eines einzigen großen und warmblütigen Tieres wirken. Die Mitte bildet Jacob Petersen, der hoffnungsvolle Sohn des Uhrmachers Petersen und seiner Frau, dem in diesem Augenblick all das Drücken, Umarmen und Zuflüstern gilt. Jacob soll in die Fremde. Er soll eine weite Reise antreten, um in Wittenberg die Rechtswissenschaften zu studieren. Dies Vorhaben erfüllt die Eltern mit Freude und Sorge zugleich und aus derart widersprüchlichen Gefühlen wird in diesem Fall die heftigste und ehrlichste Liebe.

Ein Fuhrwerk mit zwei schweren Holsteiner Pferden nähert sich. Die Pferdeleiber sind in Decken gehüllt. Der Kutscher hat einen langen Wettermantel an. Und da auch eine trübe und dunstige Luft über allen Dingen liegt, hat man den Eindruck einer vollkommenen Vermummung dieses Teils der Welt.

Mitten aus dem Mantelwesen ertönt jetzt ein metallisches Schlagen wie von einer winzigen Glocke.

Dies scheint das Zeichen zum Aufbruch zu sein, denn Vater und Mutter treten auseinander. Die Gestalt eines jungen Mannes wird sichtbar, dessen blonde Haare unter einer Wollmütze hervorquellen. Jacob klettert auf den Kutschbock, während der Kutscher eine kleine Holzkiste auf die Ladefläche schiebt. Dann besteigt er ebenfalls den Wagen und löst die Zügel. Während die Mutter bereits zu winken beginnt und die Tränen über ihr rotes Gesicht laufen, geht der Vater noch einmal zu seinem Sohn, blickt zu ihm auf, ergreift seine Hand und drückt einen kleinen Gegenstand hinein, der sich glatt und metallisch anfühlt.

Jacob will abwehren, aber dann bemerkt er, mit welcher Bestimmtheit der Vater ihm das Geschenk überreicht hat. Er hält es vor die Augen und sieht, dass es die schöne Repetieruhr des Vaters ist, die vorhin den Abschied eingeläutet hat.

»Habt Ihr sie gesehen?«, sagt der Kutscher, als sie durch die Altstadt fahren. Jacob weiß, was er meint. Er erspart sich die Antwort. Wer nicht genügend große Pausen macht, gilt hier als Schwätzer.

Als sie durch die Neustadt fahren mit ihren geraden Straßen, den Arsenalen, den Festungsanlagen und dem Paradeplatz, deutet der Kutscher auf eine Gruppe Soldaten in fremden Uniformen. »Das ist ein Krieg, wo sie nicht mit Kugeln schießen, sondern mit Menschen. Diese Russen fressen und saufen uns alles weg. Kein Haus in der Stadt ohne mindestens fünf von ihnen. Überall liegen sie besoffen herum. Unterm Tisch, unterm Bett. Im Bett. Auf der Kommode. Alles stinkt nach Russen, und ihre Pferde binden sie am Bettpfosten an.«

Der Kutscher spuckt aus.

»Und der Zar ist der verrückteste von allen. Er frisst und säuft und hurt besser als all seine Soldaten zusammen. Bei Tisch soll er sich jeden Tag von vier anderen Rendsburgern bedienen lassen. Von den hübschesten Mädchen und den stattlichsten Burschen. Wer weiß, was er mit ihnen anstellt.«

»Nicht viel. Er ist freundlich und benimmt sich wie ein einfacher Handwerker. Er isst mit den Fingern und rülpst, was das Zeug hält. Ich habe ihn nämlich auch schon bedienen müssen. Er wollte mir Trinkgeld geben. Als ich ablehnte, habe ich mit ihm trinken müssen. Er trinkt den Schnaps, ohne zu schlucken.«

»Die Russen trinken alle, ohne zu schlucken. Sie haben keinen Adamsapfel, weil Gott sie nicht richtig fertig gemacht hat.«

40

Kaum sind sie zum Südtor hinaus, beginnt es große Flocken zu schneien. Der Kutscher rollt eine Plane aus und schiebt sie sich und seinem Fahrgast über die Knie. Petersen dreht sich um, denn er will einen letzten Blick auf die Silhouette seiner Vaterstadt werfen. Der Himmel will nicht recht hell werden. Es ist ein Tag aus lauter Wolldecken. Der ganze schaukelnde Wagen ist voll mit Holzfässern, in deren Deckeln der tauende Schnee Pfützen bildet.

»Was habt Ihr für Ladung?«, fragt Petersen.

»Das Silber der Meere. Sorgfältig eingepökelte Barren. Ein ganzer Heringsschwarm für die Sachsen. Du wirst ihren Wert noch schätzen lernen.«

Gegen Mittag öffnet der Kutscher eines der Fässer. Er holt zwei Heringe heraus. Dazu gibt es Brot und Bier.

»Lohnt sich eine solche Fracht?«

»Alles was billig ist, lohnt sich, weil niemand Geld hat. Und weil die Elbe jetzt zugefroren ist und die Flusszölle überhöht sind, bekomme ich einen anständigen Preis. Ich mache die Fahrt zweimal im Jahr. Du kannst auch mit mir zurückfahren.«

Sie essen jeden Tag Fisch. Die ganze Reise über.

An den Zollstationen verteilt der Fuhrmann reichlich Fische an die Beamten. Überall kleben jetzt silbrige Schuppen. Selbst auf den Pferden.

Der Durst wird immer größer. Das Bier, das sie unterwegs trinken, reicht nicht mehr aus, ihn zu löschen. Als sie Wittenberg am 13. März 1713 erreichen, hat Jacob das Gefühl, eine Statue aus Salz zu sein. Er vermeidet es, den Mund zu schließen, um den Salzgeschmack auf den Lippen nicht zu spüren.

Er schreibt sich gleich nach seiner Ankunft in die Matrikel der Universität ein und stürzt anschließend in einen

Bierkeller, um seinen Durst zu bekämpfen. Aber es dauert mehrere Tage, bis er endlich darangehen kann, ein fleißiger und rechtschaffener Student der Jurisprudenz zu sein, so wie sein Vater es von ihm erwartet.

Eine Ferienüberraschung *(Sommer 1713)*

In letzter Zeit hat Günther sich immer enger an Friedrich von Bock angeschlossen. Sie sind nicht nur äußerlich Gegensätze, sie sind es auch von ihrer Herkunft.

Friedrich von Bock ist gut einen Kopf größer als Günther. Er ist von Natur aus blond, zieht es jedoch vor, schwarze Perücken zu tragen. Er hat ein schmales, in Generationen adliger Stammbaumpolitik verfeinertes und blasses Gesicht. Seine Augen sind sehr blau, falls sie nicht von Tabak und Alkohol gerötet sind.

Die beiden Freunde rauchen und trinken viel, wenn sie auf Günthers oder von Bocks Zimmer zusammenhocken, um über Gott und die Welt und die Mädchen zu diskutieren. Friedrich hat einen wachen, jedoch oft tändelnden Verstand. Er kritisiert gerne und elegant und neigt dazu, seine schwärmerische Seele hinter der spiegelnden Oberfläche glatter Rhetorik zu verbergen.

Friedrich von Bock ist aus einem guten Haus. Seine Eltern gehören zu jenem mittleren Landadel, dessen Finanzkraft noch am wenigsten unter den Kriegswirren des siebzehnten Jahrhunderts gelitten hat. Ihr Viehbestand war nicht zu groß, ihre politischen Ambitionen nicht zu eindeutig, ihr kulturelles Engagement stand in harmonischem Verhältnis zu ihrer ökonomischen Kraft. Friedrichs Mutter, Hedwig von Bock, wird Günthers erste Gönnerin und Mäzenin. Sie hält sich auch eine besonders erlesene Schafrasse, die feinere Wolle als die üblichen Tiere liefert.

Mit erstaunlicher Sicherheit hat Günther in seinen Huldigungsgedichten an Hedwig einen Ton getroffen, der den Schmeicheleien die Absichtlichkeit nimmt. Günther spendet leichtes, klingendes Lob. Er preist in zarten, durchsichtigen Farben. Er schreibt der adligen Dame Verse, die sie, ohne sich schämen zu müssen, auf Gesellschaften vorlesen lassen kann, die sich aber, wenn man sie allein im Ankleidezimmer liest, augenblicks in erotische Liebesgedichte verwandeln.

Kurz vor den Sommerferien teilt Friedrich von Bock seinem Freund Günther mit, dass er herzlich auf ihr Landgut Roschkowitz eingeladen sei. Friedrich ist schon dort, als Günther sich in früher Stunde auf den Weg nach Roschkowitz macht. Es sind fast vierzig Kilometer und er will sie an einem Tag schaffen.

Das Gehen fällt ihm leicht. Es liegt nicht nur am Wetter, das heute ganz nach seinem Geschmack ist – Sonne, Wind und kurze Regenschauer –, es liegt auch an seinem Reiseziel. Er wird seine Gönnerin zum ersten Mal leibhaftig sehen. Er wird seinen Fantasien auf die Schliche kommen. Hat sie ihm nicht neulich erst als Anerkennung und Dank ein rotes Samtkästchen mit einem goldenen Florin darin zukommen lassen? Er trägt die Münze jetzt um den Hals. Sie soll nicht denken, dass er das Geld so dringend braucht, wie es in Wirklichkeit der Fall ist.

Den nächsten Regenschauer wartet er unter einer mächtigen Ulme ab, durch deren Blätterdach kein Tropfen dringt. Sein Blick wandert den Weg entlang. Dort geht es weiter in eine erfreuliche Zukunft. Ein wenig in Kurven und Schlangenlinien, aber insgesamt bergauf. Er wird es seinem Vater beweisen, was Fantasie und die Musik der Worte vermögen. Sind dies nicht auch wichtige Heilmittel für die Seele und den Verstand? Der Mensch besteht doch wahrlich nicht nur aus Muskeln und Knochen.

Als er die Zufahrt zum Gut Roschkowitz erreicht, ist es bereits dunkel. Er hat sich schmerzhafte Blasen gelaufen, aber er spürt sie nicht. Das Hochgefühl ist immer noch nicht abgeklungen. Zwischen den Stämmen der Allee sieht er Johanniswürmchen. Er denkt sie sich als freundliche Botschaft, die ihm der Vater schickt.

Friedrich von Bock kommt ihm auf den Stufen der großen Außentreppe entgegen. Er hat keine Perücke auf. Seine dünnen blonden Haare sind ungekämmt, und sein Lächeln ist jungenhaft und ehrlich. Günther verzichtet seinerseits darauf, die blonde Perücke, die er seitlich am Gürtel festgeknotet hat, aufzusetzen. Sie fallen sich in die Arme und klopfen sich auf den Rücken. Schöner kann Ankommen nicht sein.

In der halb geöffneten Eingangstür sieht er jetzt eine Frau. Das Kerzenlicht aus dem Raum dahinter lässt ihre Silhouette tiefschwarz erscheinen. Sie ist schlank und groß wie ihr Sohn. Noch auf den Stufen küsst er ihr die Hand.

»Willkommen in unserer Einsamkeit«, sagt Hedwig von Bock, »möge sie Ihm ein leeres Papier sein, das Seine Anwesenheit mit Versen füllt.«

Günther spürt, wie er diese Frau umarmen und auf den Mund küssen will. Friedrich hat ihn an der Hand gefasst und zieht ihn durch die Eingangshalle. Sie betreten einen Saal, der von vielarmigen Kerzenleuchtern erhellt ist. In der Mitte steht ein reich gedeckter Tisch. Einer von den vier Stühlen bleibt frei, als sie sich setzen. Sie heben die weingefüllten Gläser zum Willkommenstrunk. Der Sohn hält eine kleine Rede, deren Ton für ihn typisch ist.

»Willkommen an der Lohe, lieber Günther. Es ist kein Wildwasser, sondern ein eher trübes Rinnsal, das bekanntlich unserem berühmten Daniel Lohenstein seinen Namen lieh. Ich hoffe, du zeigst dich nicht allzu beeindruckt von meinem Zuhause. Es ist vom dünkelhaften Geschmack unserer Vorfahren ein wenig über sein eigentliches Format hinausgeputzt worden. Aber du wirst merken, dass Milch hier wie Milch schmeckt und all die Schnörkel der Architektur vom einfachsten Schneckengehäuse beschämt werden können.«

Sie essen den vorzüglichen Lammbraten und sprechen dabei über Gedichte. »Ich würde an deiner Stelle beizeiten anfangen, deine Texte abzuschreiben und zu sammeln«, sagt Friedrich, »wenn ich Verleger wäre, würde ich sie auf der nächsten Leipziger Buchmesse herausbringen.«

Günther sieht seinen Freund prüfend an. Ist dies nun Ironie? Aber er sieht an dessen Lächeln, dass er es ernst gemeint hat. Denn es ist ein Lächeln, das keinerlei vom Verstand beeinflusste Gesichtsmuskeln bemüht.

»Wir haben eine Überraschung für dich«, sagt jetzt Hedwig von Bock. »Sie hängt mit dem Braten zusammen, den wir hier verzehren. Wir haben ein Lamm schlachten lassen, und weil sie es gehütet hat und an ihm hing, hat sie sich geweigert, an diesem Essen teilzunehmen.«

»Du ahnst nicht, von wem die Rede ist?«, sagt Friedrich. Jetzt ist sein Lächeln ein ganz klein wenig verstandesmäßiger. »Es handelt sich um eine holde Schäferin, der ich durchaus zutraue, ihre Herde in deinem Parnass oder Arkadien satt zu bekommen.«

Als Günthers Gesichtszüge keinerlei Anzeichen von Begreifen verraten, fährt Friedrich fort: »Du solltest dem Flackern der Kerzenflammen vor dir entnehmen, dass soeben eine Tür aufgegangen ist. Ich könnte mir auch denken, dass dies geschah, um das Geheimnis unserer kleinen Überraschung preiszugeben.«

Hedwig von Bock lacht, als sie die Wirkung der gewundenen Sätze ihres Sohnes in Günthers Gesicht wahrnimmt.

Er erhebt sich von seinem Stuhl, dreht sich um und sieht ein Mädchen auf sich zukommen. Es ist außergewöhnlich hübsch. Als es Günthers verdutztes Gesicht bemerkt, bleibt es stehen.

»Sag es schon, sag das Wort, sonst wird er nie begreifen!«, ruft Friedrich.

Das Mädchen öffnet die Lippen und flüstert »Pommerland«, und dann, als ob die Schüchternheit eine Hürde ist, hinter der es sich doppelt gut laufen lässt, stürzt sie auf Günther zu. »Maikäfer flieg«, sagt er und hebt sie auf und wirbelt sie wie ein Kind im Kreis herum.

Belehrung bei Gewitter *(Sommer 1713)*

Wenn man davon ausgeht, dass auch Tiere einen unkörperlichen Hauch in sich haben, wie der Vater behauptet, dann sind es einundzwanzig Seelen, die an diesem Morgen Gut Roschkowitz verlassen: eine kleine Herde von achtzehn Schafen, ein polnischer Hirtenhund und die beiden Achtzehnjährigen, die gestern erst ihre Kinderfreund-

schaft erneuert haben. Aber eine richtige Kinderfreund-
schaft ist es nicht mehr. Da gibt es kein doppeltes Wiegen-
band, das ihre Bewegungen lenkt. Man sieht es am Abstand, den sie beim Gehen voneinander halten. Er ändert
sich fortwährend wie ein Tanz um eine unsichtbare Mit-
tellinie. Sie kommen sich zu nahe, oder sie entfernen sich
zu weit voneinander, nie ist es der richtige Abstand, und
diese Pendelbewegung verrät, in welche Spannung sie ihr
Wiedersehen versetzt hat.

Sie ziehen flussaufwärts das Tal der Lohe entlang. Sie
gehen durch knietiefen Nebel, in dem die Schafe wie seltsame Seetiere schwimmen. Als die Sonne aufgeht, wächst
allmählich das Gras aus dem Nebel.

»Dies *ist* Arkadien«, denkt Günther, »manchmal dichtet
die Natur sich selbst, dann sind alle Worte der Beschreibung überflüssig. Neben mir geht die Schäferin Flavie, die
in Wirklichkeit Johanna heißt. Aber was ist die Wirklichkeit anderes als Tünche über der wahren Schönheit der
Welt. Wenn wir sie wegkratzen, kommen überall ihre Bilder zum Vorschein.«

Er hat sich in Flavie verliebt. Er spürt dies allein daran,
wie sich seine nassen Füße anfühlen. Alles hier, auch das
Unangenehme, hat seinen unnachahmlichen Glanz. Es
wäre falsch zu sagen, dass der Blick sich durch das Gefühl
verschleiert. Er ist genauer geworden. Er sieht Flavie jetzt
viel deutlicher als gestern. Er sieht nicht mehr, dass sie
hübsch ist. Er nimmt sie ganz anders wahr. In all ihren Bewegungen gibt es eine kaum merkliche Unbeholfenheit,
als hingen überall an ihren Gliedern winzige Gewichte. Es
ist eine körperliche Trauer, die nichts von sich weiß. Flavie geht leicht vornübergebeugt, als fiele sie voran in eine
ungewisse Zukunft.

47

Günther möchte den Arm tröstend um sie legen. Aber seit ihrer stürmischen Begrüßung am Abend zuvor ist eine übertriebene Zurückhaltung in ihrem Umgang.

Als sie die Sonnenwärme auf ihren Gesichtern zu spüren beginnen, machen sie eine erste Rast. Sie lehnen sich nebeneinander an einen Baum und öffnen den Brotbeutel. Die Schafe sind ein Stück zum Fluss hinuntergezogen. Sie stecken dort die Köpfe in die letzten Nebelschwaden und weiden. Es ist so still, dass das Mahlen ihrer Kiefer zu hören ist.

»Arkadien«, sagt Günther, und seine Hand mit dem angebissenen Brot macht eine theatralische Geste in Halbkreisform.

»Dies ist Arkadien, das Paradies der Schäfer.

Du siehst, liebste Flavie, manchmal dichtet die Natur sich selbst, und dann ist es müßig für einen Dichter, sie beschreiben zu wollen. Du hast bemerkt, dass ich dich Flavie nenne. Nein, ich habe dir diesen Namen nicht beigelegt, sondern es ist dein wirklicher Name. Der andere Name ist nur ein Wort, mit dem dich die Menschen, die nichts von dir wissen, herbeirufen oder fortschicken. Ich will weder das eine noch das andere.«

Günther öffnet die Flasche Wein, die sie mitgenommen haben. Als er sie Flavie reicht, wehrt sie ab.

Günther trinkt daraufhin zwei Schlucke.

»Auch dein Hund heißt nicht so, wie ihr ihn gewöhnlich ruft. Er heißt Melampus. Siehst du seine schwarzen Pfoten, wenn er im Nebel springt und die Herde umkreist? Melampus heißt Schwarzfuß. Melampus war ein griechischer Seher, der die Stimmen der Tiere verstand, weil ihm im Schlaf zwei Schlangen die Ohren geleckt hatten. Auch dein Hund versteht das Blöken der Schafe ganz genau.

Ach Flavie, es sieht so aus, als ob nur ich hier meinen gewöhnlichen Namen weiter tragen muss. Dabei wäre ich
am liebsten Ovid, verbannt in dieses Paradies. Für den
Dichter ist die Schönheit der Natur immer ein Exil, liebste Flavie. Wir können weder in der Wirklichkeit noch in
der Poesie ganz zu Hause sein. Darum sind wir zu ewiger
Wanderschaft und Rastlosigkeit verurteilt. Möchtest du
jetzt einen Schluck?«

Flavie schüttelt den Kopf. Günther weiß nicht, ob sie
ihm überhaupt zuhört. Sie beobachtet die äsende Herde
und kaut vorsichtig an ihrem Brot, als sei dies eine unpas-
sende Handlung.

»Weil wir Dichter ewige Exilanten sind, reden wir so
viel, liebste Flavie. Wir versuchen, uns mit unseren Worten und Versen eine Ersatzheimat zu schaffen. Aber wir
verstoßen uns selbst immer wieder aus ihr, von ewiger
Sehnsucht nach wirklicher Heimat getrieben.«

Günther nimmt einen kräftigen Schluck aus der Flasche.

Die Sonne wärmt jetzt und der Nebel hat sich auch aus
den Flussniederungen verzogen.

Günther isst ein zweites Stück Brot. Anders als seine
Freundin kaut er schnell und heftig und verschluckt große Brocken. Er will den Mund möglichst schnell frei haben, denn er hält den Augenblick für gekommen, ein paar
der eigenen Verse zu sprechen.

»Bis jetzt ein heller Glanz durch dies Gewölke dringt,
Ein Glanz, der seinen Schein von deiner Huld be-
    kommen,
Der die gehoffte Ruh im vollen Lichte bringt,
Der alle Dämmerung von dir hinweggenommen,

Da sich ein Götterglanz auf meine Muse lenkt,
So fällt der Kummer hin, der mich gekränkt.«

Nachdem er seinen Vortrag beendet hat, schaut Günther Flavie erwartungsvoll an. Sie blickt immer noch zu den Schafen hinüber und ihre Miene verrät keinerlei Reaktion. Die Pause wird, wie es ihm scheint, immer quälender. Er will schon einen neuen Anlauf nehmen, da spricht das Mädchen endlich: »Ich kenne diese Verse. Du hast sie meiner Herrin geschrieben. Sie sind sehr schön.«

»Aber jetzt gelten sie allein dir, liebste Flavie. Du musst wissen, Gedichte können nicht treu sein bei so viel schönen Ohren. Sie entstehen jedoch beim Hören jedes Mal neu. Darum betrügen sie nicht.«

Sie setzen ihre Wanderung fort. Sie gehen durch kühle und warme Luftschwaden, mal näher beieinander, bis sie sich fast berühren, mal weiter voneinander entfernt.

Als es immer wärmer wird, bindet Günther seine Jacke mit den Ärmeln um die Taille. Flavie öffnet ihren Umhang. Immer wieder müssen sie Halt machen, weil sie für die Herde zu schnell gehen.

Die Spannung zwischen beiden führt dazu, dass sich Flavies Schweigen vertieft, während Günther erneut zu Vorträgen Zuflucht nimmt.

Inzwischen sind Quellwolken am Sommerhimmel entstanden, und es ergibt sich wie von selbst, dass es plötzlich sein Vater ist, der durch den Mund des Sohnes redet. »Dort oben am Himmel, Flavie, ist ein Baumeister am Werke, der die schönsten Schlösser aus Zuckerwatte macht. Weißt du, was Wolken sind? Sie sind keine Säcke voll Eis, nur weil es manchmal aus ihnen hagelt. Es gibt auch keine Donnerkeile in ihnen, wie manche glauben. Es sind auch keine Waschzuber mit löchrigem Boden, nur weil es manchmal aus ihnen regnet. Wolken sind eine Sprache der Luft, die einem viel verraten kann. Zum Beispiel, wie das Wetter wird oder welche Krankheiten sich häufen werden. Wolken sind so etwas wie die Dampfwölkchen, die entstehen, wenn wir im Winter reden. Wenn heiße und kalte Luft aufeinander treffen, können wahre Kriege entstehen, Schlachten, bei denen mit Blitz und Donner gekämpft wird. Je heftiger und höher diese Schlösser da oben errichtet werden, um so wahrscheinlicher ist es, dass es zu solchen Kriegen kommt. Siehst du diese eine Festung dort? Ihre Zinnen und Wehrtürme ragen immer bedrohlicher in den Himmel. Eine typische Gewitterwolke. Es würde mich nicht wundern, wenn wir heute noch Zeugen gewaltiger Himmelsschlachten würden.«

Flavie ist stehen geblieben. Sie legt die Hand an die Stirn, um ihren Augen Schatten zu geben. Sie sieht zur Wolke hinauf. Günther ist hinter sie getreten. Er deutet mit dem Arm an ihrer Wange vorbei nach oben. Er weiß nicht, was er Flavie eigentlich noch zeigen will. Sein Gesicht ist so nah an ihrem Haar, dass er selbst kaum etwas anderes mehr sieht als ein leuchtendes Gewirr von Linien. Flavie dreht sich um und dann berühren sich ihre Stirnen. Die Konturen ihres Gesichtes zerfließen in der allzu großen Nähe. Ihre Augen sind nur verschwimmende Flecken und ihr Mund ist ein roter Schatten am unteren Rand des Bildes.

Als sie weitergehen, hat sich etwas verändert. Ein klein wenig von der Unschärfe ihres Gesichtes hat sich der ganzen Welt mitgeteilt. Die Konturen der Bäume, der Blätter, der Schatten und die hin und wieder zwischen Schilf und Gebüsch auftauchenden Linien des Flussufers verschwimmen leicht. Alles ist mehr gemalt als gezeichnet. Nur Flavie sieht er noch überdeutlich. Sie ist nicht mehr Teil eines Bildes. Sie ist viel wirklicher als alles rund herum. Wenn er sie betrachtet, dann kommt er sich vor wie ein Forscher, der ein seltenes Objekt durch eine Lupe betrachtet. Er sieht jedes Detail, jede Hautunreinheit, den weißen Flaum auf ihren Unterarmen; er sieht, wie sich in ihren Zügen kindliche Freude über den Tag und leichte Müdigkeit mischen. »Ich bin verliebt«, denkt er und lächelt, »sonst würde ich sie nicht so genau sehen und alles andere so verschwommen. Ich nehme jetzt deutlich wahr, dass sie nur ein einfaches, ungebildetes Bauernmädchen ist. Dass ihr all die Verfeinerungen einer städtischen Erziehung fehlen. Aber das ist es ja gerade, was mich so verliebt macht. Von ihrem Aussehen, von ihrem Gang und ihrem Schweigen geht eine Aufrichtigkeit aus, in der ich mich verbergen möchte.«

Gegen Mittag erreichen sie ihr Ziel: einen großen See im Tal der Lohe. Der Boden rund um das Gewässer ist sumpfig. Aber es gibt zahlreiche Bauminseln, wo der Grund fester ist. Auf einer von ihnen lagern sie im Schatten von Erlen. Flavie hat ihren Umhang auf dem Boden ausgebreitet. Dies ist jetzt das Revier, das ihnen gehört und sie zwingt, recht nahe beieinander zu sein.

Sie packen Brot und Wein und zwei gebratene Hühnchen aus. Günther legt die Flasche zum Kühlen in den Fluss. Flavie zerteilt inzwischen eines der Hühnchen und Günther hilft ihr dabei. Sie essen vom Fleisch und schmieren sich das Hühnerfett in die brennenden Gesichter. »Das hilft auch gegen die Mücken«, sagt Günther. Er kann es nicht lassen, das Mädchen zu belehren. Dabei spürt er nur allzu deutlich, dass er sie viel lieber anfassen würde.

»Meinem Eindruck nach ist dieser See fast kreisrund. Ihn zu umwandern würde man wohl mindestens drei Stunden brauchen. Mit einer Schafherde jedoch wenigstens die doppelte Zeit.«

Flavie wischt sich den Mund ab. Sie reibt ihn so gründlich mit einem Tuch, dass das Rot der Lippen noch tiefer ist als sonst. Dann legt sie sich zurück und verschränkt die Arme unter dem Nacken. Günther starrt auf das kleine Büschel Haare ihrer Achselhöhle. Er hebt etwas die Stimme, vielleicht um ihr Zittern zu verbergen:

»Dieser runde See hier ist der geeignete Spiegel, in dem die ganze verrückte Welt rund herum betrachtet werden könnte. Sein Wasser ist still, wie unsere Heimat Schlesien. Es gibt hier keine stürmischen Ereignisse, und darum spiegelt sich alles so gut, was rundherum in den verschiedenen Ländern passiert. Ich will es dir ein wenig erläutern.«

Flavie liegt ganz ruhig da und sieht in die Erlenkrone hinauf. Ihre im Schatten verdunkelten Augen verraten nicht, ob sie zuhört.

»Wir sind hier am südwestlichen Ufer. Wenn du von der Mitte des Sees eine Linie über unsere Köpfe hinwegziehst, kommst du geradewegs nach Frankreich. Das ist ein Land mit feinen Sitten. Da reden sogar die Straßenjungen französisch. Man ist immer nach der Mode. Egal was man denkt oder trägt. Welche Hosen, welche Ideen, welche Perücken, welche Verse. Immer ist es das Neueste und immer wird es von den anderen Ländern nachgeahmt.

Ginge Frankreich zu Grunde, würde es die ganze übrige Welt nachmachen. Natürlich haben die Franzosen auch einen passenden König. Er heißt Ludwig und pflegt Hühner genauso wie wir mit den Fingern zu essen, woran du siehst, dass auch wir Nachahmer französischer Sitten sind. Man nennt Ludwig auch den Sonnenkönig, nicht, weil in seinen vielen Ländern die Sonne nicht untergeht, wie manche meinen, sondern weil er selber eine Sonne ist, die morgens in Seidenbetten aufgeht, tagsüber wärmt und leuchtet und abends in Seidenbetten wieder untergeht, worauf der Nachttopf unterm Bett als Mond von einer Seite zur andern wandert.«

Günther sieht, wie Flavie lächelt. Dadurch ermutigt, springt er auf und holt die Flasche Wein. Als er zurück ist, hat sie den Kopf in die Hand gestützt. Er zieht den Korken mit den Zähnen heraus und reicht ihr die Flasche. Sie trinkt einen kleinen, vorsichtigen Schluck und behält den Wein eine Weile im Mund. Er setzt die Flasche an und lässt die Luftblasen in ihrem Hals tanzen.

»Bevor du auf der gedachten Linie nach Frankreich kommst, liebste Flavie, durchquerst du ein anderes Land mit einem bedeutenden Herrscher. Man nennt ihn August den Starken. Er kann Hufeisen mit einer Hand verbiegen. Schau, so.«

Günther beißt das Innere einer Brotscheibe heraus, dass sie wie ein Hufeisen aussieht. Dann zerdrückt er sie, stopft sich die Krümel in den Mund und spült sie mit einem großen Schluck Wein hinunter. Als Flavie diesmal lächelt, sind die Grübchen auf ihren Wangen tiefer. »Ich glaube, die gewaltige Stärke Augusts rührt daher, dass er sämtliche Schwächen der Menschen in sich vereinigt und auf eine geschickte Weise miteinander verbindet. Viele Bächlein können einen reißenden Strom erzeugen.«

Günther entgeht nicht, dass Flavie müde ist. Er täuscht ein Gähnen vor, trinkt noch einen Schluck, reicht die Flasche dem Mädchen, das sich nur die Lippen netzt. Dann lässt er sich neben Flavie auf den Umhang zurücksinken.

Beide wenden sich mit einer Vierteldrehung voneinander weg. Während Flavie bald schläft, liegt Günther hellwach auf der Seite und geht mit den Augen zwischen den Grashalmen spazieren. Er beobachtet eine Grille, wie sie mit den Schenkeln auf ihren Flügeldecken geigt. In den Pausen dieser Musik hört er die gleichmäßigen Atemzüge des Menschen, den er so nah neben sich hat und dessen Nähe ihm dennoch unerreichbar fern erscheint.

Als Flavie aufwacht, sieht sie, dass sich die Herde ein ganzes Stück entfernt hat.

Sie dreht den Kopf weiter und bemerkt neben sich den fremden Körper wie ein nahes Gebirge. Es bewegt sich gleichmäßig ein wenig auf und ab, woraus sie schließt, dass ihr Freund schläft. Sie tippt zögernd gegen seine Schulter. Günther spielt Erwachen, dehnt und reckt die Glieder, gähnt herzhaft und steht auf. Beide folgen der Herde, die eben hinter einer Baumgruppe verschwunden ist. Man hört nur noch den dünnen Klang der Glocke, die das Leittier um den Hals trägt, und hin und wieder das Bellen des Hundes.

Es ist unerträglich heiß inzwischen. Beide ziehen ihre Oberkleider aus. Flavie behält nur ein dünnes Leinenhemd an. Sie bewegt beim Laufen kaum die Schultern. »Zwei randvolle Becher Milch«, denkt Günther, »sie will ja nichts verschütten.«

Der Hund kommt Flavie entgegen. Das Gras ist hier so hoch, dass man nur seinen Kopf und die flatternden Schlappohren sieht. Sie wandern mit der Herde weiter, bis sie eine weit in den See vorspringende Landzunge erreichen. Sie ziehen ihre Schuhe aus und gehen in Kleidern immer tiefer ins Wasser hinein. Es steigt den Bauch hinauf wie eine Honigzunge, die über ein schräg gehaltenes Brot läuft. Beide können nicht schwimmen. Und so kehren sie zum Ufer zurück und trocknen ihre Kleider.

Günther setzt seinen weltpolitischen Vortrag fort. Aber seine Stimme ist nicht mehr so schulmeisterlich.

»Da, Richtung Süden geht es zu unserem Kaiser. Er ist kein starker August. Er ist ein Karl, der die Macht wie eine Henkeltasse hält. Wir sind eine Provinz des Habsburgers. Und das ist ungefähr so, als sei Schlesien ein kleiner Mohr, der vor dem Umkleidezimmer seiner Hoheit auf dem Boden liegt und versucht, durch den Türspalt zu lugen. In jenem kaiserlichen Gebäude wird eine Sprache gesprochen, die jedem ernsten Gedanken zierliche Locken dreht. Fast wären wir heute türkisch, liebe Flavie. Aber der Türke hat sich in diesem Umkleidezimmer auch nicht ausgekannt, weil da die Rüstungen wie Negligés aussehen und die Nachthemden wie Harnische.«

Günther sieht, wie die dunklen Nässeflecken auf ihren Kleidern kleiner werden. Flavie sitzt unbewegt auf einer Baumwurzel und starrt auf ihre Hände. Er weiß nicht so recht, warum er weiterredet, als gälte es sein Leben.

»Nicht nur der Türke, auch Ludwig der Vierzehnte hat mit seinem ewigen Appetit auf frische Hühnchen die Habsburger rupfen wollen. Aber siehe da, es geschah ein Wunder. Fünf der Hühnchen haben sich nebeneinander auf eine Stange gestellt und gebellt wie ein Hund. Das hat dem Ludwig gar nicht gefallen, vor allem, als er an die feinen Seidenstrümpfe dachte, die seine Waden nur allzu unvollkommen schützen. Er ließ von seinem Vorhaben ab und begann, sich in seiner Fressgier vor Gram selbst zu verzehren. Seitdem sinkt seine Sonne, und der Nachttopf kommt manchmal gar nicht mehr ganz von der einen Seite des Bettes auf die andere.

Weißt du, wie die fünf Hühnchen heißen? Sie haben die Namen E, U, G, E und N. Wenn sie des Abends friedlich auf der Stange sitzen, liest du es deutlich: Eugen.

Eugen ist ein Held, mit anderen Worten ein Poet der Tat. Er führt Kriege wie Balladen. Und seine plötzlichen Attacken gleichen brillanten Aphorismen. Ohne Eugen würdest du vielleicht mit türkischen Wiegenliedern aufgewachsen sein oder heute französisch sprechen.«

Die Kleider sind trocken. Flavie lässt den Schulunterricht brav über sich ergehen. Aber die Art, wie sie sich den Rock glatt zieht, verrät, dass sie ungeduldig ist und gehen will.

Günther krempelt sich die Hosenbeine hoch. Er erschlägt eine Mücke mit der flachen Hand. Zwei kleine Blutflecken entstehen, einer auf der Wade, einer in der Hand. Mit Reden kann man nichts ändern, nichts aufhalten, die Zeit schon gar nicht.

Sie wandern schweigend der Herde nach. Es ist drückend schwül geworden. Über dem Tal der Lohe braut sich ein kräftiges Gewitter zusammen. Der Hund hat es immer schwerer, die unruhig gewordenen Schafe zusammenzuhalten. Günther zeigt auf die mächtigen Gewitterwolken. »Bald beginnt die Schlacht, Flavie.«

Seinem Satz folgt das erste, ferne Donnergrollen.

»Wir sind jetzt auf der Höhe von Polen, Flavie. Grund genug, einen Schluck auf das Wohl dieses tapferen Volkes zu trinken. Es gibt auf der ganzen Welt keine einzige Nation, die so oft den Appetit fremder Mächte geweckt hat. Man könnte sich fragen, woran es liegt. Österreicher, Schweden, Russen, Sachsen, alle machen sie sich abwechselnd über den Kuchen her, zerteilen ihn, zerkleinern ihn, würgen ihn hinunter, speien ihn wieder aus. Anscheinend sind die Polen als Volk ungenießbar, weil schon jeder einzelne Pole in sich so gründlich zerstritten ist, dass ihm die Teilung seine Landes wie eine persönliche Krankheit erscheint, wie eine Art Schnupfen des einen Nasenlochs, während das andere immer noch zum Atmen offen bleibt.«

Günther trinkt, aber Flavie wehrt die Flasche mit der Hand ab.

Sie gehen jetzt schneller. Der Hund braucht die Schafe nicht anzutreiben, denn sie laufen vor der Wolkenwand her, die sich von Süden nähert. Wenn es blitzt, sieht es aus, als platze eine brüchige Eischale auf. Günther nimmt Flaviens Hand und läuft auf einen Waldrand zu. »Wir sind jetzt auf der Höhe von Russland«, schreit Günther zwischen den langen Kanonaden der Donnerschläge. »Dies ist mindestens die Schlacht von Poltawa.«

Am Waldrand setzen sie sich unter eine große Buche mit dichten Laubkronen. Auch die Schafe kommen. Bald sind sie umgeben von lauter wolligen Körpern. Das Gewitter ist jetzt genau über ihnen. Manchmal sehen sie mehr als zehn Blitze zugleich. Die Donnerschläge fallen übereinander her wie kläffende Hunde. Günther will Flavie etwas sagen. Er muss beide Hände an ihr Ohr legen und mit dem Mund hineinsprechen:

»Du brauchst keine Angst haben, Flavie. Hier sind wir gut geschützt.« Der Satz ist wirklich nicht sehr eindrucksvoll, aber er hat die Annäherung ihrer Köpfe erlaubt. Günther lässt seine Hände auf Flaviens Schultern liegen. Je schlimmer das Gewitter tobt, um so fester zieht er sie an sich. Die Schlacht von Poltawa nimmt bisher einen sehr erfreulichen Verlauf.

Als es in Strömen zu regnen beginnt, halten sie sich immer noch fest. Auch Flavie hat ihre Hände wie ein Dach auf das Haar ihres Freundes gelegt. Günther tastet vorsichtig Flaviens Rücken entlang. Er fühlt die kleinen Höcker ihrer Wirbelsäule unter dem nassen Kleid. Als sie ihren Kopf in die Bucht unter seinem Kinn schiebt, spürt Günther, dass sein Herz wie ein Pumpwerk mit schnellen Schlägen die Süße des Augenblicks bis in jeden Winkel seines Körpers verteilt.

Als die Macht des Gewitters gebrochen ist und der Wolkenbruch aufhört, rücken sie wieder auseinander. Doch sie wissen, dass sie sich jederzeit wieder umarmen dürfen. Günther lässt noch einmal die Schulbänke knarren, vielleicht weil er sich sein Glücksgefühl aus einem geschützten Winkel betrachten will.

»Das war mindestens die Schlacht bei Poltawa, als sich vor wenigen Jahren die beiden größten Wahnsinnigen unserer Zeit mit Donner und Blitz auf die Köpfe geschlagen haben. Der eine, der Zar, ein Künstler der Hinterlist, der andere, der Schwedenkönig Karl, ein Gott an Eigensinn. Beides rücksichtslose Menschenfresser und beide der Meinung, dass fremde Völker erobert und tote Soldaten erschossen gehören. Wo Karl ist, ist Schweden. Sein Land ist, was er unter dem Stiefel hat.

Russland aber ist die Weite. Bei Poltawa hat die Weite den Stiefelabdruck aufgefressen. Seitdem ist Karl nur noch ein Fuß in der Luft.«

Während er spricht, nähert sich Flavie noch einmal und legt ihren Kopf an seine Schulter. Dann stehen sie auf und gehen zum See zurück, über dem der Himmel schon blau ist. Sie sind noch nicht weit gekommen, als die Welt mit einem einzigen Schlag zertrümmert wird. Der Luftdruck wirft sie wie Puppen zu Boden. Sie liegen leblos da, bis der Schreck in sie fährt.

Günther erhebt sich zuerst. Er taumelt ein paar Mal im Kreis und probiert seine Gliedmaßen. Dann kniet er neben Flavie nieder, die ihn mit angstvollen Augen anstarrt. Er schiebt seinen Arm unter ihren Nacken und richtet sie auf. Ihr Blick fällt auf den Hund. Melampus liegt wenige Schritte entfernt auf dem Rücken, und seine vier Beine zeigen starr wie kleine Pfähle in den Himmel.

In Flaviens Blick kommt jene Blindheit, die maßloser Schmerz verleiht. Sie rappelt sich auf und kriecht auf allen vieren zum Hund. Sie fasst ihn an, hebt ihn hoch und presst ihn wie ein Kind an die Brust. So rennt sie in kurzen, hastigen Schritten auf und ab. Günther eilt hinzu und nimmt ihr den Kadaver weg. »Ich begrab ihn für dich«, sagt er.

Flavie setzt sich hin, und dann weint sie, wie Günther noch nie einen Menschen hat weinen sehn.

Ein heftiger innerer Sturm schüttelt die Tropfen aus ihren Augen, während Günther vor ihr kniet und mit den Händen ein Loch zu graben beginnt.

Der Boden ist feucht, und das Loch füllt sich schnell mit Wasser. Er legt Melampus hinein und drückt die Beine an. Dann packt er Erde drüber und bindet mit Schilf zwei Äste zu einem Kreuz, das er neben dem Grab in den Boden steckt.

Später hakt Günther Flavie unter und führt sie den Schafen nach, die auch ohne Hund eng zusammenbleiben. Gegen Abend erreichen sie den Teil des Sees, an dem die Lohe mündet. Es ist ein Unglückstag, denn Günther rutscht, als er trinken will, am lehmigen Steilufer der Mündung aus und verstaucht sich den Fuß.

Flavie zieht ihm vorsichtig Schuh und Strumpf aus. Dann legt sie seinen Fuß in ihren Schoß. Sie sitzen ganz nahe am Flussufer auf einem Baumstamm, und Flavie schöpft kühles Wasser mit ihrer hohlen Hand und träufelt es auf die Schwellung. Auf ihrem Rock entsteht ein großer, dunkler Fleck.

Als die ersten Glühwürmchen kommen, bereiten sie ihr Lager. Sie sammeln belaubte Zweige und legen Schilf darüber. Die Schafe stehen eng beieinander und bilden eine hellgraue Insel in der Dämmerung. Flavie und Günther ziehen sich aus, ohne sich anzusehen. Sie breiten ihre Kleider über die Schilfgräser. Dann schlüpfen sie unter Flavies Umhang, den sie wie eine Decke über sich ziehen.

Als Günther Flavie zu streicheln beginnt, spürt er, dass sie überall Gänsehaut hat. Und dass jede Bewegung seiner Hand eine glättende Spur auf ihrem Körper hinterlässt.

Elternliebe *(März 1714)*

Nachdem er ein Jahr fleißig studiert hat, kennt Jacob Petersen zwar den Unterschied zwischen römischem, deutschem und natürlichem Recht, aber er weiß immer noch nicht, was rechtens ist.

Er hat sich in Wittenberg leidlich eingelebt. Sein Zimmer ist für studentische Verhältnisse komfortabel. Es liegt zum Beispiel nicht zum Hinterhof hinaus. Da er genügend Geld hat, sind ihm die Demütigungen des Pennalismus erspart geblieben. Diese inzwischen offiziell verbotene, aber immer noch lebendige Sitte, die ersten beiden Semester des Studiums im Zustand äußerster Verwilderung zu verbringen, kann man durch spendables Auftreten bei Saufgelagen ganz gut umgehen. Petersen braucht also nicht mit zerrissenen und geflickten Kleidern, ungeschnittenen Haaren und Nägeln herumzulaufen. Er braucht für andere keine Stiefel putzen, Pfeifen stopfen und Huren besorgen. Er braucht sich nicht verspotten lassen, und er muss nicht zum Gaudi der höheren Semester die übelsten Speisen aus Kot, Stiefelwichse und Pfeffer essen.

Petersen begreift nicht, dass viele Neulinge diese Schikanen freiwillig auf sich nehmen. Es ist für sie offenbar eine Art Ehrenstellung, die die Möglichkeiten zu mancherlei Schabernack bietet. Außerdem winkt ja die Möglichkeit, in absehbarer Zeit selber Neulinge in solcher Sklaverei zu halten.

Da Petersen sich immer anständig kleidet und aus Händeln heraushält, gilt er bald als vornehmer Langweiler, bei dem man im Notfall immer Kredit hat. Ihm selbst bringt sein anziehendes Aussehen großen Kredit bei den Weibern ein, aber er nützt diesen Vorteil so wenig, dass es bald die entsprechenden Gerüchte gibt.

Als Anfang März 1714 die Salzheringsfuhre aus Rendsburg eintrifft, meldet Jacob sich wieder beim Fuhrmann. Sie legen die Strecke nach Hause bei gutem Wetter und daher ziemlich schnell zurück. In den alten Fässern vom Vorjahr, die der Fuhrmann eingesammelt hat, befinden sich in Stroh verpackte Teller und Schüsseln aus Steingut.

»Die Russen sind weg«, sagt der Kutscher. »Aber dafür wohnen Juden in der Neustadt. Sie dürfen als Sesshafte Handel treiben. Die Preise sind hochgegangen. Das Bier ist auch nicht besser geworden. Die ganze Welt taugt immer weniger.«

Er überrascht sie in der Küche. Sie haben den ganzen Tag dicht bei den beschlagenen Scheiben gesessen, in die sie kleine Sichtlöcher gewischt hatten, um die Ankunft des Sohnes nicht zu versäumen. Aber dann hat der Vater gemeint, sie würden ja bestimmt das Fuhrwerk hören. Sie haben sich daraufhin an den großen Tisch neben den Ofen gesetzt.

Als das Fuhrwerk draußen vorfährt, hören sie das Poltern und Klappern der Hufe nicht, weil der Vater eine geöffnete Taschenuhr auf den Tisch gelegt hat, deren Unruhe sich nur schwach bewegt und deren Ticken die beiden Alten mit besorgter Miene lauschen, als sei es der Herzschlag eines Patienten.

»Sie ist nicht gesund. Obwohl die Feder aufgezogen ist, bleibt sie immer wieder stehen. Aber wenn ich vorsichtig über das Werk blase, geht sie wieder. Es müssen die Lebensgeister im Atem sein.« Der Vater blickt auf und sieht seinen Sohn an, der noch im Mantel vor ihm steht. Die Mutter ist aufgestanden und zum Herd gegangen, auf dem ein großer Topf mit heißer Suppe steht. Sie rührt um und lächelt vor sich hin. Der Vater aber wendet sich wieder der Uhr zu, die jetzt lauter tickt. »Es scheint ihr gut zu tun, dass du gekommen bist«, sagt er, und dann umarmen sich Vater und Sohn.

Später sitzen sie bei Suppe, Bier und Schnaps am Tisch. »Was hast du in der Fremde gelernt, mein Sohn?«, fragt der Vater. »Das Recht auf die Liebe der Eltern ist ein primäres Naturrecht. Es ist als sittliche Norm im Wesen des Kindes verankert«, lautet die Antwort.

In der Requisitenkammer *(Sommer 1714)*

Als Fritz Thiem in den Keller der Gnadenschule geht, hat er eigentlich nur vor, ein wenig zu weinen. Denn Leubscher hat ihm wieder einmal ganz nebenbei demonstriert, wie beschränkt seine geistigen Fähigkeiten sind.

»Kannst du mir schnell mal den Globus von Schlesien aus der Gerätekammer holen, Fritz?«, hat der Lehrer gesagt. Er ist flugs aus der Tür und hat in der Gerätekammer alles abgesucht. Als er zurückkommt und sagt: »Mir scheint, wir haben einen solchen Globus nicht«, hat die ganze Klasse gelacht. Fritz ist darauf mit reichlich Tränen hinter den Augen davongerannt.

Im dunklen Gewölbekeller packt ihn jedoch solche Angst, dass die Tränen gar nicht erst kommen wollen. Er hört seltsame Geräusche, dumpfe Schläge, lang gezogenes Heulen, wie man es nur von Wölfen kennt. Etwas ist in der Requisitenkammer. Als ein schwerer Gegenstand von innen gegen die rohe Brettertür fällt, stürzt Fritz nach oben, geradewegs dem Rektor in die Arme, der sich auf die Suche nach ihm gemacht hat.

»Ein Geist ist im Fundus«, bringt Fritz hervor, und dann kann er endlich in Leubschers Armen weinen.

Leubscher schreitet gefolgt von der ganzen Klasse die Kellertreppe hinab. Fritz hat Recht, sie hören den Höllenspektakel jetzt alle. Leubscher nähert sein Auge einem Spalt in der Brettertür. Weiter unten pressen sich andere Augen an Ritzen und Löcher.

Sie sehen ein wirklich gespenstisches Bild. Kleider, Masken, grinsende Teufelsgesichter, Mohrenköpfe, goldene

Engelsflügel, Staatsperücken, Pappschwerter und hölzerne Königskronen, Talare und römische Togen, der Apfel des Paris und die ausgestopften Gänse des Kapitols, alles fliegt wild durcheinander, wird zur Decke aufgewirbelt und prallt zu Boden. Mitten drin tanzt ein verrenkter Schatten mit einem weißen Totenkopf. Die Hände des Schattens tragen Handschuhe mit aufgemalten Knochen, und sie sind es, die all die Dinge im Raum durcheinanderwerfen.

Jemand vor der Tür sagt: »Er ist verrückt geworden, er bringt uns den ganzen Fundus durcheinander.«

Jemand anderes will die Tür öffnen, aber Leubscher gebietet Einhalt. »Es ist besser, wir warten noch ein wenig. Er wird bald erschöpft sein.«

Das Gespenst packt plötzlich eine große silberne Weltkugel und wirft sie mit großer Gewalt gegen die Tür. Die Beobachter fahren erschrocken zurück.

Dann hören sie Wimmern und wieder Schläge. Der kostümierte Tod ist dabei, die Kugel zu zertreten, bis sie ein Haufen zerfetzter Pappe ist. »War das der Globus von Schlesien?«, fragt Fritz, der sich direkt unter Leubschers Kopf einen Ausguckposten verschafft hat. Aber niemand antwortet oder lacht. Alle starren sie wieder durch die Türritzen.

Der Schatten verdoppelt seine Anstrengungen. Masken und Kostüme wirbeln so schnell zur Decke, dass sie kaum je am Boden sind. Dann hören sie einen Aufschrei und sehen, wie der Mensch da drin zu Boden fällt und unter den herabregnenden Theatersachen begraben wird.

Leubscher öffnet die Tür. Sie zerren den ohnmächtigen Günther unter den Kleidern und Gegenständen hervor und tragen ihn hinaus.

Friedrich von Bock geht dicht hinter Leubscher. Er sagt: »Seine Freundin Flavie ist genau an jener Stelle vom Blitz erschlagen worden, wo es im Jahr zuvor ihren Hund getroffen hat. Es ist ein Zeichen Gottes. Günther wollte nächste Woche wieder zu ihr. Ich habe ihm heute Morgen die schreckliche Nachricht überbracht.«

Auf der Bude im Thiem'schen Hause
(Herbst 1714)

Günthers Zimmer im Thiem'schen Haus ist spartanisch eingerichtet. Einziger Schmuck sind einige irdene Tabakspfeifen, die an der Wand aufgehängt sind. Es gibt ein Bett, einen Tisch mit zwei Stühlen, einen Schrank ohne Türen, in dem die Kleider hängen. Als einziges Bild duldet er das Fenster mit dem Kreuz, das die Landschaft in vier Ansichten teilt.

Jetzt ist die Gardine zugezogen. Der Ofen brennt geräuschvoll, denn es ist die erste eiskalte Nacht des Jahres. Dichte Schwaden von Tabakrauch dämpfen das ohnehin schwache Licht der Kerze. Friedrich von Bock hat seine langen Beine auf einen Stapel Bücher gelegt und den Stuhl, auf dem er sitzt, nach hinten gekippt. Er spricht mit seiner sonoren, wohlklingenden Stimme vor sich hin, als sei sein Freund Günther, der vorgebeugt und wie zum Aufspringen bereit auf seinem Stuhl sitzt, gar nicht vorhanden.

»Du hast nun also die Liebe im Sommer kennen gelernt. Du hast sogar ein hübsches Examen darin absolviert.

Wenn ich deine Schilderungen richtig verstehe, bist du ganz nach Poetenmanier dabei vorgegangen. Du hast dir einen recht gewöhnlichen Menschen ausgesucht und ihn mit den Flügeln deiner Fantasie zum Engel gemacht. Ich finde das nicht übel. Es ist vielleicht der einzig gangbare Weg in dieses so genannte Paradies, aus dem die Ehe bekanntlich sehr schnell die Hölle macht. Umso weniger verstehe ich allerdings, was du gegen meine allgemeine Definition der Liebe einzuwenden hast. Gerade deine Erfahrung hat doch deutlich gemacht, dass sie ein flüchtiges Phantom ist, wie dieser Tabaksqualm zwischen uns.«

»Ich liebe sie so sehr, dass ich sie in allen Frauen wiederlieben werde«, stößt Günther hervor. »Auch wenn meine Fantasie dieses Mädchen erschaffen hat, ich war dazu nur in der Lage, weil von ihm tiefe Ruhe und Wahrheit ausgingen.«

»Ruhe und Wahrheit, was für tönerne Worte, lieber Freund. Auch ich mochte Johanna ganz gern. In der Tat, sie war ein ehrliches Mädchen. Aber doch keine Göttin, zu der du sie machen willst.«

Friedrich unterbricht seine Sätze, indem er genüsslich und lange an seiner Rohrpfeife zieht, deren heißer Tonkopf in seinem Schoß ruht. Günther hingegen raucht hastig und bläst den Qualm in alle möglichen Richtungen von sich: »Flaviens Zärtlichkeit war von der Art, wie du sie bei deinen Weibern nie kennen gelernt hast. Deshalb verstehst du mich nicht. Sie war göttlich unbeholfen. Ihr Streicheln hätte einen Zerberus einschläfern können.«

»Und zum Schwanzwedeln bringen. Sag es ruhig. Es ist doch immer dasselbe. All dieses eifrige Hantieren mit den Händen und anderen weniger dazu geschaffenen Körperteilen zwischen Männern und Frauen kann niemals darüber hinwegtäuschen, dass es sich bei diesen Wesen um ganz unterschiedliche Arten handelt. Frauen sind Tieren viel näher als Männer. Vielleicht meinst du das mit der einschläfernden Wirkung deiner einstigen Geliebten. Frauen sind Menschentiere, wie ein ansonsten wenig gescheiter Mensch ganz richtig bemerkte. Wir können Frauen im Übrigen deshalb so wenig verstehen, weil sie unsere Sprache nicht sprechen, sondern nur nachahmen wie Papageien. Sie selbst verstehen ihre Sprache aus einem anderen Grund nicht. Sie hören nämlich nur deren Laute, ohne den dazugehörigen Sinn wahrzunehmen.«

»Jaja, Krause sagt das mit den Weibertieren, dieser geile – entschuldige, dass ich deinen Namen da hineinziehe – Bock. Ist dir etwa entgangen, dass dieser Moralapostel, wenn er gegen nackte Brüste und einladend weite Reifröcke geifert, nur seine eigenen Lüste in ihm unzugänglichen Gefilden spazieren führen möchte? Natürlich ist bei der Liebe viel Theater im Spiel. Auftritte, Monologe, doppelte Böden, Kulissen, dieser Hanswurst zwischen den Beinen und ein einsamer Königssohn im Kopf. Aber Friedrich, was soll dies ganze Räsonieren? Ich hasse es gründlich. Ich kann solch Reden nicht mehr aushalten. Flavie ist tot. Aber sie lebt in mir, bis ich selber tot bin. Wenn das auch Theater ist, dann will ich gerne ein Leben lang das gleiche Stück spielen.«

Günther ist aufgesprungen und hat dabei den Tisch umgestoßen. Der heiße Tee ergießt sich über Friedrichs Beine, der keine Miene verzieht und seine Pfeife ungerührt weiterraucht. Während Günther am Fenster steht und hinausstarrt, sagt Friedrich: »Ich beneide dich um das Privileg, so leiden zu können, mein Lieber. Dir wird es nie wirklich schlecht gehen bei diesem Talent.«

»Lass uns an die frische Luft, Friedrich. Es tut mir Leid, dass ich so exaltiert bin.«

Als sie auf der Straße sind, blickt Günther, wie er es sich inzwischen angewöhnt hat, zum Giebelfenster des Nachbarhauses empor. Und wirklich, da steht sie wieder. Bewegungslos, hinter halb beiseite gezogenen Vorhängen. Sie hat ein schwarzes Kleid an, das die Blässe ihrer Haut betont, und starrt geradewegs in die Nacht hinaus.

Das Gartenhäuschen *(Herbst 1714)*

Die Liebe zu Eleonore Jachmann, der sechs Jahre älteren Schwester seines Schulfreundes Caspar, ist ein Theaterstück von besonderer Art. Günther weiß nie, wie die Bühne aussieht und in welcher Stimmung er die weibliche Hauptdarstellerin antrifft, wenn er aus den Kulissen kommt. Immer sind es Stegreifszenen mit überraschendem Ausgang, immer sind die Zusammenkünfte mit Leonore unberechenbar für ihn.

Leonore ist fünfundzwanzig Jahre alt und immer noch nicht verheiratet. Ein spätes Mädchen also. Obwohl es an Bewerbern nicht mangelt, hat sie bisher keinen erhört. Ihr Eigensinn geht so weit, dass sie Gedanken äußert, die auf eine erschreckende Weise fortschrittlich sind. Zum Beispiel beklagt sie während einer Abendgesellschaft lautstark den Umstand, dass die Universitäten ihr und ihren Geschlechtsgenossinnen versperrt sind. Es ist ein Skandal, wie selbstbewusst sie bisher Heiratsanträge ausgeschlagen hat. Alle würden sie als vertrocknete alte Jungfer behandeln, ginge nicht diese überraschend mädchenhafte und zugleich mütterliche Sinnlichkeit von ihr aus.

Sie ist vollkommen anders als ihre vierzehn Geschwister, die sie meist behandelt, als seien es ihre leiblichen Kinder. Groß gewachsen und von kühler Schönheit, beobachtet sie ihre Umgebung wie eine marmorne Aphrodite aus der Nische. Manchmal kann es jedoch geschehen, dass sie unvermittelt von ihrem Sockel herabsteigt und mit dem Lächeln einer Amme auf jemanden zugeht.

Günther begreift einfach nicht, warum sie ihn erhört hat. Natürlich hat er ihr bessere Verse geschrieben als die Nebenbuhler, vielleicht ist er auch häufiger unter ihrem Fenster vorbeigelaufen. Leonore hat ihn ignoriert wie die anderen Galane.

Als sie im Theater nebeneinander sitzen – natürlich nicht zufällig, denn Günther hat einen ganzen Schwarm jüngerer Mitschüler bestochen, einen Platz neben Leonore zu ergattern, der dann im letzten Moment für ihn freigemacht wird –, spürt er plötzlich ihre Hand, wie sie die seine ganz ruhig und fest ergreift und zu streicheln beginnt. Er kann die Purzelbäume seines Herzens gar nicht zählen. Von Leubschers neuem Stück nimmt er kein einziges Wort und keine Szene mehr wahr.

In der Pause geht er steif wie ein Ladestock hinaus. Leonore ist mit ihrem Bruder und seinem Freund Caspar da. Das erleichtert es ihm, sich zu den beiden zu gesellen. Leonore fragt ihn lächelnd, wie ihm das Stück bisher gefallen habe. Das Stück, es sei ihm völlig neu ..., stammelt Günther und wird rot dabei.

»Es ist ja auch die Premiere«, sagt Leonore ungerührt. Als Caspar sich abwendet, um einen anderen Mitschüler zu begrüßen, fügt sie leise hinzu: »Ich gehe heute Abend hinaus vor die Stadt. Dein Zimmerwirt Thiem hat da ein Gartenhäuschen. Wir gehen oft dorthin. Heute Abend aber bin ich allein, wenn du nicht kommst.«

Während der zweiten Hälfte der Aufführung bleibt der Platz neben Leonore leer, so sehr hat Günther sich über Leonores Äußerung erschrocken. Er sitzt auf seinem Zimmer und trinkt einen Branntwein nach dem anderen. Er steht auf und geht hin und her. »Ich liebe dich«, sagt er wie zur Probe. Erst leise, dann laut. »Ich liebe dich!« Er versucht, die Silben unterschiedlich zu betonen. *»Ich* liebe dich.« Das ist natürlich falsch.

»Ich *liebe* dich.« Ja, so wäre es eigentlich richtig. Aber ihm gefällt die dritte Version dennoch am besten: »Ich liebe *dich.*«

Noch bevor die Stadttore schließen, ist Günther draußen auf dem Feld. Er läuft hin und her wie ein säender Bauer. In der Ferne sieht er Thiems Gartenhäuschen. Mancher Blick gilt auch dem Zeiger der Kirchturmuhr.

Es ist schon fast dunkel, als er sie endlich erkennt. Sie geht aufrecht ein Stück Horizont entlang und verschwindet im Gartenhaus. Günther rennt querfeldein dorthin. Er will klopfen, aber die Tür steht weit offen.

Es ist dunkel drinnen. Er spürt ihre Hand am Gelenk. Sie zieht ihn in ein Zimmer. Dann hantiert sie in der Finsternis, bis eine Kerze brennt. Sie kommt auf ihn zu, bis es nicht mehr weitergeht. Sie ist fast einen halben Kopf größer.

Als er sie umarmt, kommt er sich vor wie geradewegs aus dem Boden gewachsen. Er hat hier immer schon gestanden als ein Baum, dessen Wetterseite diese Frau ist, weil sich dort alles weich und moosig anfühlt.

Es vergeht eine lange Zeit, bis sie sich voneinander lösen. Leonore zieht sich ganz ruhig aus, als sei dies eine Art, sich in ihre nackte Haut zu kleiden. Ihm kommt es vor, als ahme er ihre Bewegungen nach, während er sich die eigenen Kleider abstreift.

Auch als sie im Bett liegen und miteinander schlafen, hört diese seltsame Ruhe nicht auf, in die sich seine Aufregung inzwischen verwandelt hat.

Die Entführung *(Sommer 1715)*

Einer der hartnäckigsten Werber um Leonore ist der nicht praktizierende Mediziner Doktor Täuber.

Er ist ein auffallend schöner Mann, der sich immer elegant und nach der neuesten Mode kleidet. Außerdem hat er Geld, Geschmack und Geist. Vielleicht ist sein Auftreten ein wenig geckenhaft, aber aus der Sicht von Leonorens Umgebung ist er der ideale Ehemann, und niemand versteht, warum sie sich Täuber gegenüber so spröde verhält.

Zu Täubers Versuchen, ihre Gunst zu erringen, gehören gesellschaftliche Veranstaltungen, die er finanziert. Musikdarbietungen, Bälle, Dorftanzereien, bei denen er als Begleiter Leonorens auftritt.

Während einer solchen folkloristischen Vergnügung auf dem Lande ereignet sich ein Vorfall, der für beträchtliche Zeit zu den beliebtesten Gegenständen des Schweidnitzer Klatsches gehört. Noch ehe die Festgesellschaft auf dem Dorfplatz eingetroffen ist, hält neben der Gastwirtschaft unter der Linde ein mit Bändern, Girlanden und Zweigen geschmückter Kremserwagen. Es ist eine Fuhre junger Leute in ausgelassenster Stimmung. Auf dem Kutschbock steht ein à la mode gekleideter Herr, der sich dem Wirt und den Neugierigen, die inzwischen den Wagen umringen, als Dr. Täuber vorstellt. Neben dem Tanzpodest sitzen vier Musiker und stimmen ihre Instrumente. Der soeben eingetroffene Maître de Plaisir fordert sie auf, mit den Instrumenten in den Wagen zu kommen, um den unmittelbar bevorstehenden Bieranstich musikalisch zu untermalen.

Die Musiker, die in der Vormittagssonne bereits reichlich ausgedörrte Kehlen bekommen haben, lassen sich dies nicht zweimal sagen. Während das Fass unter allgemeinem Gejohle auf einen Bock gewuchtet wird, während der Maître de Plaisir mit dem Holzhammer ausholt, stimmen die übrigen Burschen ein Lied an, das Fiedeln, Klarinette und Kontrabass nach Kräften untermalen, wiewohl die Melodie den Musikern unbekannt zu sein scheint.

Wie gedacht
Vor geliebt, jetzt ausgelacht
Gestern in den Schoß gerissen,
Heute von der Brust geschmissen,
Morgen in die Gruft gebracht
Vor geliebt, jetzt ausgelacht.

Eine Bierfontäne spritzt der Länge nach durch den Wagen. Musik und Gesang brechen ab und dann werden schaumgefüllte Gläser herumgereicht.

Am anderen Ende der Dorfstraße halten einige Leihkutschen. Ihnen entsteigen festliche, jedoch im bäuerlichen Geschmack gekleidete Menschen, die sich einhaken und fröhlich dem Dorfplatz nähern. An der Spitze der Gruppe marschiert ein stattlicher Mann, der eine hoch gewachsene Frau am Arm führt. Ihr Marmorgesicht ist von dunklen Locken umrahmt, und ihr herzförmiger Mund ist der einzige, der nicht lächelt.

Günther ist auf den Kutschbock gesprungen und hebt sein Bierglas zur Begrüßung der Neuankömmlinge. Auf sein Kommando setzen Musik und Gesang wieder ein:

Bringt mein Kuss
Dir so eilends Überdruss,
Ei so geh und küsse diesen,
Welcher dir sein Geld gewiesen,
Das dich wahrlich blenden muss,
Bringt mein Kuss
Dir so eilends Überdruss.

Leonore hat ihrem Begleiter den Arm entzogen. Sie ist mitten auf der Straße stehen geblieben. Der Gesang schwillt noch einmal an:

Weg von dir,
Falsches Herze, weg von dir!
Ich zerreiße deine Kette,
Denn die kluge Henriette
Stellet mir was Bessres für.
Weg mit dir,
Falsches Herze, weg von mir!

Kaum ist der letzte Ton des Liedes verklungen, knallt die Peitsche, und der Wagen setzt sich mit einem so heftigen Ruck in Bewegung, dass Gläser und Insassen durcheinan-

der purzeln. Dann jagt er um die nächste Häuserecke davon und lässt nur eine große Staubwolke zurück. In sie hinein tritt jetzt der schöne Mann, der immer noch schmun-
zelt. Jemand ruft: »Die Musiker sind weg!« Da erst begreift Dr. Täuber, welcher Streich ihm soeben gespielt
worden ist, und Wut und Enttäuschung malen sich in seinem Gesicht. Leonore ist zurückgeblieben. Die Staubwolke verhindert, dass die anderen sehen können, wie sie jetzt
als Einzige lächelt.

Ein Theaterskandal *(September 1715)*

Der Saal des neuen Theaters zu Schweidnitz ist vollkommen überfüllt. Nicht nur alle Stühle sind besetzt. Das Volk
drängt sich auch in den Gängen und in den Fensteröffnun-
gen. Die halbe Stadt ist da. Natürlich auch die Honoratioren. Neugier und Sensationslust haben von Anbeginn der
Aufführung die Stimmung angeheizt und den Schauspielern einen ungewöhnlichen Schwung verliehen.

Es gibt ein neues Stück, das theatralische Gedicht »Die
von Theodosius bereute Eifersucht«, verfasst von Johann
Christian Günther. Es ist eine große Ehre für den Schüler
der Gnadenschule, die er Leubscher zu verdanken hat,
sich mit dieser Arbeit von der Schulzeit und der Stadt ver-
abschieden zu dürfen.

Jedermann im Saale weiß, welcher heimliche Dichter-
krieg in letzter Zeit in der Stadt ausgebrochen ist. Auf der
einen Seite die jungen, übermütigen Zöglinge mit Günther
an der Spitze, dessen Reimkunst bereits außerhalb der

Stadtmauern bewundert wird, auf der anderen Seite der sieben Jahre ältere Theodor Krause, Schriftsteller, Journalist und Tugendapostel, Philister und Polyhistor, schmerbäuchig und auf lüsterne Weise allen Lastern abhold. Günther und Krause sind wie Feuer und Wasser. Was der eine entzündet, möchte der andere löschen. Genie und Sittenwächter: ein klassisches Feindespaar.

Krause ist ebenfalls anwesend, umgeben von einer ganzen Schar von Anhängern, die dem Stück bisher ohne eine Miene zu verziehen zugesehen haben. Oder stammten von ihnen jene Buhrufe, die schon zu Anfang der Aufführung in Beifall und Gelächter untergegangen sind?

Günther spielt im Stück selber eine Rolle: die des Polylogus, eines Polyhistors, der die Hauptursache für den tragischen Verlauf der Handlung ist.

Er spielt ihn hinreißend, mit einem Kissen unterm Kostüm, schmerbäuchig also, und jeder im Saal weiß, wer gemeint ist. Immer wenn Polylogus auftritt, gibt es spontanen Applaus. Und jetzt, gegen Ende des Stücks, erscheint Polylogus gänzlich allein auf der Bühne.

Es wird totenstill im Saal. Polylogus trägt einen Ballen Kleider in der Hand, Frauenkleider, wie jeder sieht. Polylogus hat den Kopf tief eingezogen zwischen den Schultern; er legt ihn zur Seite wie eine Krähe und er lässt die Unterlippe hängen und sabbern. Die in der ersten Reihe sehen es ganz deutlich. Ein Faden Spucke hängt ihm aus dem Maul. Erstes glucksendes Lachen rollt durch die vorderste Bank. Polylogus aber blickt die dort Sitzenden an und dann sagt er mit schmeichelnder Stimme:

Ihr lieben Leute, lacht nur nicht!
Die Not, so Stahl und Eisen bricht,

Gibt mir den Diebstahl an die Hand,
Durch den ich unserm Kammer-Mädchen,
Durch den ich unsers Burg-Vogts Kätchen
Die Sonntagstracht entwandt.
Die Flucht befiehlt mir diese Tracht,
Die mich zu einem Weibe macht.
Denn soll ich nicht den Galgen zieren
Und in den Lüften triumphieren,
So muss ich die Natur belügen
Und auch die Häscher selbst durch dieses Kleid
    betrügen.

Er beginnt, sich die Frauenkleider anzuziehen, macht dabei die widernatürlichsten Verrenkungen; die Hose rutscht ihm, der Bauch schiebt sich nach oben und wird zum Busen. Die atemlose Stille im Saal schickt sich an, in einen Lachorkan umzuschlagen. Er bricht los, als Polylogus sich zwischen die Beine greift, den hinteren Teil des weiten Rocks packt, ihn zwischen den Schenkeln hindurchzieht und zu einer Wurst dreht, die eindeutig, und weil der Rock rot ist, obszön nach vorne zeigt, von beiden Händen des Polylogus gepackt und unzüchtig massiert. Zwischen das aufbrandende Gelächter und Gejohle schrillt die quäkende Stimme des Darstellers:

Seht! Bin ich nicht abscheulich schön?
Als sollt ich zu Gevattern stehn
Und bei der Braut die Spritze führen.
Ich zweifle selbst, ob ich Polylogus noch bin?

Einzelne Rufe aus der Zuschauermenge: »Nein, Krause! Krause!«

Die Schönheit leugnet es, dem widerspricht das
  Kinn,
Auf dem die Stoppeln sich vexieren.
Fürwahr!
Ich darf nicht ohne viel Gefahr in einen Brunnen
  gucken,
Ich möchte mich verkennen,
Ich dürfte sonst im Wasser brennen
Und wie Narzissus mich daran zu Tode schlucken.
Hier hab ich weiter nichts, als einen Strick zu
  hoffen.

Viele sind aufgesprungen und klatschen. Ein allgemeines
Durcheinander herrscht im Saal. Krause und seine Ge-
folgschaft aber sind aufgestanden und bahnen sich einen
Weg zum Ausgang. Sie laufen Spießruten im Gelächter
der Umstehenden. Krause ballt eine Faust und seine Getreuen machen finstere Gesichter. Von der Bühne schallt
es jetzt:

Doch dies ist mir gesund, das Burgtor steht noch
  offen
Jetzt soll das weite Feld mir eine Freistadt sein,
Gewiss, hier holet mich kein Hege-Reiter ein:
Denn wo es Laufens gilt, da bin ich nicht der Letzte.

Genau in diesem Augenblick erreichen Krause und seine
Kumpane die Tür zum Ausgang und werfen sie hinter sich
zu. Jetzt kennt das Gelächter keine Grenzen mehr und die
weitere Rede des Schauspielers geht unter.
  Günther kommt daraufhin ganz nach vorn an die Büh-

nenrampe, tut so, als winke er Krause traurig nach, und als es wieder stiller im Saal geworden ist, zieht er sich den Rock glatt, faltet die Hände wie schamhaft zwischen den Oberschenkeln, klemmt sie dort ein und fährt dann mit noch höherer Stimme fort, wobei er mit den Hüften wackelt:

Nur dieses bringt mir Furcht, wenn etwa Räuber
  kämen
Und mir als einer Frau die fremden Federn nähmen,
So stünd ich in Gefahr, sie möchten sich versehn,
Dann wär' es um den Kranz der Jungfernschaft
  geschehn.

Wieder bricht der Saal in lärmende Begeisterung aus. Nur einige Ältere schütteln die Köpfe, so zum Beispiel der Hofmedicus Caspar Thiem, dem es nicht sonderlich behagt, mit welcher Unbekümmertheit Günther sich an diesem Nachmittag einen Todfeind geschaffen hat.

Gespräch im Wirtshaus II *(September 1715)*

Wieder einmal sitzen Caspar Thiem und Johann Günther in der Schenke zu Striegau beisammen und führen ein wichtiges Gespräch. Beide sind jetzt über fünfzig. Sie haben das Tor zum Alter erreicht und sind bereit, das übliche Torgeld zu zahlen: Fragen zu stellen zu Sinn und Ablauf ihres bisherigen Lebens.

Beide sind Ärzte und beide auf ihre Weise anerkannt.

79

Nach außen hin ist Thiem der Erfolgreichere. Er ist eine anerkannte Kapazität, was die Heilwirkung von Sauerbrunnen angeht. Er hat seinem Doktortitel durch mehrere Abhandlungen zu diesem Thema einen guten Klang verliehen. Günther hingegen hat keinen Titel, da er die dazu nötige Prozedur nie bezahlen konnte. Doch hat auch er einen guten Ruf als Gelehrter. Seine botanischen Forschungen und Beobachtungen der Insektenwelt werden in einschlägigen Kreisen wegen ihrer Genauigkeit und Klarheit geschätzt. Äußerlich sind Thiem und Günther ebensolche Gegensätze wie in ihrer Art, mit Patienten umzugehen. Thiem neigt zur Körperfülle. Er ist gutmütig und behandelt seine Kundschaft mit großer persönlicher Anteilnahme.

Günther ist hager und asketisch. Er hält Distanz zu den Kranken, die er behandelt. Während Thiem von seinen Patienten geliebt wird, ist Günther eher Gegenstand respektvoller Verehrung.

Es gibt noch einen weiteren Gegensatz: Thiem ist nicht gesund. Er hat es mit dem Herzen. Günther dagegen scheint vor Krankheiten gefeit zu sein. »Dein Herz ist zu weich«, sagt Günther, »die Gebrechen deiner Patienten drücken sich darin ab wie das Siegel im Wachs.«

»Wer nur mit Bäumen und Käfern näheren Umgang pflegt, wird wohl ein wenig von deren haltbarer Natur erlangen. Ich beneide dich um deine Gesundheit, Günther.

Du wirst deinem Sohn noch lange eine Stütze sein. Er seinerseits wird viele Jahre vor sich haben, in denen er seinem Vater Ehre und Freude machen kann. Bei mir sieht das alles leider ein wenig anders aus.«

Johann Günthers Miene hat sich bei dieser Wendung verdüstert. »Gott hat uns unsere Söhne gegeben, damit wir in ihnen wieder auferstehen. Was hat unser Leben für einen Sinn, wenn es mit unserem Tode vorbei ist. Ich habe immer gehofft, dass mein Sohn ein besserer Arzt wird, als ich es sein konnte. Ich habe ihn sorgfältig herangezogen und behutsam mit dem Edelreis des Wissens okuliert. Aber es sind plötzlich wilde Triebe hervorgeschossen. Ein ganzer Busch wuchernder Ideen. Sieh dir seine ungezügelten Locken an. Da wächst etwas aus einem ungesunden Grund.«

»Du siehst in diesem Fall zu streng. Väter stecken in Söhnen, Söhne stecken in Vätern. Eine kleine Sache in einer großen und umgekehrt. Wie soll das so einfach abgehen? Es tut eben weh. Den Söhnen nicht weniger als uns. Sieh dir meinen Fritz an. Er ist klein. Er ist immer gut gelaunt. Er bringt nichts Gescheites zu Stande, weht mal hierhin, mal dorthin wie ein trockenes Blatt. Soll ich ihm deshalb gram sein? Ich werde auch mit Schelten kein Genie aus dem Fritz machen. Dein Sohn aber muss nur ein wenig gestutzt werden, um eine wahre Zierde für unseren schlesischen Garten zu sein. Er ist ein heller Kopf. Die Leute kommen von weither, um sich Verse bei ihm zu bestellen.«

»Fürwahr, ein heller Kopf. Aber was ist das für ein Licht! Vielleicht blendet er damit des Nachts ein paar Weiber! Eine Leuchte der Wissenschaft sollte er werden. Deshalb habe ich ihn zu Leubscher geschickt. Nicht um Poet, und das heißt doch wohl Hungerleider und Beutelschneider, zu werden. Er ist ein Freigeist und Schürzenjäger. Was will er mit seinen schwülen Versen anderes als den Weibern durch die Ohren unter die Röcke greifen! Ich frage mich allmählich, ob Leubscher nicht der falsche Einfluss für ihn war.«

»Es liegt nicht an ihm. Leubscher fördert nur, er bewirkt nicht. Er hat schließlich auch Krause ausgebildet und mit welch anderem Ergebnis!«

»Kannst du mir ehrlich sagen, was an dieser Geschichte mit Jachmanns Tochter ist?«

»Ganz Schweidnitz redet davon. Es ist jetzt so weit gekommen, dass man Eleonore Jachmann in gewissen Kreisen nicht mehr einlädt. Es ist eine Mesalliance für beide. Für Jachmann ist es bitter, dass die Heiratskandidaten allmählich ausbleiben. Bis auf diesen Täuber, dem dein Sohn so vorwitzig die Kapelle stahl. Eleonore Jachmann ist ganze sechs Jahre älter als dein Sohn, und, was noch schlimmer ist, sie hat keine Mitgift zu erwarten.«

An dieser Stelle des Gesprächs kommt eine ungeheure Erregung über Johann Günther, die sich darin äußert, dass Adern, Sehnen und Nervenbahnen an seinem Körper wie unter einer gewaltigen Anspannung hervortreten.

»Er soll jetzt aus diesem Schweidnitz weg. Es ist Zeit, dass er mit dem Studium beginnt. Rede bitte mit Leubscher. Ich werde das nötige Geld aufbringen.«

Dann verfällt Johann Günther in ein fast vegetatives Schweigen, das Thiem schließlich nur die Möglichkeit belässt, stumm sein Glas auszutrinken und zu gehen.

Der Abschied *(Oktober 1715)*

Thiem hat mit ihm gesprochen und ebenso Leubscher.

Der eine hat freundlich, wenn auch in aller Deutlichkeit von den Hoffnungen und Erwartungen geredet, die der

Vater in ihn setzt. Der andere weniger freundlich, aber philosophischer von den Pflichten des Menschen a.) sich selbst und b.) den anderen Menschen gegenüber. Und vom Widerstreit der Pflichten, die es oft gebe.

»Wenn du als Dichter dir deine eigenen Worte als Medizin verschreibst, um von jener Unruhe zu genesen, die ich die ewige, innere nenne, dann kannst du nicht unbedingt erwarten, dass du noch viele andere Patienten außer dir selbst kurierst. Woher kommt diese Unruhe? Ich würde meinen, sie ist die Folge jenes heftigen Kopfschüttelns, das Gottvater befiel, als er eine geraume Zeit nach Erschaffung der Welt seine Schöpfung noch einmal mit Muße betrachtete. Diese heftige Gemütsbewegung der Enttäuschung hat bei empfindsamen Kreaturen jenen Mangel an Festigkeit und Stabilität der Existenz ausgelöst, den ich besonders häufig bei den Söhnen der Muse beobachte. Dein Vater möchte also, dass du die Medizin studierst. Das ist ein ehrenwertes Ziel. Den inneren Bau des Menschen erforschen, der komplizierter sein soll, als man es nach dem äußeren Anschein der Person und ihres Handelns vermuten würde. Gäbe es nicht die hohe Kunst des Obduzierens, würde ich zum Beispiel ohne weiteres davon ausgehen, dass Menschen nichts weiter als simple Röhren sind, oder in einigen Fällen auch kompakte Klötze aus einem wenig haltbaren Material.«

Thiem rät ihm, nach Frankfurt an der Oder zu gehen. Leubscher empfiehlt ihm Wittenberg. Da sei protestantischer Geist noch nicht ganz verflogen, wie er hoffe.

»Was ist protestantischer Geist?«, will Günther wissen.

»Das ist eine Art biedere Frechheit wider die freche Biederkeit.« Dies ist die vorerst letzte Belehrung, die Günther von seinem geistigen Förderer zuteil wird.

In den letzten Tagen in Schweidnitz wird Günther klar, dass Abschiednehmen nicht nur ein seelisches, sondern auch ein logisches Problem ist. Wie kann man einen Abschied *nehmen,* ehe er einem gegeben wird. Irgendwie geht die Rechnung nicht auf. Entweder herrscht immer Abschied oder nie. Man ist in der Situation eines Selbstmörders oder eines zum Tode Verurteilten. Dieser Einschnitt ins eigene Leben ist so gravierend, dass man eigentlich seine Folgen erleben müsste. Aber da ist man schon tot. Genauso ist es mit der Trennung. Sie ist ein Henkersbeil, aber der abgeschnittene Kopf kann seine Befreiung vom Körper nicht mehr wahrnehmen. Deshalb also sind Trennung und Abschied ein Unding.

Die Beziehung zu Leonore ist noch frisch. Es haben sich kaum Rituale ausgebildet. Das liegt nicht nur an der Kürze der Zeit, die sie bisher zusammen verbracht haben. Es liegt auch an ihren so unterschiedlichen Naturen. Günther ist wie ein Grashüpfer, der völlig bewegungslos, aber mit angespannten Sprungmuskeln auf irgendeinem Blatt des Lebens hockt, das er plötzlich und unberechenbar in einem Riesensatz verlassen kann. Leonore hingegen hält sich hoheitsvoll über den Dingen in der Schwebe.

Die Verabredungen zwischen den beiden sind kleine Katastrophen. Ein Stelldichein zwischen einem Grashüpfer und einer Libelle muss einfach schwierig sein. Und doch gelingt es immer wieder. Leonore schillert vor Zorn, wenn Günther, wie sie meint, zu spät gekommen ist. Günther ist dann grün vor Mimikri. Es ist so etwas wie der Versuch, überall zugleich zu sein, die ganze Grasfläche zu bewohnen, über der seine Leonore zu schweben geruht. Da ihre Verbindung öffentlich nicht gebilligt werden kann, finden ihre Treffen heimlich statt. Sie bestechen die Torwächter, um sich nach Einbruch der Dunkelheit vor der Stadt in Thiems Gartenhäuschen zu sehen. Und sehen heißt immer, mit dem ganzen Leib erkennen. Es ist bei ihnen, wie Luther das Wort »kopulieren« übersetzt hat:

Sie erkennen einander, indem sie miteinander schlafen. Die Fackel, die Günther in Leonores Bauch anzündet, gibt ein sehr klares Licht. Und sie brennt so schnell nicht nieder, weil Leonore sie immer wieder in das flüssige Pech ihrer Liebe taucht.

Ende Oktober treffen sich Günther und Leonore zum letzten Mal im Thiem'schen Gartenhaus. Rundherum liegt Nebel auf den Feldern. Das Häuschen kommt ihnen vor wie ein Schiff, das steuerlos im Meer treibt.

Sie stehen aneinander gelehnt am Fenster. Günther hält eine Kerze in der Hand und lässt deren Licht auf die vorbeiziehenden Nebelschwaden fallen.

»Ich werde dich eines Tages heiraten, Leonore. Das verspreche ich dir. Mein Vater hat Recht damit, wenn er will, dass ich Medizin studiere. Ich werde fleißig sein für uns. Wir werden bescheiden leben wie meine Eltern. Aber wenn wir zusammen sind, wird es andere Reichtümer geben. Wir werden Kinder haben. Wir werden uns ein leer stehendes Haus suchen und alles reparieren und einrichten. Du kannst mir in meinem Beruf zur Hand gehen. Warum sollst du nicht Hebamme werden ...«

Leonore unterbricht seinen Redestrom. »Mich friert«, sagt sie und starrt weiter in den Nebel hinaus, ohne sich zu rühren. Günther holt eine Decke und legt sie ihr um die Schultern.

Es dauert lange, bis sie sich trauen, ins Bett zu gehen. Sie spüren, dass man ebenfalls nicht zum letzten Mal miteinander schlafen kann. So liegen sie starr wie Leichen nebeneinander. Als das Fensterkreuz sich in der Morgendämmerung abzuzeichnen beginnt, steht Günther auf. Er glaubt, Leonore schläft. Er zieht sich an, beugt sich über sie, gibt ihr einen leichten Kuss auf die Stirn und packt sein Bündel. Draußen, im dichten Nebel, verharrt er eine Weile unschlüssig. Eigentlich will er über Striegau nach Norden die Poststraße entlang, die zur Oder führt und über die man nach Frankfurt kommt. Aber dann wendet er sich nach Südosten.

Als er den Weg gefunden hat, beginnt er zu rennen.

Es gilt, noch einen anderen Abschied zu nehmen.

Und so bewegt Johann Christian Günther sich an diesem nasskalten Oktobermorgen mit äußerster Hast zwischen den beiden wichtigsten Frauen seines Lebens, von denen die eine für ein paar Stunden, die andere jedoch für immer schläft.

Der Talisman *(Oktober 1715)*

Als Günther gegen Abend in dem Dorf Siegroth bei Nimptsch eintrifft, geht er zuerst zum Schmied. Er kauft ihm eine Schaufel und ein Brecheisen ab. Dann sucht er eine Schenke auf, lässt sich ein einfaches Mahl vorsetzen und trinkt einige Biere.

Er verhält sich wie ein Mensch, der nichts zu verbergen hat. Auf die Frage eines Gastes, was er hier vorhabe, erzählt er freimütig, dass er auf dem Weg sei, sein Studium zu beginnen, vorher aber noch Abschied von einem lieben Menschen nehmen wolle.

Niemand kümmert sich weiter um den Studiosus. Als es draußen dunkel ist, verlässt Günther die Kneipe und geht durch die leeren Dorfstraßen zum Friedhof am Waldrand. Dessen Lage und auch die Lage des Grabes hat er sich ein Jahr zuvor von Friedrich von Bock genau erklären lassen.

Es ist ein armseliger Platz, noch armseliger, als er es sich vorgestellt hat. Der Himmel über ihm ist finster wie ein Loch, und es trifft sich nicht schlecht, dass es aus diesem Loch jetzt zu regnen beginnt.

Das Grab ist ungepflegt, aber es hat einen ansehnlichen Stein, auf dem ihr Name eingemeißelt steht. Er fühlt und entziffert die Schrift mit seinen Fingern. Hedwig von Bock hat den Stein gestiftet. Aber es gibt niemanden, der regelmäßig hierherkommt, um sich um die Grabstelle zu kümmern. Sie war eine Waise. Mit ihrem Tod ist alles erloschen, was mit ihr zusammenhing.

Als Günther die Schaufel nimmt und zu graben beginnt, fällt ihm wieder ein, wie sie einst auf dem Striegauer Gottesacker Beerdigung gespielt hatten. Damals war die Erde warm gewesen, hier ist sie kalt und nass. Er kommt sich vor wie ein Mörder, der mit dem scharfen Eisenblatt auf einen Körper einsticht. Aber dann lässt sein Herzklopfen nach und eine große Ruhe kommt über ihn. »Es ist nichts Unrechtes, was ich hier tue«, denkt er, »ich bin doch der einzige Mensch auf Erden, der noch etwas von ihr will.«

Als er den Sarg mit der Schaufel trifft, gibt es keinen hohlen Klang. Das Holz ist bereits so verfault, dass er es in kleinen Schollen weggraben kann. Schlamm und Regenwasser sickern in das Loch, das er mit seinen von der Dunkelheit geschärften Augen gerade noch unter sich wahrnimmt. Er hat Angst, abzurutschen und hinab auf ihre Knochen zu fallen. Er steht breitbeinig über der ausgehobenen Grube. Dann beugt er sich nieder und stützt sich mit den Händen rechts und links ab. Er nähert seinen Kopf der Stelle, wo ihr Kopf sein muss. Er erkennt nichts außer verfließenden Schatten, Flecken und geringfügig helleren Stellen. Es riecht nach nichts anderem als nasser Erde. Vorsichtig und mit kältestarren Fingern tastet er dort hinab. Er spürt Sand und Schlamm, auch faules Holz, das sich wie weiches Fleisch anfühlt. Er bewegt die Finger, scharrt mit ihnen und fühlt plötzlich etwas Scharfkantiges, Hartes. Das ist nicht, was er sucht. Die Hand tastet weiter in Richtung Grabstein. Die Haare eines Toten fühlen sich wie die Haare eines Lebenden an. Deswegen erschrickt er, als er sie mit den Fingern berührt.

Er nimmt sein Messer und schneidet die Strähnen ab, die er sich um seinen Finger gewickelt hat. Er hat eine leere Tabakdose dabei, in die er seine Beute legt. Als er sich aufrichtet, merkt er, wie verkrampft seine Körperhaltung die ganze Zeit gewesen ist. Er reckt und dehnt die Glieder, packt die Schaufel, und dann ist es nur noch eine Frage von Minuten, bis alles wieder zugeschüttet ist. Zum Schluss packt er die Tannenzweige, die auf dem Grabhügel lagen, wieder an die alte Stelle zurück. Er wäscht sich die Hände in einer Pfütze und geht zum Dorf.

Er kehrt noch einmal in der Schenke ein und lässt sich ein Zimmer für den Rest der Nacht geben. Die Tabakdose öffnet er nicht. Dies ist nicht der richtige Ort dafür. Er schiebt sie unter sein Kopfkissen und schläft mit der Wange direkt über dem, was ihm von Flavie geblieben ist.

Besuch beim Vater I *(Oktober 1715)*

Günther trifft zwei Tage nach der Grabschändung mit großen Erwartungen in Striegau ein. Sein Vater wird ihn empfangen, daran mag er nicht zweifeln. Schließlich folgt er seinem Willen. Er hat sich von Leonore getrennt. Er ist bereit, sein Medizinstudium aufzunehmen.

Jetzt steht er vor einem mannshohen hölzernen Rechteck, das sich nicht von der Stelle bewegen lässt, wenn man daran rüttelt. »Vater«, ruft er leise, dann lauter: »Vater, mach auf, ich bin es!« Aber nichts hinter der Tür rührt sich. »Mutter«, sagt er, und dies klingt mehr wie eine Feststellung.

In der rechten, unteren Ecke der Tür gleich neben der eisernen Angel fehlt ein Stück Holz. Günther kniet nieder und versucht, dort hindurchzusehen. Der Raum hinter der Tür wirkt im Dämmerlicht massiv wie Stein.

Doch dann sieht er die beiden Schuhe, die Beine eines Menschen, der dort regungslos steht. »Vater«, flüstert Günther. »Mach doch auf. Ich bin dein Sohn. Was habe ich dir denn getan?« Als sich der Mensch da drinnen immer noch nicht regt, springt Günther in plötzlicher Wut auf, trommelt mit den Fäusten gegen die verriegelte Tür und schreit: »Wenn du mich verleugnest, dann werde ich dich auch verleugnen. Dann bist du mein Vater nicht mehr und ich nicht mehr dein Sohn!«

Nichts regt sich, als er aufhört, gegen das Türblatt zu schlagen. Die Stille dahinter wächst in die Tiefe. Sie kommt ihm wie das ganze Weltall vor, in dem sich die eigene Wichtigkeit verliert.

Er dreht sich um, ertappt sich dabei, wie er im Wegge-hen die Schuhsohlen auf dem Fußabtreter säubert. Dann schreitet er mit geschultertem Bündel aus wie ein Hand-werksbursche. »Wenn der Vater mich nicht empfangen will, dann wird er seine Gründe haben. Und diese Grün-de werden wieder andere Gründe haben. Es wird ganze Generationen von Gründen geben, bis zurück zu Adam und Eva.«

Als er vor den Toren von Striegau ist, wirft er einen Blick auf die ihm so vertraute Stadtsilhouette. Fremd kommt sie ihm jetzt vor. Man hat Häuser wie Spielzeug-klötzchen ohne Sinn und Verstand dort zusammengescho-ben. »Jeden deiner Gründe werde ich mit einem Schritt beantworten. Ich werde sie alle ablaufen, bis ich beim letz-ten Grund angekommen bin. Jetzt sind es vorerst einmal um die zweihunderttausend Schritte bis Frankfurt, lieber Vater. Dann wird man weitersehen.«

Er spürt in seiner Jackentasche über dem Herzen den Druck der Tabaksdose, in der er Flaviens Haar aufbe-wahrt. Als er die erste Rast macht, hält er den rechten Au-genblick für gekommen, einen Blick auf seinen Talisman zu werfen. Er setzt sich nieder auf einen Stein am Weg-rand, holt die Dose hervor, öffnet sie und starrt entsetzt hinein: Da ringelt sich zwar eine Locke Menschenhaar. Aber es ist nicht blond. Es ist rabenschwarz.

Immatrikulation *(November 1715)*

Das Glück hat immer eine wirkliche und eine erträumte Seite. Die eine liegt hinter ihm, die andere vor ihm. Er schwebt irgendwo dazwischen. Das wirkliche Glück war die Nähe zu Leonore. Das erträumte ist die mögliche Zukunft mit ihr.

Ein Gutes hat dieses endlose Wandern mit schmerzenden Füßen das Flussbett der Oder entlang. Es bildet einen ruhigen Takt aus, der die Selbstgespräche, die er führt, fast unmerklich in Verse verwandelt. So kommt es, dass all die Gründe des Vaters, ihn abzuweisen, sich beim Gehen in Gedichte verwandeln. Sie haben an den schönsten Stellen das Versmaß des Wanderns, bei dem man die Füße gleichmäßig setzen muss. Es ist ein Spondeus, bei dem die Silben gleich stark betont werden. Iambus und Trochäus schleppen das linke oder das rechte Bein nach.

Viele dieser Gehergedichte vergisst er, noch während er sie sich leise vorspricht. Einige schreibt er jedoch in Pausen der Rast auf:

»Schweig doch nur, du Hälfte meiner Brust,
Denn was du weinst, ist Blut aus meinem Herzen.
Ich taumle so und hab an nichts mehr Lust
Als an der Angst und den getreuen Schmerzen,
Womit der Stern, der unsre Liebe trennt,
Die Augen brennt.«

Immer wieder betrachtet er die schwarze Locke in der Dose. Flavie hatte glattes Haar. Auf dieses Wunder kann er sich keinen Reim machen. Ist dies ein Kriminalfall? Ist Flavie anders zu Tode gekommen, als Bock es ihm erzählt hat? Hat man die Leiche ausgetauscht? Oder ist es Leonores Haar, das aus Flaviens Schädel wächst?

> »Abermal ein Brett zur Bahre
> Und ein Schritt zur Gruft gemacht.
> Also nähert sich die Zeit
> Nach und nach der Ewigkeit,
> Also müssen wir auf Erden,
> Zu dem Tode reifer werden.«

Wenn gehen den Gründen des Vaters nachspüren oder dichten heißt, dann bedeutet am Straßenrand niedersitzen oder im Windschatten eines Hauses verharren so viel wie Schweigen und Resignation.

Als Günther wieder einmal dasitzt auf seinem Kleiderbündel, Schuhe und Strümpfe trotz der Kälte auszieht und sich den Schmerz aus den Füßen frieren lässt, bis sie blau angelaufen sind, hält ein Wagen an. Kurze Zeit danach sitzt Günther auf dem Kutschbock neben einem schweigsamen Menschen, der keinen Dank hören will.

Der eisige Nordostwind trifft Kutscher und Beifahrer seitlich, sodass beide die Hand schützend vor die rechte Gesichtshälfte legen. Man muss sich die Blicke der beiden Reisenden als vier parallele Geraden vorstellen, um die dann und wann Schneeflocken wirbeln. So geht es weiter nach Norden immer der Blickrichtung entlang. Günther spürt, wie der Rededruck in ihm wächst. Er möchte von Leonore erzählen, von Flavie, von dem Wunder der verwandelten Locke. Er möchte vor allem aber von seinem Vater reden und den vielen Gründen, die es abzulaufen gilt und die er jetzt vernachlässigt, wo er so bequem vorankommt. Er sagt jedoch nur: »Wir fahren mitten in den Winter.« Und der Kutscher erspart es sich, zu diesem sinnfälligen Satz zu nicken.

Als sie in Frankfurt anlangen, kommt Günther aus dem Staunen nicht mehr heraus. Es ist die erste große Stadt seines Lebens, und er begreift nicht, wie die Menschen es hier aushalten. Sie rollen durch weite, leere Alleen zwischen hohen Häuserfassaden dahin, die wie Papierkulissen aus dem Theater aussehen. Vier Stockwerke Fenster übereinander. Dass es dahinter bewohnbare Zimmer geben soll, will ihm nicht in den Kopf. Man möchte eher bodenlose Abgründe und endlose Weiten vermuten.

Es ist eine kalte Stadt. Das liegt nicht nur am Wetter. Es liegt auch am neuen Geist, der Preußen mit dem Regierungsantritt seines zweiten Königs geschenkt wurde. Es ist erst gut zwei Jahre her, dass Sparsamkeit, ja Geiz und Disziplin an die Stelle der alten frankomanen Prunksucht getreten sind. Für die Staatsfinanzen ist dieser Wandel, der etlichen Hofschranzen, Hofnarren, Hofpoeten den Verlust ihrer Pöstchen bringt, ein Glück. Aber unter der prächtigen Staatsperücke, die abgesetzt wurde, kam ein ziemlich kahler Schädel zum Vorschein. Werden hier die Säuglinge nicht bereits mit Beamten- oder Soldatengesichtern geboren?

Als Günther gegen Abend ein billiges Zimmer gefunden hat, stellt er fest, dass die glatten und unwirklichen Häuserfassaden die Aussicht auf durchaus wirkliche und verwinkelte Hinterhofwelten versperren.

Der Blick aus seiner Bude ist eine Wohltat. Da ist wieder ein Fensterkreuz. Da sind verrußte Mauern, Kaminschlote, ein Stückchen grauer Winterhimmel.

Viele Tage hält er es hier aus. Er verlässt die Wohnung nur, um sich Essen und Trinken zu besorgen. Es scheint, als ob sich das Alte und das Neue gegenseitig ausgelöscht haben. Die Trennung von Leonore und der Entschluss, mit dem Studium zu beginnen, liegen wie zwei gleich große Gewichte auf den beiden Waagschalen der Zeit. Der Zeiger ist deshalb in der Mitte stehen geblieben.

Erst am 11. November schreibt Günther sich in die Matrikel der Universität ein. Dabei bleibt es denn auch. Vorerst lässt er nur seinen Namen studieren und kehrt in sein Zimmer zurück.

Das Experiment *(Dezember 1715)*

Günther starrt jedoch in Frankfurt nicht nur zu seinem Hinterhoffenster hinaus, er erlebt hier nicht nur zum ersten Mal jenen Zustand apathischer Stubenhockerei, den er später seine Raumsucht nennen wird, er geht auch hin und wieder auf und ab.

Es sind immer nur drei bis vier Schritte, denn seine kleine Bude lässt nicht mehr zu, aber es entstehen dabei einige Distichen und sogar Vierzeiler. Einer gilt jener Abteilung preußischer Soldaten, die er beim Einkaufen aus der Ferne gesehen hat und deren Bewegungspräzision ihn beeindruckt und erschreckt, in den meisten aber forscht er immer noch den Gründen des Vaters nach.

Dabei dämmert ihm der Gedanke, dass sie sich aus missverstehender und missverstandener Liebe so ablehnen. Immer, wenn er versucht hat, nach den Wünschen des Vaters zu handeln, dann ist die Kluft zwischen ihnen nur noch tiefer geworden.

Es muss also anders gehen. Er sollte ein wenig an den Wünschen des Vaters vorbeileben, aber doch ihrer ungefähren Richtung entsprechend. Vielleicht würde das bessere Ergebnisse zeitigen.

Noch am selben Tag bricht Günther in Richtung Südwesten nach Wittenberg auf. Es ist eine fast so weite Reise wie in seine Heimat. Das Gehen fällt ihm leichter. Er hat zumeist Rückenwind. Es wird auch wieder wärmer. Die Landschaft verliert allmählich ihren preußischen Zuschnitt. Er kommt in sächsische Lieblichkeit, die auch im Winter Momente eines verregneten Frühlings an sich hat.

Wittenberg gefällt ihm erheblich besser als Frankfurt. Die Universität ist alt. Vom protestantischen Geist verspürt er zwar zunächst nichts, aber vielleicht liegt dies auch an Leubschers Definition. Sein Zimmer ist kaum besser als das in Frankfurt. Aber der Widerspruch zwischen Hinterhöfen und Fassaden ist hier bei weitem nicht so groß. Am 25. November immatrikuliert sich Günther ein zweites Mal. Er belegt Medizin, Philosophie, Rhetorik und Poetik. Und er besucht sogar einige akademische Veranstaltungen. Bei Johann Gottfried Berger zum Beispiel hört er eine Vorlesung über Muskelbewegungen. Der Mensch sei eine wenn auch komplizierte Maschine. Da gäbe es Rädchen, Seile und Hebel.

Nichts sei eigentlich geheimnisvoll. Zum Beispiel das Auge, dieses wunderbare, kunstvolle Instrument, dieses Fenster, durch das Licht in den Geist und sogar bis in den Keller der Seele fällt. Es sei eine ebenmäßig gedrechselte Kugel, die von sechs Muskeln, musculi, Mäuschen gehalten und bewegt wird.

Berger zählt sie alle auf, die Mäuslein des Auges. Da sind die vier geraden Mäuslein: das hoffärtige, das demütige, das zornige und das versoffene Mäuslein. Sie bewegen der Reihe nach den Augapfel nach oben, nach unten, nach außen und zur Nasenwurzel hin. Schließlich gibt es noch zwei krumme Mäuslein: das obere und das untere verliebte Mäuslein. Sie bewegen das Auge ein wenig in der Runde herum.

»Haben Sie, meine Herren, etwa nie bemerkt, dass der Verliebte ganz unwillkürlich mit den Augen zu rollen versteht? Überhaupt ist das Auge eine Art mechanischer Signalapparat der Gefühle. Nicht umsonst sagt der Volksmund: Man kann es einem an den Augen ablesen, was er im Schilde führt.«

Der Professor Berger nimmt das Semester über jeden einzelnen Muskel des Menschen dran. Günther, der eifrig mitschreibt, ist, als ob er seinen ganzen Körper allmählich wie ein kompliziertes Uhrwerk spürt. Überall zwickt es, zieht und dehnt es sich. Aber- und aberhundert Mäuslein krabbeln und krauchen unter der Haut herum.

Selbst bewegliche Teile des menschlichen Körpers, die nicht zu den musculi im strengen Sinne gehören, lässt Berger nicht aus. »Ich denke«, sagt der Professor, »dass jeder hier in diesem Saale weiß, wovon sogleich die Rede ist. Dass auch jeder von Ihnen, meine Herren, im bisherigen Verlauf seines Lebens mit der manchmal überraschend deutlichen Beweglichkeit dieses Gliedes konfrontiert worden ist.«

Das kurze Gelächter in den Reihen verstummt, als Berger zur Demonstration ein kleines, hässliches, verrunzeltes Etwas aus einem Glas hervorholt und in die Höhe hebt. »Dies, meine Herren, ist jenes Ding, worauf mancher hin und wieder in seinem Dasein stolz sein mag oder auch das Gefühl der Peinlichkeit empfinden wird. Es ist nämlich ein sauber und ordentlich amputierter Penis, mit dessen Hilfe ich jetzt die veraltete Theorie, es handele sich hierbei um so etwas wie einen Fortpflanzungsmuskel, widerlegen werde.«

Ein Universitätsdiener schiebt einen weißen Tisch heran. Auf ihm befinden sich eine Schale mit Wasser, ein Tuch und ein Stück Schlauch aus Katzendarm. Berger wirft das runzlige Objekt in die Schale, rührt mit dem Finger um, holt den Penis heraus, wickelt ihn ins Tuch und drückt behutsam darauf. Dann wickelt er ihn wieder aus und hält ihn erneut in die Höhe.

»Obwohl er schon vom Blut gereinigt war, habe ich die Prozedur wiederholt. Sie werden davon ausgehen können, meine Herren, dass dieses menschliche Körperteil auch nicht mehr den geringsten Impuls verspürt, von brünstiger Hitze getrieben, seine Form zu verändern. Es ist ja nicht nur des Blutes, sondern auch dessen Zusammenhanges mit dem oberen und unteren verliebten Mäuslein des Auges beraubt. Und dennoch. Ich werde den Mechanismus seines herkömmlichen Auftritts auf der Bühne menschlicher Leidenschaften auch jetzt noch demonstrieren können.«

Der Professor nimmt den Schlauch, steckt das eine Ende in den Mund, und das andere schiebt er vorsichtig ein Stück in das Demonstrationsobjekt hinein. Dann bläst Herr Berger die Backen auf – und siehe da, der von seinen gespreizten Fingern gehaltene Penis reckt sich und streckt sich und starrt wie ein Dorn in die Luft.

Er wird immer größer und dicker, als sei es das Geschlecht eines Pferdes oder eines Riesen. Berger hält inne, entfernt den Schlauch, man hört ein kurzes Zischen, und dann baumelt da wieder das unansehnliche Schrumpelding.

»Wenn ich Lust gehabt hätte, hätte ich ihn noch weiter aufblasen können. Kein Muskel also, wie Ihnen einleuchten dürfte, sondern ein Schwellkörper, den man mit Luft aufblasen kann, damit er die für den Liebesakt nötige Steife erhält. Wir wissen, dass nicht nur das Blut allein für die Füllung sorgt, sondern auch die vom Blut transportierte Luft, die von der Brunst und der Geilheit der Gedanken im Körper des Mannes erzeugt wird. Denken Sie also ein wenig daran, beim nächsten Mal, meine Herren, es gibt auch eine mechanische Seite an der Liebe. Es ist, beim Licht der Wissenschaft gesehen, nur ein aufgeblasener Geck, der Ihnen bei den Weibern so gerne zum Erfolg verhilft.«

Eine erhebliche Anzahl der Studenten Bergers geht nach der Demonstration ins Bordell. Bei den meisten ist dies wahrscheinlich eine Folge der inneren Verunsicherung, die Bergers Experiment ausgelöst hat. Nur wenige sind dabei, die jetzt ein Bedürfnis nach körperlicher Liebe haben.

Günther geht wie immer zu Christine und hat diesmal Glück, sie alleine anzutreffen. Gewöhnlich besucht er sie erst am frühen Morgen, wenn der letzte Freier bereits gegangen ist.

Christine wohnt in einem Mädchenhaus. Es liegt praktischerweise ganz nahe bei der Universität und ähnelt einem Kloster mit vielen kleinen Zellen, in denen die überzähligen Töchter von armen Bauern, Leinwebern, Färbern und Soldaten dafür sorgen, dass die Gemüter der Studiosi nicht allzu sehr vom Zwicken des Unterleibes geplagt werden.

Es war schon immer ein guter Brauch, sündhafte Gedanken einfach durch gewisse Pforten hinauszulassen, um sich danach um so fleißiger den reinen Gedanken widmen zu können. Dass die Mädchen infolge dieser Teufelsaustreibung häufig krank werden, bestätigt nur die Annahme, dass sie ein gutes Werk tun, denn offenbar leiten sie die sündigen Anteile der männlichen Existenz durch ihr Verhalten in die Grube ihrer Bäuche ab. So legt man auch pestschwangere Moore trocken.

Das Ganze ist eine Art seelischer Aderlass. Und ist es nicht nebenbei ein recht angenehmes Gefühl, den Teufel so galant aus sich herauszuexpedieren in einem kleinen Springbrunnen der Lust?

Die Zimmer der jeweils kranken Mädchen werden mit Hilfe von Warnschildern in deutscher und lateinischer Sprache gekennzeichnet. Die Mädchen fügen sich in ihr Los. Sie halten untereinander zusammen und teilen sich ihren Gewinn.

Wenn Günther Christine besucht, hat dies nichts mit Untreue zu tun. Seine Liebe gehört immer noch dieser Doppelperson, gehört Flavie, die in Leonore steckt wie der Traum in einem Schläfer. Eher ist es die Neigung, die ein Bruder seiner Schwester gegenüber empfinden sollte. Leider ist die Beziehung zu seiner leiblichen Schwester Eleonore immer sehr matt geblieben. Das drei Jahre jüngere Mädchen hat dieselbe leise Art zu leben wie seine Mutter.

Christine ist die Tochter eines zaristischen Söldners aus Glasgow. Ihr Vater ist seit der Schlacht von Poltawa verschollen. Christine war zehn Jahre, als sie ihren Vater zum letzten Mal gesehen hat. Sie ist in einem Vorort Moskaus aufgewachsen. Von ihrer Mutter weiß sie nur, dass sie ebenfalls Schottin war. Sie kennt ein paar Lieder, deren Text sie nicht versteht, da sie in einer seltsamen Sprache gedichtet sind, die der Vater gälisch genannt hat. Sie selbst spricht Russisch, Schwedisch, Deutsch und Englisch. Ihre Haut ist sehr hell. Die glatten schwarzen Haare haben einen rötlichen Schimmer und sind meistens im Nacken zu einem Knoten geschlungen. Eigentlich sieht sie wie eine Japanerin aus.

Gewöhnlich bringt Günther etwas Kaffee mit. Er legt sich auf ihr Bett, das nach den Ausdünstungen nächtlicher Kunden riecht, und sieht zu, wie Christine das Getränk bereitet. Sie hat dabei etwas von einer schönen Hexe, die einen Zaubertrank braut.

Christines einzige wirkliche Liebe gilt ihren Haaren. Sie kämmt sie immer wieder durch und macht sich neue Frisuren, die sie wieder zerstört, bis schließlich der einfache Knoten in ihrem Nacken geschlungen wird. Da ihre Haare dicht und schwer sind, ist die Prozedur mühsam. Der Kamm zieht ihren Kopf nach hinten, sodass ihr kleines rundes Kinn in die Luft zeigt. Es kommt vor, dass sie sich kämmt, während sie rittlings auf einem Mann sitzt. Die Liebe findet dann nebenbei unter einem dunklen Baldachin statt, der ihren Kopf nach allen Seiten umgibt.

Ein Vorsänger aus Halle *(Februar 1716)*

Gegen Ende des Semesters tritt ein Ereignis ein, das Günther tief beeindruckt und betroffen macht. Der Stern seiner geistigen Jugend, der Orientierungspunkt und

Nordstern an seinem Gedankenhimmel, sollte, wenn auch nur für kurze Zeit, über dem hölzernen Horizont der Wittenberger Aula aufgehen.

Der ebenso berühmte wie berüchtigte Philosophie- und Mathematikprofessor Christian Wolff aus Halle ist zu einer Gastvorlesung nach Wittenberg geladen worden. Wolff hat glühende Bewunderer und fanatische Gegner. Er ist ein Scheidewasser der Zeit.

Die Anhänger der modernen Nüchternheit, die selbst jedoch noch recht nebelhaft über der geistigen Landschaft liegt, haben Wolff zu ihrem Führer gemacht. Viele glauben, er habe den nötigen Weitblick, denn sein Kopf rage schon über den Nebel hinaus. »Er muss also sehr groß sein«, denkt Günther, der ihn sich oft vorzustellen versucht.

Etliche wollen endlich herausgeführt werden aus dem frömmelnden, Perücken tragenden Jahrhundert, das mit der Zeitwende noch längst nicht besiegt zu sein scheint. Hat es wegen theologischer Streitigkeiten nicht den größten Menschheitskrieg und danach die größte Wirtschaftskrise aller Zeiten gebracht? Hunger, Seuchen? Jetzt will man vielerorts endlich aufgeklärte Politik, man will neue Techniken der Arbeit, man will Wissenschaften, die diesen Namen verdienen, man will verstehen, wie der Mensch funktioniert, man will ein wohlgeordnetes Glück in einem aufgeräumten Kosmos, der von einem verständigen und aufgeklärten Gott übersichtlich und väterlich regiert wird.

Also weg mit den Perücken, den Litaneien, dem Qualm der Alchimistenküchen, den Ketzer- und Hexenverbrennungen, dem Zopf lateinischer Gelehrtensprache! Weg mit den alten Privilegien der geistigen Zünfte! Man braucht ein neues Recht, eine neue Naturwissenschaft, neue Fachsprachen, auch eine neue Lehre von Kunst und Literatur.

Wolff soll dies alles herbeizaubern. Es scheint, dass er alles weiß. Darin ist er ein typischer Polyhistor des siebzehnten Jahrhunderts. Aber eigentlich revolutionär ist an ihm, dass er sein Wissen auf eine völlig neue Weise verbreitet. Er schreibt deutsch. Er schreibt klar. Er entwickelt eine exakte Wissenschaftssprache mit lauter deutlichen Begriffen. Sein Werk ist eine große Aufräumarbeit und zugleich ein neuer Anfang. Gleichgültig, womit sich seine Aufsätze und Bücher beschäftigen, immer weht der gleiche frische Wind in ihnen, immer hat man das Gefühl, dass jemand ein Fenster aufreißt und kühle Morgenluft hereinlässt.

Entsprechend heftig reagieren die Vertreter der alten Schulen, die Orthodoxen, die machtbrünstigen Kirchenleute, die Hexenmeister mittelalterlicher, gotischer Denkkathedralen, die alle in winzigen, verwirrenden Auswüchsen und Pfeilern nach oben zeigen. Wolff aber zeigt nach vorne, er ist für eine andere, horizontale Architektur mit klaren, weiten Räumen, die es mit neuen Lebensformen zu füllen gilt.

Die Gegner beschimpfen ihn. Es gibt Intrigen. Man will ihn vor die Inquisition zerren. Das schlimmste Schimpfwort aber, mit dem man ihn belegt, lautet ›Determinist‹. Ein Determinist ist etwas Schreckliches, darin sind sich sogar Katholiken und Protestanten in diesem Fall einig. Selbst die neue religiöse Strömung der Pietisten gesellt sich schließlich zu dieser Flut der Antiwolffianer. Die Pietisten, deren Hauptmacht ausgerechnet in Halle sitzt, sind zwar für das Abschneiden der alten Zöpfe, und wenn es sein muss, auch der damit verbundenen Hälse. Sie sind somit eigentlich Wolffs natürliche Verbündete. Aber sie hassen ebenso wie die Orthodoxen nichts mehr als den so genannten Determinismus.

Was ist das für eine schreckliche Position? Der Determinismus postuliert schlichtweg, dass der Wille des Menschen nicht von Gott, sondern von der eigenen Intelligenz regiert wird. Und das ist wahrlich eine freche These von außergewöhnlicher Sprengkraft gegen sämtliche alten Institutionen.

Die Pietisten aber, für die Gefühl und Empfindung alles ist, halten nichts von der Intelligenz, diesem neuen, durchsichtigen Gott, dem Wolff die Predigten schreibt. Für sie ist der Glaube ein mystischer Liebesakt, der in der kleinen roten Kapelle des Herzens stattfindet, auf den Altarstufen einer sich ständig steigernden Innerlichkeit. Luthers ruppige Ehrlichkeit ist ihnen genauso fremd wie diese neue Nüchternheit, in der die Intelligenz und das Bewusstsein zur höchsten Instanz erhoben werden.

Einige Leute in Sachsen, vor allem aber der experimentierfreudige Herzog August der Starke, dieser Hufeisenverbieger und Musenschmied, möchten den verblassten Ruhm der Wittenberger Universität gerne aufwerten. Es ist muffig an dieser ehrwürdigen Institution geworden. Was wäre besser geeignet, als jenen geistigen Windmacher Christian Wolff, der in der brandenburgischen Enklave Halle sitzt, abzuwerben. Vor gut zwanzig Jahren hat der Kurfürst Friedrich III. dort eine Universität gegründet, die schon jetzt den sächsischen Hochburgen des Geistes den Rang abzulaufen droht.

Man lädt also Wolff zu einer Gastvorlesung ein. Er soll in Wittenberg vorsingen.

Die Spannung ist groß, als der umstrittene Professor ankommt. Er ist im Vierspänner vorgefahren. Eine zweite Kutsche folgt mit Dienstpersonal. Es sind auch einige finster aussehende Herren dabei: die Leibwächter des neuen Geistes. Die Aula ist bis auf den letzten Platz besetzt. In den Ehrenlogen thronen die Professoren. Unbewegt wie hölzerne Perückenständer. Auf den Bänken hockt die akademische Jugend.

Günther hat einen Platz ganz weit vorne ergattert.

Er hat wie die meisten anderen einen Stapel teurer Papierbögen mitgebracht und frische Federn, Messer, Streusand und Tintenfass. Denn er will bei dieser seltenen Konstellation die Bahn seines Sternes so genau wie möglich berechnen.

Die Blätter in gelblichem Großfolio füllen sich während der Vorlesung, ergänzt um manchen Fleck, manche Kritzelei und persönliche Bemerkung. So kommt es, dass die Mitschrift tatsächlich bald wie eine Sternenkarte aussieht.

Dem Bild nach, das Günther sich schon lange von seinem Lieblingsphilosophen gemacht hat, muss er hager und asketisch sein. Mit marmorner Stirn und gelockten, natürlichen Haaren.

Als Wolff erscheint und ohne Umschweife zum Katheder schreitet, verschwindet er jedoch fast dahinter. In der Mitschrift gibt es den ersten Tintenklecks.

Wolff ist zu Günthers Überraschung nicht nur klein. Er ist auch beleibt. Eine schwere goldene Kette strafft sich auf der Weste über seinem kugeligen Bauch. Günther malt aus dem Klecks einen rundlichen Knirps. Sieht so vielleicht die Leibniz'sche Monade aus? Aber die soll bekanntlich fensterlos sein, während dieser Mann sich dort gerade eine Brille aufsetzt, nicht jedoch, um in ein Manuskript zu starren – ein solches scheint gar nicht vorhanden zu sein –, sondern um mit dem stechenden Blick kleiner schwarzer Äugelchen das Publikum zu mustern.

Während seiner frei vorgetragenen Rede stolziert er am vorderen Rand der Aulabühne auf und ab und unterzieht vor allem die Herrschaften in den ersten Reihen einer genauen Beobachtung. Seine Worte setzt er unabhängig von dieser Tätigkeit. Sie kommen druckreif und präzise. Es ist ein Reden, das wie eine höchste und niveauvolle Form der Geistesabwesenheit wirkt. Merkwürdig ist übrigens, wie Wolff das ›Qu‹ ausspricht. Er artikuliert dabei das ›u‹ überdeutlich und verschleift es nicht zum ›w‹. Er sagt nicht ›Kwalität‹, sondern ›Ku-alität‹. Abgesehen von dieser Marotte, stellt der Vortrag selbst eine unerhörte Überraschung dar.

Günther hat wie alle einen programmatischen Entwurf zum neuen Geist der Zeit erwartet. Was jedoch kommt, mochte eher auf eine Gärtnerschule passen. In der atemlosen Stille hört man das Kratzen der Federn.

Die Gesichter der Honoratioren gleichen jedoch vom Kalk halb aufgesogenen Fresken, vor allem, als nach den ersten Worten deutlich wird, dass Wolff die ketzerische Frechheit besitzt, seinen Vortrag in deutscher Sprache zu Gehör zu bringen.

Günthers erste Enttäuschung verwandelt sich alsbald in höchstes Interesse. Vor allem, als er die seltsamen Parallelen der Rede zu seiner eigenen Lebenssituation bemerkt. Die Unterstreichungen und Ausrufungszeichen in der Mitschrift häufen sich. Auch die Zwischenbemerkungen und Marginalien mehr privater Natur.

Die Mitschrift *(Februar 1716)*

Hochzuverehrende Kollegen, verehrte Anwesende!

Ich pflege die Wahrheiten, welche in dem menschlichen Leben ihren unentbehrlichen Nutzen haben, mit dem Brote, die anderen hingegen mit Juwelen zu vergleichen. Wer arm ist, dass er nur Brot bezahlen kann, der tut wohl daran, dass ihm nicht nach Juwelen gelüstet. Wer hingegen reich ist, darf nicht nur mit Brot den hungrigen Magen sättigen, sondern er soll auch das Auge und das Gemüt mit kostbaren Juwelen ergötzen.

Dies heißt jedoch nicht, dass es dem Armen an Adel mangelt und dass der Reiche Juwelen gedankenlos anhäufen soll. Ich rede nicht dem Besitz das Wort und ebenso nicht der Völlerei. Im Übrigen sind meine Worte keinesfalls Geldstücke, die Sie alle, die Sie hier sitzen, in die Ohren wie in Geldbeutel stecken können. Der Vergleich der Wahrheiten mit Brot und Juwelen ist nur eine bildliche Deutung, die sich nicht auf die Sache selbst, sondern auf den Umgang mit ihr bezieht.

Man soll weder dem Brot verübeln, dass es notwendig ist, noch den Juwelen, dass sie erstrebenswert sind. In dieser Stunde möchte ich jedoch eher der Notwendigkeit huldigen und mich in meinen Ausführungen einer nützlichen Brotwahrheit widmen. Die Juwelen moralischer, theologischer und mathematischer Fasson mögen für diesmal außer Acht bleiben. Sie werden sowieso bei Ihnen, werte Kollegen, einen delikateren Schliff erhalten, in denen sich das Licht der Erkenntnis vielfältiger bricht, als in meiner ungeschliffenen Denkungsart.

Nun also zum Thema. Es lautet: Wie können wir uns das wunderbare Phänomen der Vermehrung des Getreides erklären? Wie können wir das Rätsel lösen, das aus wenigen Haferkörnlein rauschende Felder macht? Kommt das Viele aus dem Einen, weil es schon als Vieles nur verkleinert in ihm steckt? Oder aber ist das Viele eine Schöpfung des Einen, kommt es also als etwas anderes hinzu? Dies wären im Wesentlichen die beiden möglichen hypothetischen Positionen.

Bei einigem logischen Denken könnte man natürlich noch eine dritte Erklärung anführen: Aus jedem Körnlein wächst immer nur eine einzige Ähre. Der Zufall oder der Wind will es jedoch, dass viele Saatkörner an eine Stelle zusammengekehrt werden und so der Eindruck einer Vermehrung nur auf einem Trugbild beruht.

Da ich längst überführt bin, dass man die Natur nicht hinterm Ofen mit bloßem Nachsinnen ausgrübeln könne, sondern allezeit den Anfang im Nachdenken von genauen Erfahrungen machen müsse, wenn man nicht leeren Einbildungen nachhängen will, so fiel ich bei dem Nachsinnen über das Wunder der Getreidevermehrung auf den Gedanken, selbst zu probieren, ob die These einiger Wissenschaftler, dass viele Ähren aus einem einzigen Korn wachsen und nicht durch das Zusammenfallen vieler Körner an einer Stelle entstanden sind, der Wahrheit entspricht.

Ich begnüge mich mit Wenigem, zu erinnern, dass man den Samen in Mistpfützen und Salpeterwasser aussäen soll, ehe man ihn auf den Acker streut. Ich begnüge mich ferner mit dem Hinweis, dass man den Salpeter in siedendem Mistpfützenwasser zerlassen soll, dass man dazu noch Regenwasser nehmen könne, darin man Hornklauen von Tieren, Leder und Häute, Federn, Knochen und dergleichen Sachen weichen und faulen lassen, und dass der Samen dazu aufquellen und nach diesem ein wenig trocknen muss, ehe man ihn aussäet.«

Günthers übers Blatt huschende Feder weicht an dieser Stelle zum Blattrand aus, skizziert dort einen nackten Frauenkörper, schreibt die Wörter Flavie, Leonore daneben und kritzelt darunter: »Fäulnis ist Fruchtbarkeit. Der Dreck liebt am besten!« Dann kehrt die Feder an die ordnungsgemäße Stelle zurück, um mit der Mitschrift fortzufahren. Wolff hat indessen eine wohlabgezirkelte Pause gemacht und gelassen die Mienen der Kollegen betrachtet, in denen sich immer noch ein eingefrorenes Entsetzen über die Vulgarität des Themas malt.

»Solchermaßen präparierter Samen erweist sich als höchst zeugungsfähig im Mutterleib der Erde.

Da es eine große Anzahl von Gelehrten gibt, die der Natur jedoch nur gerade so viel zutrauen, wie die göttliche Macht in sie hineingelegt hat, ist es eine weit verbreitete Ansicht, dass solchermaßen gedüngter Samen aus sich entfaltet, was in ihm verborgen ist. Jene Vielzahl von Halmen und neuen Ähren findet sich in nuce bereits im Korn.«

»Vater«, kritzelte Günther an den Rand, »dann sind wir beide Werke des nämlichen Kopisten.«

»Das Einweichen führt dieser These nach dazu, dass die Schritte, die die Natur nacheinander, von Jahr zu Jahr zu machen pflegt, gleichzeitig erfolgen. Es kommt dazu, dass die vollständig im Samen enthaltene diesjährige Ähre samt Halm ebenso hervorwächst wie die des zweiten, dritten und vierten Jahres. Ich möchte gegen diese Ansicht jedoch anführen, dass die Natur erfahrungsgemäß keine

Sprünge macht, dass es also nicht einzusehen ist, dass der Haupthalm zugleich mit den in größerer Unvollkommenheit steckenden Nebenhalmen in gleicher Zeit keime und hervorwachsen soll.

Ich hatte mich also entschlossen, die Probe aufs Exempel zu machen, um herauszubringen, worin die wahre Ursache der wunderbaren Vermehrung des Getreides bestehe. Derotwegen steckte ich im Sommer Anno 1713 zwei Körner Haber in den Garten an einen Ort, wo sowohl die Morgen- als Mittagssonne lag und mir aus der Erfahrung bekannt war, dass daselbst alles viel geschwinder und schneller wuchs.

Als ich nach einiger Zeit wieder dazu kam, sah ich nicht ohne Vergnügen, dass aus einem jeden Körnlein ein ganzer Busch gewachsen war, und erwartete mit Verlangen, wie es mit der Frucht ablaufen würde.«

Wieder lässt Wolff eine wirkungsvolle Pause entstehen, in der diesmal Günthers Feder am Rand folgende Buchstaben übereinandertürmt:

F
1
a
v
i
o
n
o
r
e

»Wie die Ernte herbeikam, traf ich viele Ähren an, die aus einem Körnlein gewachsen waren und deren jede ihren besonderen Halm von ganz ungemeiner Länge hatte. Die Ähren waren insgesamt von Körnern sehr voll. Vermöge der Regeln, nach welchen die Gedanken in der Seele des Menschen entstehen und die ich nächstens in meinen ›vernünftigen Gedanken von Gott und der Seele des Menschen‹ erklären werde, fiel mir ein, dass, wenn man etwas durch Nachdenken herausbringen will, der erste Gedanke jederzeit durch das Anschauen der Sache oder der Zeichen, dadurch sie dem Verstande vorgestellt wird, erregt werden muss.«

Es ist anzunehmen, dass Wolff an dieser Stelle erneut eine seiner geschickten Pausen machte, durch die er Interesse und Nachdenklichkeit beim Publikum zu wecken hoffte, denn in der Mitschrift findet sich hier ein Gewirr von Schnörkeln und Linien, die wie feine Lianen die folgende Bemerkung umranken: »Bist es du, oder ist es das Bild von dir, das ich liebe?«

»Als ich mir meinen Haber-Busch in Gedanken vorstellte, wie ich ihn im Garten hatte stehen sehen, so erinnerte ich mich, dass die Ähren alle aus der Erde herausgewachsen waren. Ja, als ich mir ferner vorstellte, wie ich ihn befunden, nachdem ich ihn aus der Erde herausgerissen hatte, so fiel mir ein, dass ein jeder Halm zwar seine eigene Wurzel hatte, dennoch aber die Wurzeln alle aneinander gewachsen waren.

Es ist mir aber bekannt, dass in den Gewächsen, welche sich durch Wurzeln vermehren, die Wurzeln nach der Seite hin auslaufen und sich ausbreiten; hingegen die Wurzeln in meiner Haberstaude hatten nur einen sehr kleinen Umfang. Daher war mir nicht glaublich, dass die Nebenhalme aus der Wurzel ausgelaufen wären. Und also blieb mir nichts übrig als der Halm, daraus sie mussten gekom-

110

men sein. Wiewohl ich hier gleich sah, dass nicht alle Nebenhalme aus dem Haupthalm konnten entsprossen sein, indem nicht alle an den Haupthalm angewachsen waren.«

An dieser Stelle findet sich in der Mitschrift ein merkwürdiges Strichgitter. Bei einiger Muße wird sein Bauprinzip erkennbar. Es sind lauter Strichmännchen abnehmender Größe, die jeweils über den Penis miteinander verbunden sind. Mit anderen Worten, das größte Strichmännchen hat ein Strichglied, welches wiederum Arme und Beine hat und ein kleineres Strichglied, das ebenfalls in das Strichmuster eines Menschen übergeht und so fort.

»Als ich mir den Halm in Gedanken vorstellte, sah ich gleichsam vor Augen, dass an demselben verschiedene Knoten anzutreffen seien. Ich erwog ferner, dass der Stempel hohl und leer und nur in dem Knoten Mark ist, ingleichen, dass nirgends ein Knoten ist, alswo ein Blatt stellet.

Daraus schloss ich, dass an dem Halme des Habers nirgends ein Nebenhalm hatte vorwachsen können, als wo ein Blatt gestanden, und dass dieser Nebenhalm für sich eine besondere Wurzel in die Erde geschlagen.«

Mittlerweile ist es keineswegs mehr so gespenstisch still in der Wittenberger Universitätsaula wie zu Anfang der Wolff'schen Vorlesung. Zwar bildet immer noch das Kratzen einiger Federn die Hauptgeräuschkulisse, aber dazwischen verstreut, gleichsam ausgesät in die Furchen des Luftraumes, hört man immer häufiger Räuspern, auch Fußscharren und verschiedene andere Laute der Ungeduld. Wolff lässt sich davon jedoch keineswegs stören. Er setzt seine Pendelreisen auf dem Podest fort, mustert die Gesichter jetzt auch der mittleren Reihen und würdigt die Kollegenbank keines Blickes.

»So konnte ich also endlich begreifen, wie es möglich sei, dass durch ein einziges Körnlein Getreide eine reiche Anzahl Ähren könne hervorgebracht werden. Nämlich wie in dem Körnlein Samen nicht mehr als ein einziger Keim enthalten ist, so kann auch daraus nicht mehr als ein einziger Halm mit einer einzigen Ähre wachsen. Wenn aber eines oder zwei Blätter, die der Wurzel am nahesten sind, die Knoten des Halmes, wo sie angewachsen, in der Erde oder an ihr haben, so schlagen die Knoten Wurzeln und kommet ein Nebenhalm aus dem Marke hervor. Daher wachsen die Halme auch parallel. Da nun dieses nicht anders geschehen kann, als wenn der Nebenhalm anfangs ein wenig von dem Haupthalme abweichet ...«, hier findet sich eine dicke Unterstreichung in Günthers Mitschrift ..., »so schleppet er wiederum ein paar Knoten an der Erde und können demnach bei jedem Nebenhalm zwei neue herauswachsen und so weiter und so fort, so lange jedenfalls, als es an nötigem Nahrungssaft, das ist an Regenwasser und Düngung, nicht fehlt.«

Wieder gibt es eine längere Pause. Wolff reibt sich zufrieden die Hände und macht sich daran, diesmal die Gelehrtenloge einer genaueren Beobachtung zu unterziehen. Aber er sieht da nur sauertöpfische Mienen. Günther schreibt an den Rand: »So schlimm ist es also doch wohl nicht, Vater. Ich bin gewiss ein Nebenhalm, der es irgendwann auch zum Haupthalm bringen wird. Wenn es mir nur nicht am nötigen Nahrungssaft fehlte!«

Wolffs Miene hat sich inzwischen einigermaßen verdüstert. Man hätte denken sollen, dass dies an der widrigen Resonanz auf seinen Vortrag lag, denn außer Räuspern und verhaltenem Zischeln ist keine Reaktion auszumachen. Es stellt sich aber bald heraus, dass Wolffs Gesichtsausdruck nichts weiter als der Reflex auf die inhaltliche Verdüsterung seiner Rede ist:

»Meine Herren, wiewohl also die Natur ein probates Mittel der Vermehrung von Getreide erfunden hat und damit überhaupt erst dem menschlichen Leben in seiner Vielfalt und Verschwendung die Grundlage schuf, pfleget es öfters zu geschehen, dass die Körner in den Ähren schwarz wie Kohle und nach diesem immer weicher werden, bis sie endlich in einen schwarzen Staub, der so fein wie Mehl ist, zerfallen.«

Jetzt erhebt sich die Stimme des kleinen Philosophen zu einem wahren Donnerschall: »Diesen Zerfall pfleget man Brand zu nennen. Der Brand ist ein Phänomen von genauso großer Schönheit wie Gefährlichkeit. Wenn normalerweise Korn durch mühevolle Arbeit und großen Aufwand der Wasserkraft und Mühlsteine zu weißem Mehl zermahlen wird, um Brot daraus zu backen, geht es diesmal wie von selbst und ohne Mühe vonstatten. Aber das so entstandene Mehl ist schwarz. Man kann kein Brot daraus backen. Ja, es erweist sich sogar als von außerordentlicher Giftigkeit. Die Ursache seiner Entstehung ist ein Rätsel, welches womöglich noch schwerer zu lösen ist als das der Kornvermehrung. Einige Gelehrte machen schlechten Tau verantwortlich, der fettig sei und dadurch bei starker Sonnenstrahlung das Korn röste. Andere schieben die Schuld eher auf einen verdorbenen Samen.

Um mir selbst Klarheit zu verschaffen, versuchte ich, auch diesem Phänomen mittels eigener Erfahrung auf den Grund zu gehen. Ich zog dieserhalb einige Ähren in meinem Schlafzimmer, wo kein Tau fiel. Es handelte sich um Gerste. Nach einer nicht allzu langen Zeit hatte ich das Glück, dass ein Halm mit Brand dabei war. Ich entdeckte, wobei ich ein Vergrößerungsglas zu Hilfe nahm, dass in den Spitzen, welche auf den Gersten-Körnern stehen, hin und wieder etwas Schwarzes steckte, welches die ganze innere Höhle dergestalt erfüllte, als wenn eine Röhre verstopft wird. Zugleich fiel mir die außerordentliche Schönheit des kranken Pflanzenorgans auf. Ich erkannte also, dass die brandigen Körner nichts anderes als Missgeburten wären, und weil flüssige Materie verdirbt, wenn sie stille steht, sah ich, dass der Saft, welcher sonst in Pflanzen sich gemächlich herumbewegt, durch die brandige Stelle in seiner Bewegung gehindert werde und also verderbe.

Die erwähnte Schönheit des Phänomens aber steht demnach in vollkommenem Widerspruch zu seiner Nützlichkeit bzw. korrespondiert mit deren Mangel. Wir haben hier ein vollkommenes Exempel dafür, dass eine Angelegenheit der Brot-Wahrheit durch ihre Verkehrung oder Verwilderung in eine Angelegenheit der Juwelen-Wahrheit verwandelt wird.

Dies sollte uns Anlass geben zu der kühnen These, mit der ich meinen Vortrag schließen möchte: Die Fehlerhaftigkeit und Verwilderung eines Keimes stellt einen Schaden an seiner Nützlichkeit dar und erhebt ihn, obwohl dies ein beklagenswerter Umstand ist, gerade dadurch in eine Form, die von allem Nutzen befreit ihre eigentümliche Schönheit wahrt. Ich nenne dies die Schönheit der Verwilderung. Und ich habe allen Grund anzunehmen, dass dieses Phänomen nicht nur im Reich der Pflanzen zur Erscheinung kommt, sondern ebenfalls bei Tieren und sogar beim Menschen.

Wir sollten uns also hüten, jede Abweichung vom nützlichen Zustand eines Organismus immer schon als Unglück und Mangel zu beklagen. Gewiss handelt es sich bei Missgeburten, bei Abnormitäten, bei Irren und bei unglücklich veranlagten Menschen, die irgendeine dunkle Eigenschaft von der Fähigkeit eines normalen Broterwerbs auszuschließen scheint, um keine erstrebenswerten Geschöpfe. Sie sind Fehlkonstruktionen der Schöpfung, und als solche taugen sie nicht zum Fortgang der menschlichen Geschäfte. Aber wir sollten uns jener seltsamen Gnade des Schöpfers nicht verschließen, dass er ihnen wie zum Trost eine rätselhafte wilde und melancholische Schönheit verlieh. Leider werden die wenigsten von Ihnen in der Lage sein, diese zu bemerken. Man muss schon anders sehen gelernt haben, um die Schönheit einer Missgeburt wahrzunehmen. Wenn man dazu in der Lage ist, dann wird man allerdings über das Verhältnis von Brot- und Juwelen-Wahrheit zukünftig vorsichtiger zu denken gezwungen sein. Man wird sich in seinen Urteilen manchmal zur radikalsten Umkehr veranlasst sehen, und man wird einer allzu raschen Gewöhnung an gängige Bewertungen hinfort eine gehörige Portion Misstrauen entgegenbringen. Allein aus diesem Grunde, so scheint mir, auf dass wir nicht allzu leichtfertig mit unseren gewöhnlichen Meinungen umgehen, hat Gott es zugelassen, dass in seiner Schöpfung derlei Abnormitäten und fehlerhafte Erscheinungen vorkommen. Ich danke Ihnen für Ihre Geduld.«

Die Stille, die diesen Worten folgt, ist wie ein äußerst dünnwandiges Gefäß, voll einer giftigen Flüssigkeit. Ein einziges Räuspern genügt, und es zerbricht. Zischen, Unmutslaute, ein Sturm der Entrüstung folgt, angefacht und mit Zwischenrufen dirigiert von einigen Professoren der Ehrenloge, die aufgesprungen sind und die erhobenen Fäuste schütteln.

Wolff lächelt, verbeugt sich, dreht sich auf dem Absatz um, zieht die Perücke vom Kopf, wobei ein fast kahler, sehr harmonisch gerundeter Schädel zum Vorschein kommt, und verschwindet durch eine rückwärtige Tür. Er wird nie mehr gesehen in Wittenberg. In Halle hält er sich jedoch noch sieben Jahre, bis die dortigen Pietisten seinen Sturz erzwingen und er diese Stadt unter Androhung des Stranges binnen 24 Stunden verlassen muss.

Eifersucht I *(Februar 1716)*

Noch ist es wenig mehr als ein Jahr her, da Günther in seiner Komödie »Theodosius« die Eifersucht an den Pranger gestellt hat. Jetzt plagt ihn selbst diese Krankheit.

Manchmal reicht es, dass er eine Türklinke in die Hand nimmt, um an mögliche Nebenbuhler zu denken. Oder sind es gar nicht die Männer, die er fürchtet? Die Eifersucht ist ein besonderes Feuer, es ist kalt, es ist schwarz. Es wärmt nicht und gibt kein Licht. Und es nährt sich aus sich selbst, das ist das Furchtbare daran.

Seit der Vorlesung über Getreide geht er in keine medizinische Veranstaltung mehr. Wenn er sich überhaupt an der Uni sehen lässt, dann ist er bei den Musenwächtern zu finden.

Professor Friedrich Strunz hält ein Kolleg über lateinische und teutsche Poeterey. Günther kann diesen Mann nicht leiden. Er redet, wie sein Name klingt. Er strunzt.

Aber Günther sucht die Nähe des Gegenstandes. Die Gehermetrik. Die Maikäferworte. Gab es Maikäfer am

Schwarzen Meer? Woran liegt es, dass in lateinischen Versen kein Summen zu hören ist? Strunz behauptet, dass die antiken Sprachen Ableger einer uralten, vergessenen Sprache sind, die dem Niederdeutschen gleicht.

Günther trinkt mehr denn je. Das schlechte Gewissen seinem Vater gegenüber macht den gleichen trockenen Hals wie die Eifersucht. Wie sagt doch der Polylogus in seinem Stück: »Ein allzu starker Brand braucht mehr als eine Spritze.«

Er hört nur wenig von Leonore. Selber schreibt sie nicht. Das war in der Abschiedsnacht so vereinbart worden. »Du kannst es gut genug. Schreib mir also so viel als möglich«, hatte sie gesagt. »Ich müsste für meine eigenen Sätze schlechter lieben können.«

Dann und wann erfährt er etwas von einem Landsmann über die Geliebte. So weiß er inzwischen, dass sein Nebenbuhler Täuber Leonores Schwester geheiratet hat. Von dieser Seite droht also keine Gefahr mehr. Aber es sind ja auch nicht die Männer, die er eigentlich fürchtet.

Die Hiobsbotschaft, die ihn erreicht, lautet: »Leonore ist von Schweidnitz nach Breslau verzogen.« Den Grund erfährt er nicht. Der schlesische Student, der Günther die Nachricht in einer Gastwirtschaft erzählt, bemerkt, dass Günther augenblicks den Bierkrug so fest am Henkel packt, dass die Knochen seiner Hand scharf und weiß hervortreten.

»Sie ist fort, sagst du?«

»Sie hat Schweidnitz mit der Post verlassen. Sie hatte nur eine kleine Truhe dabei.«

In der Nacht kann er nicht schlafen. Als der Rausch sich legt, beginnt er, das Fensterkreuz anzustarren.

Es wirft einen wohl bekannten Schatten im Mondlicht,

der quälend langsam über den Dielenboden wandert. Er versucht verzweifelt, sich Leonore vorzustellen. Es gelingt ihm nicht. Ihr Gesicht, ihr Körper verschwimmen. Ihre Haare lösen sich auf. Ihr Mund ist ein roter zerfließender Fleck.

Es liegt daran, dass sie fort ist. Dies ist der eigentliche Betrug, nicht die möglichen anderen Männer. Sie ist in ein Niemandsland gegangen, das er sich nicht vorstellen kann. Die Stadt seiner Erinnerung ist verwaist. Es quält ihn, sich die neuen Häuserfassaden, die Giebel und Pflastersteine, über die jetzt Leonore wandelt, nicht vorstellen zu können. Leonore geht fremd mit diesen Dingen, die er nicht kennt. Sie liebt jetzt andere Dächer, andere Wolken, andere Gassen und Türen. Sie schläft in einem anderen Bett, sie treibt Unzucht mit einer anderen Luft, die sie über ihre Lippen hin- und herschickt. Das Schweidnitz ihrer Liebe aber steht leer. Wenn er in seinen Gedanken dort hingeht, ist er ein betrogener und verlassener Ehemann.

Das dritte Auge der Trunkenheit *(März 1716)*

Hauptdrahtzieher der Professorenclique, die Wolffs Kandidatur an der Wittenberger Universität zum Scheitern gebracht hat, ist der evangelische Theologe Gottlieb Wernsdorff, von den Studenten auch Vater Wernsdorff genannt. Nicht nur, weil er die meisten Fäden in der Hand hält, an der die anderen zappeln, auch weil er die Brau- und Schankrechte in seinem Haus hat und dort das beste Bier der Stadt gebraut und kredenzt wird. Die ganze studentische Welt trifft sich hier in einem Gewölbekeller, um Bänke und Tische zu bemannen und in die Meere des Rausches davonzusegeln.

Wernsdorff ist weder Pietist noch Aufklärer. Er ist einfach gegen alles Neue. Er mag die frömmelnden Umstürzler genauso wenig wie die vernünftelnden. Er tritt dafür ein, dass der luthersche Geist seinen Bierbauch behält und schön fleißig alles beim Alten bleibt. Der Protestantismus ist zu einer konservativen Gebärde geworden. Die einst geballte Faust hält jetzt ein Gesangbuch. So war und ist es mit allen Revolutionen: Sie graben sich ihr eigenes Bett, um darin einzuschlafen.

Wernsdorff ist ein Prachtexemplar der alten Manschettenfraktion. Man gibt sich trotz aller geistigen Prüderie weltoffen. Man nimmt die riesigen weißen Manschetten ab, wenn man sich am Katheder während der Vorlesung das Essen servieren lässt, und man nützt die zwischen den fetten Fleischbrocken verbleibende Zeit genüsslich für spitze Bemerkungen wider den neuen, ungehörigen Zeitgeist.

Günther geht nicht allzu gern in den antiwolffianisch-wernsdorffschen Bierkeller. Vor allem meidet er die schlesische Ecke in der nach Landsmannschaften gegliederten Sitzordnung der Lokalität. Aber diesmal hat er einen Grund. Er hat nämlich einen Plan gefasst, der etwa zu gleichen Teilen Hoffnung und Missbehagen in ihm weckt. Dies ist bekanntlich eine Gefühlsmischung, die wie geschaffen ist für die Behandlung mit Alkohol. Er will sich die Sache mit dem dritten Auge der Besoffenheit anschauen. Umso besser, dass für heute im Wernsdorff'schen Keller ein Vollsaufen angesagt ist. Dies ist zwar eine offiziell verbotene Sitte, aber sie ist ein Stück des orthodoxen

Geistes, und daher darf sie an diesem unterirdischen Ort gepflegt werden. Ein Gebäude, das maßvoll zum Himmel strebt, benötigt eben auch die feuchten Steine im Fundament.

Das Ganze geht so vor sich: Der menschliche Leib wird als Röhre oder Schlauch betrachtet, wobei der so genannte Mund die obere Öffnung bildet und der Zapfhahn zwischen den Beinen die untere. Durch diesen Schlauch wird so lange Bier oder Wein oder Branntwein geleitet, bis die Dränage zusammenbricht, bis die ganze Röhre am Boden liegt und zumeist an beiden Enden zugleich ausläuft. Wer dieses vermag, vermag nämlich auch rechtschaffen nüchtern zu sein. Es ist eine Nagelprobe auf die Kunst, ein richtiger Mann zu sein.

Als Günther die Sandsteinstufen zum Keller hinabgeht, schlägt ihm der ganze fackelerleuchtete Höllendunst entgegen. Man hört ein wahrhaft babylonisches Stimmengewirr, denn die verschiedenen Dialekte der Landesgruppen versuchen, sich gegenseitig an Lautstärke zu überbieten. Das scharfe Nebeneinander von Licht und Schatten lässt die Glieder und Köpfe der Insassen dieser Saufhölle wie abgeschnitten wirken, so, als sei man in einer teuflischen Anatomie, in der sämtliche Körperteile galvanisch in Zuckungen versetzt worden sind. Da gibt es Hände, Mäuler, Arme, Beine, die nicht recht zueinander gehören. Unter den dichten Knasterwolken findet ein irrwitziges Ballett der Bewegungen statt, deren Choreograph ganz offensichtlich die vollkommene Trunkenheit ist.

Es ist Ekel erregend und wunderbar zugleich, hier hinabzutauchen. Dieses bierfeuchte Fegefeuer ist gerade richtig, um sich das dritte Auge ins Gesicht zu pflanzen, mit dem man einen zwiespältigen Gegenstand ansehen muss. Günther steuert, sich nach den Dialektfärbungen der Geräuschkulisse orientierend, die niederdeutsche Gruppe an. Er schiebt sich seitlich auf einen Sitzbalken. Sein Blick wird zunächst vom gelben Teichrund seines großen Bierglases begrenzt, aber als er es absetzt, gewahrt er sein Gegenüber. So blond und bäurisch wie der kann nur ein Norddeutscher aussehen. Er hat fast weiße Wimpern. Die graublauen Augen wirken matt. Keine der Fackeln vermag sich in ihnen zu spiegeln. Sie blicken Günther in einer Weise an, dass er sich fast übersehen fühlt.

»Du bist ein Neuer?« Das Gegenüber nickt. »Dann möchte ich mit dir Brüderschaft trinken. Ich bin nämlich auch ein Neuer.«

Günther reicht ihm die Hand und empfängt einen ungewöhnlich festen Händedruck. Dann zieht Günther sein Gegenüber am Kragen hoch und zeigt ihm, wie man standesgemäß Brüderschaft trinkt.

Als sie wieder Platz nehmen, zeigt der andere vollends, dass seine Stärke außer in den Muskeln auch im Schweigen liegt. Es ist kein ganz stummes Schweigen. Da gibt es z. B. ein freundliches Flüstern der Mimik, und Günther lauscht einen Moment, ehe er seiner Redelust nachgibt.

»Weißt du, was das dritte Auge der Trunkenheit ist?« Ein leichtes Kopfschütteln endet in der Frage eines schief geneigten Hauptes. »Das dritte Auge der Trunkenheit entsteht, wenn du lange genug diese Flüssigkeit in dich hineinkippst. Es entsteht mitten auf der Stirn, genau über der Nasenwurzel. Es ist ziemlich groß und wie bei einer Fliege in lauter kleine Fenster unterteilt. Ich habe es selbst durch meines Vaters Lupe gesehen. Weil dies so ist, kann das dritte Auge der Trunkenheit ein kompliziertes Ding in aller Ruhe aus tausend Blickwinkeln gleichzeitig betrachten und dadurch die Fehler vermeiden, die unseren zwei menschlichen Augen anhaften, die nämlich alles nach dem Muster der Doppelheit anstieren. Gut und böse, falsch oder richtig, heißt es dann. Wie heißt du übrigens?«

»Ich heiße Jacob. Jacob Petersen.«

»Und ich Christian. Christian Günther. Woher kommst du?«

»Aus Rendsburg. Einer kleinen Stadt im Norden. Sie liegt hauptsächlich auf einer Insel. Mitten in einem Fluss, der Eider heißt.«

Sie trinken. Günther legt seine schmale braune Hand auf die viel größere und hellere Petersens. Auf deren Rücken sind viele Sommersprossen. »Weißt du, ich habe eine Freundin, die Leonore heißt. Sie hat viele Leberflecken auf ihrem Bauch. Es sind Sternbilder. Sie sind rechts und links einer feinen Linie schwarzer Härchen angeordnet, die sich von ihrer Scham hoch zum Nabel zieht. Ich glaube, es ist so etwas wie ein Himmelsäquator. Ich studiere nämlich nebenbei die Astronomie. Neben der Medizin und der Poeterey. Das Unglück ist nur, dass ich in diesen Sternbildern auf dem Bauch meiner Freundin nicht zu lesen verstehe.«

Der andere sitzt stumm da und hört zu. Dabei trinkt er in großen, langen Schlucken, die seinen Kehlkopf in den Kragen tauchen lassen.

»Du musst großen Durst haben«, sagt Günther, »hast du etwa auch einen zwiespältigen Plan?«

Sein Gegenüber schüttelt den Kopf. »Es sind Heringe. All die Salzheringe, die ich auf meinen Reisen hierher immer essen muss.«

»Was macht der nordische Krieg? Wenn du von da oben kommst, hast du Neuigkeiten.«

»Als ich zum ersten Mal abfuhr, war gerade der Zar in Rendsburg.«

»Der verrückte Peter?«

»Er war ganz normal gekleidet. Wie ein Handwerker. Er hat die Festung inspiziert. Es waren Russen fast in jedem Haus einquartiert.«

»Sonst weißt du nichts Neues?«

Petersen schüttelt den Kopf.

»Ich sage dir, der nordische Krieg ist praktisch vorbei. Seit Karl XII. wieder zu Hause ist. Er hat immer nur Glück in der Fremde gehabt. Weg zu sein von seiner Heimat, hat ihm die Kraft gegeben. Da geht's ihm wie mir. Komm, trink und lass dir meinen Plan erzählen.«

Der andere sitzt ganz ruhig und brav da und leert sein Glas. »Hast du die Deposition schon hinter dir?«

Günther erhält nur einen fragenden Blick.

»Heißt das, dass du nicht weißt, was das heißt?«

Der andere nickt.

»Dieser Mummenschanz, dieses Theater, wenn man als Neuling zum Studenten gekürt wird. Diese alberne Äquatortaufe. Man wird wie ein Scheusal herausgeputzt, mit langen Haaren, Hörnern, falschen Zähnen, und dann wird man traktiert mit Scheren, Messern. Die Hörner werden einem abgeschlagen, eine enorme Fresserei und Sauferei gehört dazu, und du musst alles bezahlen, und dann bist du ordentliches Mitglied der Studentenschaft. Aber diese Sitte ist zur Zeit ein wenig im Abklingen. Ich habe sie auch nicht mitgemacht. Obwohl ich jetzt etwas vorhabe, das ähnlich albern und teuer ist.«

Wieder ein fragender Blick. Günther muss die Stimme erheben, denn die Landsmannschaft der »Friesländischen Nation« hat eben zu singen begonnen.

»Dass du so wenig sagst«, schreit Günther, »kann ein Zeichen von übergroßer Nachdenklichkeit sein. Ich hoffe für mich, es ist so. Andernfalls käme ich mir vor wie einer, der beim Pinkeln zu nah an der Wand steht. Er spritzt sich nämlich selber voll dabei.«

Der Student namens Jacob Petersen steigert sein Schweigen ein wenig. Sein Kehlkopf bleibt dabei länger als gewöhnlich unterm obersten Hemdknopf, um dann blitzschnell wieder aufzutauchen.

»Also gut denn«, schreit Günther, »nehmen wir dich als intelligenten Fall von Zuhörtalent. Ich habe, wie gesagt, einen Plan, den auszuführen mich nicht nur Geld kostet, das ich nicht habe, sondern auch eine gehörige Portion Schamgefühl, das es dabei zu verleugnen gilt.«

Petersen hat ein neues gewaltiges Bierglas vor sich stehen und starrt von oben hinein wie in den Tubus eines Mikroskops. Günther lässt zwei Becher Branntwein kommen. Die Friesen haben aufgehört zu singen. Dafür grölen einen Tisch weiter die Preußen und am Nachbartisch gleichzeitig die Schlesier. Unter den Salven dieser akustischen Kriegsführung erläutert Günther seinem Gegenüber folgenden Plan, wobei er sich mit aufgestützten Unterarmen weit vorbeugt, um nicht zu laut schreien zu müssen:

»Ich bin ein Dichter, musst du wissen. Und ich habe die schwachsinnige Idee, von den Geschöpfen meiner Feder leben zu wollen. Ich mache Gedichte für jeden und über alles und verkaufe sie für ein paar Kreuzer, egal ob es Freuden- oder Trauergedichte sind. Aber ich werde zu schlecht bezahlt. Daher werde ich mich gegen Ende dieses Semesters von der Fakultät zum Poeta laureatus krönen lassen. Das wird zwar meinem werten Vater noch weniger schmecken als meinem wertlosen Geldbeutel. Er will nämlich, dass ich den Musen entsage und endlich ein ordentlicher Mensch bin. Aber ich kann diesen schönen, nackten Göttinnen einfach nicht entsagen, weil sie mein Herz behutsam wie eine Opferschale zwischen sich tragen, damit mein Verstand nicht verlösche, der darin mit kleiner blauer Flamme brennt. Und darauf möchte ich mit dir anstoßen.«

Günther reicht Petersen den Branntweinbecher, und beide trinken sie noch einmal Brüderschaft mit ineinander verhakten Armen. »Allein der vergoldete Lorbeerkranz kostet mehr, als ich je für alle meine noch ungeschriebenen Verse bekommen werde. Und dann der Poetenring. Und die Professoren, die alle einen ganzen Taler verlangen, und der Dekan, der deren zwei beansprucht. Und das Essen und das Trinken für den erhabenen Anlass. Aber das Schlimmste ist die Schande, dass ich mich diesen Philistern wie ein lateinisch sprechendes Silbenschwein vorführen muss. Ein gestreckter Schwanz für eine lange, ein geringelter Schwanz für eine kurze Silbe. So geht es nämlich. Die Spondeen sind noch das schönste. Zwei gestreckte Schwänze. Wie zwei Stöcke, zwischen denen man geht.«

Günther lässt noch zwei Portionen Branntwein bringen. Inzwischen scheinen die Schlesier den Preußen beim Sängerwettstreit zu unterliegen. Günthers Landsleute geben durch Winke zu verstehen, dass er sich zu ihrer Verstärkung an ihren Tisch setzen solle. Aber Günther legt seinen Kopf auf die Holzplatte nieder, und als Petersen, nachdem er den Becher ausgetrunken hat, mit einem ziemlich unsicheren Blick seinen eigenen Kopf tief hinabbeugt und ihn fast neben das Gesicht seiner neuen Bekanntschaft bringt, flüstert dieser: »Ich sehe zu meinem Trost, dass bei dir allmählich die besoffenen Mäuslein die Herrschaft über deine Augen angetreten haben.«

Als Günther und Petersen wieder die Köpfe heben, steht ein großer Mensch hinter Günther, packt ihn mit beiden Armen unter die Achselhöhlen und zieht den Dichter aus der Bank hoch. »Komm rüber zu uns«, sagt der Kerl, »du bist ein Hundsfott, wenn du nicht zu deinen Leuten hältst.«

Günther zappelt in seinem Griff wie ein Fisch auf dem Trockenen. Da kommt plötzlich, nach einem Augenblick des dumpfen Stierens, eine große Beweglichkeit in Jacob Petersen. Er springt auf die Tischplatte und wirft sich von oben auf den Menschen, der seinen Freund geangelt hat. Alle drei fallen zu Boden, und dann wimmeln Arme und Beine wie Aale in der Reuse durcheinander.

Sie sind zu betrunken, um sich richtig schlagen zu können, aber dies Menschenknäuel am Boden hat die stimulierende Wirkung, alle im Raum befindlichen Aggressionen aus ihren Käfigen herauszulassen. Eine gewaltige Massenschlägerei beginnt. Preußen gegen Schlesier, Polen gegen Sachsen, Schleswig-Holsteiner gegen Hessen. Diese Fortsetzung des nordischen Krieges verwandelt das ganze Kellergewölbe in ein mit Tabaksqualm überzogenes Schlachtfeld. Blut, Glasscherben, zerbrochene Pfeifen, ausgeschlagene Zähne, Geschrei, tretende Beine, zappelnde Körper, fliegende Fäuste. Es ist eben, als sei der Teufel in eine anatomische Sammlung gefahren.

Manches Bierglas, das unter Einbüßung seines Inhaltes durch die Luft fliegt, hätte hier, als zylindrisches Auge gedacht, einen besseren Überblick über das Tohuwabohu erhalten. Aus der Sicht der Kämpfenden ist es hingegen kaum mehr zu erkennen, wo die Fronten verlaufen.

Das wird erst besser, als die Fackeln verlöschen. Finsternis stiftet alsbald eine Art Waffenstillstand.

Günther spürt in seinem schmerzenden Kopf, der möglicherweise von einem Stockhieb oder einem jener fliegenden Ausgucksposten getroffen worden ist, wie ihn jemand an der Hand hinter sich herzieht. Benommen stolpert er die Treppe empor.

Draußen, in der kalten Nachtluft, wird er umarmt und dann die holprige Straße weiter entlanggezogen.

»Wo wohnst du eigentlich?«, fragt Petersen.

»Ich wohne nirgends, und das liegt in dieser Richtung.«

Einige Zeit später sind sie in der schäbigen Hinterhofbude gelandet. Günther kocht Kaffee, und Petersen liegt mit einer qualmenden Pfeife auf der Strohmatratze. Günther betrachtet das zerschrammte Gesicht seines Freundes. Im Licht der flackernden Kerze sehen sie sich beide in das dritte Auge der Trunkenheit.

»Ich möchte dir etwas zeigen«, sagt Günther nach einer langen Phase des Schweigens, in der sie das Band ihrer Freundschaft immer fester zu knüpfen scheinen. »Es stellt für mich das größte Rätsel dar, das mir in meinem bisherigen Leben widerfahren ist.«

Er holte eine kleine, verbeulte Tabaksdose aus seiner Jacke hervor und stellt sie Petersen auf die Brust. Dann setzt er sich zu ihm aufs Bett, legt seine Hand auf den Dosendeckel und murmelt beschwörend die beiden Namen »Flavie« und »Leonore«.

»Das ist mein Abrakadabra der Liebe«, fährt er fort, und dann beginnt er in aller Ausführlichkeit von seinen beiden Beziehungen zu reden.

»Flavie war ein Muttermädchen«, sagt er. »Leonore hingegen war eher eine Mädchenmutter.«

Er streichelt Petersen die blonden Haare.

»Flavie war so blond wie du. Leonore ist dunkel wie fruchtbarer Ackerboden. Sie hat einen weißen Bauch mit ganz dünner Haut, unter der sich die Adern wie lauter Bachläufe abzeichnen. Wenn man das Ohr an ihren Bauch legt, hört man die Stimmen all ihrer ungeborenen Kinder. Ich sage dir, der Unterschied zwischen beiden bestand darin, dass Flavie sehr jung war, aber dennoch ein hohes Alter hatte, während Leonore um etliches älter ist als ich und trotzdem etwas verblüffend Junges an sich hat.

Ich habe bei beiden Frauen immer eine große Ruhe empfunden. Aber die Wege, auf denen sich diese Ruhe in mir bewegte, waren bei beiden Frauen ganz verschieden. In Flavie ging es hinein, aus Leonore ging es hinaus.

Verstehst du mich?

Und jetzt sage ich dir, um welches Rätsel es sich handelt. Ich habe vor einiger Zeit eine Grabschändung begangen. Ich habe Flaviens Grab geöffnet und der Toten eine Haarlocke geraubt. Sie ist in dieser Dose. Sieh sie dir an.«

Günther öffnet die Dose. Petersen stützt sich auf und sieht hinein. »Entweder ist es ein Wunder oder ein Kriminalfall«, sagt Günther.

Dichterkrönung *(April 1716)*

Aus dem Blickwinkel eines leicht gesenkten Dichterhauptes und eines ein wenig zu tief sitzenden goldbronzierten Lorbeerkranzes, der die Stirn wie ein Grabschmuck ziert und den oberen Bildrand gelblich verschwimmen lässt, nimmt sich die an einem eichenen Tisch aufgereihte Jury und Zuhörerschaft erschreckend und lächerlich zugleich aus.

Die Dankesrede des frisch gekrönten Poeta laureatus in wohlgesetztem Latein kommt ihm dagegen ein wenig zu zierlich über die Lippen. Sie ist von fast bröckeliger Konsistenz. Ganz anders als das sich daran anschließende Essen und Trinken. Da trieft der Bratensaft nur so aus den Mundwinkeln. Da bilden sich kleine, fette, glänzende Umrandungen um die Mäuler. Die Bewegungen beim Reden sehen wie Einschnürungen und Vorstülpungen eines Afters beim Scheißen aus. So denkt jedenfalls der Laureatus.

Die Herren Professoren werden anders denken, wenn sie überhaupt denken und nicht nur ihren Körper mit Umsicht verwalten, als handele es sich um einen lukrativen Kleinbetrieb. So ist es nun einmal eingerichtet: Ein Gedicht kann man nicht essen. Einen Dichter auch nicht. Aber eine Dichterkrönung. Da kommt man dem Wesen der Sache schon näher. Da kann man den Magen und den Darm am Geschäft beteiligen. Da endlich erheben sich die Eingeweide zum geistigen Prinzip und man wird zum ganzen Menschen.

Das Tischgespräch dreht sich – bei diesem Anlass ist das ganz natürlich, denn man hat schließlich soeben einen Schlesier gekrönt – um die schlesische Dichterschule. Um Opitz also und um Logau, Gryphius, Lohenstein und Hofmannswaldau.

Das eine Gesicht scheißt die Behauptung, das Deutsche werde als Idiom des Dichtens nie ganz mächtig sein. Alles klinge immer so nach Wurstsuppe und Landsknechtsart.

Das zweite Gesicht uriniert die abschwächende Meinung dazwischen, dass für scherzhafte Themen sehr wohl ein gewisses Talent an dieser Sprache sei. Da falle man ununterbrochen über Konsonanten wie über Knüppel und über Zischlaute wie über spitze Steine, und dann tauche plötzlich wie aus dem Nebel ein großes, abgrundtiefes »o« oder ein sanft gemuthes »u« auf, in das man, so aus dem Tritt gebracht, mitten hineinfalle, und das sei doch immerhin ein befreiendes Gelächter wert.

»Der große Gryph«, furzt ein anderer fettiger Mund, »ist ein würdiges Gegenbeispiel für die These meines verehrten Vorredners. Denn dieser einzigartige und wahrhaft gelehrte deutsche Poet konnte ausnehmend sauertöpfische und trübsinnige Sonette verfassen, die gewissermaßen wie ein Sodbrennen einen säuerlichen Geschmack in der Seele des Lesers hinterlassen. Nun mag dies an der unglücklich verbrachten Jugend dieses Dichters liegen, wohl auch an den schmerzlichen Verhältnissen zu Zeiten des großen Religionskrieges, aber es muss doch hiermit in Erinnerung gebracht werden, dass das Deutsche im Unterschied zu den klassischen Sprachen gerade durch seine ruppigen und tristen Bestandteile, durch dieses holprige Pflaster seiner Buchstaben, über das die Muse auf ihrem willigen Pegasus nur mühsam und torkelnd zu reiten versteht, einen durchaus schwermütig-tiefen Zug erlaubt.«

Als Günther später auf seinem Zimmer hockt, leicht betrunken und theatralisch wütend über sich, nimmt er den Lorbeerkranz in den Schoß und beginnt, alle Blätter einzeln auszurupfen und dabei zu zählen. Es sind dreihundertvierundsechzig. Soll nicht August der Starke gerade so viele uneheliche Kinder haben? Er kehrt die Blätter mit den Händen vom Boden zusammen, und da es eine stürmische Nacht ist, bietet es sich an, das Fenster zu öffnen und sie in die gnädige Dunkelheit hinauswehen zu lassen.

Der flüssige Mensch *(Juli 1716)*

Die sechzehn Taler, die die Dichterkrönung gekostet hat, muss er sich bei seinen Landsleuten zusammenpumpen. Ebenso das Geld für das Festmahl. Er ahnt nicht, dass unter den Gläubigern einige Vertraute seines alten Gegners Krause sind. Vom Vater kommen keine Wechsel mehr, ebenso schickt Thiem kein Geld. Günther weiß nicht, dass sein alter Gönner schwer krank ist.

Von Jacob Petersen will er nur annehmen, was er selbst auch geben kann: Spaziergänge, Umarmungen, Freundschaft, Philosophenräusche, worunter er eine Art nachdenkliches Betrunkenwerden versteht, das ihm hilft, mit dem dritten Auge der Trunkenheit schräg hinter die Weltkulisse zu sehen. Philosophenräusche veranstalten die beiden zumeist in Jacobs besser ausgestatteter Bude.

Petersen besorgt ihm einige Aufträge, Gelegenheitsgedichte für Rendsburger Kommilitonen. Günther erledigt sie recht lustlos. Sein bisher höchstes Honorar beträgt sechzehn Kreuzer. Er muss also mindestens fünf Gedichte verkaufen, um einen einzigen Taler zu verdienen, gerade so viel, wie jeder Teilnehmer der Dichterkrönung als Obolus verlangte. Er hat jetzt zwanzig Taler Schulden. Macht gut und gerne hundert Gedichte. Das wäre schon ein stattliches Lebenswerk für einen Lyriker. Dabei ist noch kein Kreuzer für Essen und Trinken und Schlafen und Kleidung gewonnen. Wäre da die Selbstentleibung nicht die kostengünstigste Lösung?

Jacob versucht, seinem Freund Mut zu machen. Der stellt fest, dass das häufige Zusammensein mit dem Jurastudenten aus Rendsburg wenigstens ein gutes Mittel gegen Raum- und Eifersucht ist. Leonores Bild wird blasser und zugleich schärfer umrissen, wenn er nächtens von ihr und seiner Liebe redet.

So wird es trotz der drückenden Geldnöte fast noch ein schöner Sommer. Sie machen lange Ausflüge in die Umgebung. Sie diskutieren unter Ulmen, vor Kornfeldern, in schattigen Wirtshausgärten. Sie waten durch Flüsse, sie lauern Gewittern auf, rauchen bei Mondschein ihre Pfeifen. Es ist alles ein wenig zu malerisch, um von langer Dauer zu sein. Irgendetwas von einer Katastrophenstimmung liegt über diesen lebenden Bildern.

»Ich würde wirklich gerne Arzt werden und auch fleißig Medizin studieren, wie mein Herr Vater es sich wünscht, wenn nur diese Wissenschaft nicht so trocken und beinern betrieben würde.« Jacob ist es gewöhnt, eine Weile zuzuhören, als sei er im Hörsaal. Er weiß, dass sein Freund ihn nicht der Gedankenlosigkeit zeiht, wenn er den Tabakswölkchen nachstarrt oder sich sein Blick im Blätterflirren einer Dorflinde verliert.

»Die Wissenschaft der Medizin wird auf eine Weise betrieben, die unterstellt, dass der Mensch aus einer steifen und festen Substanz besteht, wie sie ein Tischler oder ein Steinmetz bearbeitet. Dabei muss man nur betrachten, was vom Menschen übrig bleibt, wenn er lange genug in der Erde gelegen hat. Diese Hand voll Staub, diese Hand voll Asche. Das ist alles, was es da an festen Substanzen gibt. Alles andere ist geistig oder flüssig. Der Mensch gleicht demnach einer äußerst dünnwandigen und zerbrechlichen Schale voll einer kostbaren Flüssigkeit. Die

Medizin müsste also eine Lehre der Flüssigkeiten und ihrer Bewegung sein. Tränen, Blut, Samen, Schweiß, Pisse, Atem, alles mischt sich und scheidet sich wieder. Der Mensch ist ein Tümpel, ein mit sich selbst vollgesogener Schwamm. Vielleicht macht darum Trinken auch mehr Spaß als Essen.«

Sie heben die vollen Bierkrüge. Und dann sagt Jacob: »Wie ist es mit der Liebe?«

»Auch ein Beispiel für die Flüssigkeitslehre vom Menschen. Es geht darum, aus einem Glas in ein anderes zu schütten, ohne viel daneben zu gießen. Hast du ein leeres Glas und bist selber ein volles, dann geht das ganz einfach, aber schließlich bist du selber leer. Ist es umgekehrt, dann kommt nichts aus dir heraus. Sind beide halb volle Gläser, dann mag es gehn, aber wieder ist der eine oder der andere am Ende leer. Sind beide Gläser voll, dann kann man nur verschütten. Wie man es auch dreht und wendet, es ist nie ideal.

Mir scheint, der günstigste Fall ist noch der, bei dem beide Gläser fast gefüllt sind und die Liebenden wechselseitig ein wenig hin- und hergießen. Dann kommt es nämlich über kurz oder lang zu einer leidlichen Durchmischung der Substanzen. Aber richtig voll wird man bei dieser Methode nie, jedenfalls nicht, ohne dass es auf Kosten des anderen geht. Mit diesem Mangel muss man einfach leben. Dann sollte es wohl möglich sein, eine Freundschaft oder gar eine Ehe auf durchaus ansehnliche Weise zu verbringen.«

Auf ihren Ausflügen hat Günther die Tabaksdose mit der Locke immer dabei. Sie ist sein Talisman. Sie schmieden Pläne, dem Rätsel auf den Grund zu gehen.

»Vielleicht ist sie überhaupt nicht vom himmlischen,

sondern von einem irdischen Beil erschlagen worden. Es gibt übrigens auch Leichenräuber, wie du weißt. Ich vermute, dass Friedrich von Bock mir nicht alles erzählt hat, was er weiß. Vielleicht solltest du nach Siegroth fahren und die Leute ausfragen. Dich kennt man nicht. Du könntest dich glaubhaft als Flaviens Verwandter ausgeben. Sie hat mir erzählt, dass ihre Vorfahren aus dem Norden stammen.«

Eifersucht II *(September 1716)*

Als Petersen im September für einige Wochen nach Hause fährt, kehren die Anfälle von Raum- und Eifersucht in voller Stärke zurück.

Günther vermeint, den Gegenstand seiner Liebe körperlich zu spüren, wenn er sich genügend lange allein in seinem Zimmer aufhält.

Es ist wie eine Geisterbeschwörung.

Er fühlt plötzlich in den Handflächen kleine pralle Knoten, als berühre er ihre Brustwarzen.

Oder es ist ihm, als würden seine Beine von ihren Schenkeln der Länge nach gestreift.

Immer sind es unsichtbare Teile der Person, nie fügen sie sich zu einer ganzen Gestalt zusammen. Ein Wehen in der Luft und ein leichtes Kitzeln an der Wange, das von ihrem Haar kommt.

Besonders gern hatte er seine Stirn an ihre gelegt und aus übergroßer Nähe leicht verschwimmend ihre Augenbrauen wie Torbögen gesehen. Jetzt kann es geschehn, dass er plötzlich wieder diesen sanften Druck ihrer Stirn an der seinen verspürt.

Auch Gerüche kommen wieder. Wenn er zwei Finger spreizt und seinen Handrücken nahe vors Gesicht hält, riecht er einen faden, süßbitteren Geruch wie von Regen auf Straßenstaub. So hat es auch in den verstecktesten Winkeln ihres Körpers gerochen.

Schließlich bewegt sich Günther in seinem Zimmer wie ein Blinder zwischen lauter unsichtbaren Zärtlichkeiten hin und her. Seine Hände tasten. Er hält inne, um tief durch die Nase zu atmen. Er streift sich ihre unsichtbaren Haare aus dem Gesicht. Ja, es kommt vor, dass er seine Lippen befeuchtet, so nahe ist ihm ihr Kuss.

Ich bin dabei, irre zu werden, denkt er manchmal. Ich muss hier raus. Es ist wieder diese verdammte Raumsucht.

Er weiß, dass er auf den Feldern draußen vor der Stadt Leonores Geist nicht begegnen wird.

Manchmal gelingt es ihm, die Raumsucht zu überwinden. Er macht sich auf und geht ohne Hast, als hätte er ein wichtiges und bestimmtes Ziel. Denn er stellt sich vor, dass rundherum Breslau liegt. Der Horizont ist eine Stadtmauer. Es ist also gleichgültig, in welche Richtung er marschiert. Er wird Leonore irgendwann wiedersehen.

Diese Aussicht lässt die Eifersucht abklingen. Er spürt jetzt nach Stunden des Wanderns nur noch seine Erschöpfung. Er legt sich irgendwohin unter einen Baum und blickt in den Himmel hinab. Er kommt sich wie eine Fliege an der Decke vor. Unter ihm dehnt sich Schwindel erregend der blaue Abgrund des Himmels. Er starrt den grünen rieselnden Wasserfall der Blätter entlang, der dort hinab verschwindet. Seine Hände krallen sich im Gras fest, damit er nicht hinterherfällt. »Leonore, ich werde jetzt nach Hause gehen und weiter studieren. Ich werde es tun, um dich heiraten zu können. Du sollst es gut bei mir haben. Wir werden weißes Mehl mahlen und Brot backen.

Hab nur ein wenig Geduld.«

Er steht hastig auf und geht den langen Weg zurück. Diesmal wirken seine Schritte bei weitem weniger zielstrebig. Er kehrt ja auch Breslau den Rücken. Vor ihm liegt jetzt sein Zimmer, ein schwer anzusteuernder Punkt am Horizont. Er will seine medizinischen Bücher endlich gründlich durcharbeiten. Aber im Zimmer wartet etwas auf ihn, das ihm die Lust zum Studieren nimmt. Er spürt es gleich, als er die Tür wieder hinter sich geschlossen hat. Da ist eine ganz weiche, leichte Berührung am Ellbogen. Mit jener scheinbaren Zufälligkeit, wie es Verliebte erleben, mit jener künstlichen Nebensächlichkeit also, die zum geschwinden Aneinanderwachsen der Körper führt. Es ist da plötzlich keine Haut mehr, sondern das Blut strömt ungehindert von einem zum anderen und verteilt die Kraft der Liebe so gleichmäßig in beiden, dass kein Unterschied mehr zwischen ihnen ist. »Liebende sind kommunizierende Gefäße«, denkt er. »Wehe, man trennt sie und leert sie einzeln aus.«

Die Ohrfeige *(Oktober 1716)*

In den ersten Oktobertagen kommt Petersen zurück. Günther empfindet große Erleichterung darüber. Sie nehmen ihre gemeinsamen Gewohnheiten wieder auf.

Einmal verabreden sie sich zu einer Tanzerei auf dem Dorf. Jacob will erst am Abend kommen. Er hat seine Studien verstärkt wieder aufgenommen, denn jedes Mal, wenn er auf das Zifferblatt seiner kostbaren Taschenuhr sieht, muss er an seinen Vater denken. »Das Schlimme an meinem Vater ist, dass man ihn nicht enttäuschen kann«, hat er einmal zu Günther gesagt, als sie ihre Väter verglichen. »Das Schlimme an meinem Vater ist, dass man ihn immer enttäuschen wird«, lautete die Gegenrede.

Günther hat schon mittags ein paar Gläser Wein getrunken, die er mit einem vierstrophigen Lied bezahlt, eine Strophe für jedes Glas. Er sitzt in der warmen Spätsommersonne und fertigt eine Abschrift an. Am Finger trägt er den Poetenring, dessen ovaler Bergkristall wie ein Glühwürmchen funkelt. Den ganzen Kerl füllt Liebe an bis zum Bersten. Darum sind die Verse auch so wohl geraten.

Des Wirtes Töchterlein scheint ihm eine würdige Repräsentantin dieser einen Geliebten, die so viele Namen tragen kann. Er macht ihr schöne Augen, aber sie weiß mit den ihren nichts anderes anzufangen, als sie niederzuschlagen. Als er zur Tanzfläche geht, glaubt er, in der warmen, süßen Abendluft zu schweben. Wenn die Beine sich bewegen, dann tasten sie nur sachte nach dem gleitenden Erdenrund. Einen der Eckpfosten packend, schwingt er sich auf den Podest und taucht ein in das wogende Kornfeld der Leiber. Man dreht sich und kreist und fährt vor und zurück. Der ganze Weinkopf kugelt über die Menge dahin, nirgendwo ein Ende, überall nur Augen, Haare, Stirnen, Hände. Die Menschen sind ein schönes Feld voll Ähren. Das wird dereinst ein gutes Brot.

Günther hakt sich in einen Mädchenarm, und dann dreht sich das Karussell der Welt, und alles rundherum sind farbige Wirbel, bis dieser Blitz- und Donnerschlag ihn trifft. Bis plötzlich alles aus dem Tanz heraus erstarrt zu einer Eiswüste, in der er frierend am Boden hockt.

Er hört nicht das Gelächter, er sieht nicht, wie sich ein Kreis um den Jammermenschen bildet, der da auf den Dielen hockt. Er hält sich die Stelle am Kopf, wo ihn die Ohrfeige getroffen hat, und starrt vor sich hin.

So findet ihn Petersen, der sich durch den Menschenring mühsam einen Weg gebahnt hat. Er packt seinen Freund unter die Achseln und zieht ihn hoch. Dann führt er ihn weg durch die Schneise aus Leibern, die sich gebildet hat. Jemand lacht noch immer, aber Petersen blickt so drohend, dass auch dieses Geräusch erstirbt.

Sie eilen die Landstraße zurück. Günther heult und schluchzt wie ein Kind. Seine Trunkenheit gießt er in Sturzbächen von Tränen aus sich heraus.

Als sie auf Jacobs Bude sind, ist er nüchtern. Während sein Freund einen starken Kaffee bereitet, hört er Günther sagen: »Das war einer von Krauses Leuten. Sie wollen mich lächerlich machen. Es muss eine große Angst sein, die sie zu solchen Mätzchen treibt. Weißt du, welche Angst es ist? Es ist die Angst vor der eigenen Mittelmäßigkeit, und die steckt den Menschen wohl immer noch am tiefsten in den Knochen.

Diese Angst ist die gefährlichste Kraft überhaupt auf dieser Welt. Sie macht aus harmlosen Kerlen Mörder oder Feldherren aus den Begabteren.

Weißt du, was ich schon lange vermute? Krause steckt hinter Flaviens Tod!«

Petersen blickt Günther freundlich an: »Diese Ohrfeige hat deinen Verstand verwirrt. Du erinnerst an einen Kreisel, der sich um seine Achse dreht, gerade weil ihn die

Peitsche nur am Rand getroffen hat. Solche Kreisel halten sich für den Mittelpunkt der Welt, weil sie sich so schnell auf ihrer Spitze drehen, dass alles rundherum verwischt.«

»Genau das hindert sie auch daran umzukippen, lieber Jacob. Ich hoffe, ich werde mich noch ein paar Jahre so weiter drehen können.«

Poeta larvatus *(Februar 1717)*

Im Verlaufe des Herbstes und des Winters wird es für Günther mit der Ernährung immer schwieriger. Er verliert einige Freitische. Offenbar ist er bei wohlanständigen Bürgern inzwischen weniger gern gesehen.

Solange es möglich ist, stiehlt er sich Rüben und Kartoffeln von den umliegenden Feldern zusammen. Auch ist er gezwungen, immer häufiger statt Bier oder Wein Wasser zu trinken. Am ehesten kommt er noch an Alkohol, wenn er in den finstersten Kneipen und Spelunken gegen Schnaps ein paar schöne Verse für einen Galan und sein Mädchen springen und klingen lässt. Petersen beobachtet diese Entwicklung mit Sorge. Er weiß nicht, wie er helfen soll, denn er hat inzwischen oft genug die Erfahrung gemacht, dass Günther sich zurückzieht, wenn er ihm materiell unter die Arme greifen will.

Je tiefer Günthers Stern sinkt, desto mehr beginnt er sich für die am Himmel zu interessieren. Vorlesungen und Übungen zur Astronomie sind die einzigen Lehrveranstaltungen an der Universität, die er noch besucht. Die Sterne, die so weit weg sind, sie scheinen ihm mehr Wärme und Freundlichkeit zu besitzen als die Menschen um ihn herum. In klaren Winternächten geht er vor die Stadt und prägt sich die Sternbilder ein. In ein kleines Taschenbuch macht er Eintragungen über die Häufigkeit und Himmelsrichtung von Sternschnuppenfall.

Im Februar geht Jacob Petersen wieder für einige Wochen nach Hause. Günther verlässt sein Zimmer immer seltener. Er fühlt sich abgeschlagen, leicht fiebrig und bekommt Ausschlag am ganzen Körper. Sooft er Kraft genug hat, schleppt er sich in die umliegenden Wälder, um Brennholz zu sammeln. Niemand besucht ihn, denn das Gerücht geht um, er habe eine ansteckende Krankheit.

Obwohl er seine Miete nicht mehr bezahlen kann, sagen die Wirtsleute nichts. Günther hält es für Mitleid. In Wirklichkeit hat Jacob vor seiner Abreise die Schulden beglichen.

Jetzt, da er zu krank für seine astronomischen Exkursionen ist, beobachtet er seinen eigenen körperlichen Zustand. Er stellt fest, dass mit steigendem Fieber ein merkwürdig friedlicher Zustand über ihn kommt. Kann es sein, dass die Krankheit so etwas wie ihr eigener Arzt ist? Dass Fieber nichts anderes ist als eine Art der Behandlung, die der Körper sich selber gewährt?

Niemand weiß bislang, was Fieber ist. Die meisten Gelehrten halten es für eine Krankheit. Günther ist jetzt anderer Meinung. Er versucht, das Fieber, in dem sich Hitze und Frost oft ununterscheidbar vermischen, dadurch zu steigern, dass er sein Zimmer unnatürlich stark heizt und sich zugleich ins Bett legt und alles, was er an Wäsche und Decken hat, über sich breitet. Wenn er dann das Gefühl hat, in einem wahren Höllenfeuer zu vergehen, springt er auf und stellt sich nackt ans offene Fenster, bis seine Zähne vor Kälte aufeinander schlagen. So gelingt es ihm, sich selbst zu kurieren. Jedenfalls ist er dieser Überzeugung, als es ihm allmählich besser zu gehen beginnt.

Einmal erhält er ein Paket aus Schweidnitz. Es ist ohne Absender und voller Papier. Krauses Erzeugnisse, in denen er Günther schmäht und verhöhnt. Einen ›poeta larvatus‹ nennt er ihn, einen fratzenhaften Dichter, einen Ottermolch.

Günther heizt seinen Ofen mit den Blättern. Außerdem fertigt er sich einige Fidibusse daraus. Sein Zorn richtet sich inzwischen nicht nur gegen Krause, sondern gegen den Menschenschlag überhaupt, für den Krause typisch ist. Er richtet sich gegen alle Bärenhäuter, Philister, Neidhammel, Lügenpeter und Kritikaster dieser Welt, gegen die überall aufstrebende Innung der Mittelmäßigkeit.

Er beschließt, Krauses Fehdehandschuh aufzunehmen. »Wie kann ich den Mittelmäßigen am besten treffen?«, überlegt er. Wahrscheinlich, indem ich ihn möglichst getreu und genau der Natur nach porträtiere. Schon will er sich aufraffen, Papier, Feder und Tinte bereitzulegen, als es einen Schlag tut. Eine Stichflamme erhellt den Raum, dann poltern glühende Kochringe zu Boden und brennen dort schwarze Heiligenscheine ein. Dichter Aschenregen wirbelt durch die Luft. Günther reißt das Fenster auf und versorgt den Ofen.

»Die erste Runde hast du gewonnen, Krause«, murmelt er. »Es ist typisch für dich, dass dein Zeug nicht richtig gebrannt hat, sondern nur schweflichtes Gas von sich gab.« Als er im Bett liegt und erschöpft einschläft, schweben immer noch kleine Rußpartikel von der Zimmerdecke herab.

Die Bauchquart *(Februar 1717)*

Noch im Februar lässt Günther ein Glückwunschgedicht
auf seinen ehemaligen Schweidnitzer Schulfreund Hahn
anlässlich dessen Promotion in Leipzig erscheinen. In ihm
verschreibt sich der an Verstopfung leidende Dichtergott
Apoll, dessen Blut von Gift und Galle tadelsüchtiger Kri-
tiker verdorben ist, ein Vomitiv, ein reinigendes Brechmit-
tel. Es heißt »Vergnügung müßiger Stunden«, wie die von
Krause seit 1713 herausgegebene Zeitschrift.

»Ich kranke, wie man sieht, am Leib und am Gemüte,
Weil ich die Nordenluft nicht recht gewohnen kann.
Der Anstoß wandelt mich mit einem Frösteln an
Und zeiget ein von Gall und Gift verderbt Geblüte.
Des Magens erster Weg ist gleichsam sehr verstopft,
Daher empfind ich oft ein ekelhaftes Grauen.
Wie kann es anders sein? Ich muss so viel verdauen,
Wenn mich die Tadelsucht auf Mund und Finger klopft.
Durch eine Reinigung den Schleim hinwegzuführen,
Wird also folglich wohl das beste Mittel sein.
Doch brauch ich, solchen Wust und Unrat wegzuspein,
Nicht ein Galappenharz noch Weinstein anzurühren,
Der Finger in dem Hals ist eben noch zu schwach.
Halt? Jetzt besinn ich mich, was ich jüngsthin gefunden,
Es heißt dies Vomitiv: Vergnügung müßger Stunden
Und gibt an Wirkung kaum dem stärksten Pulver nach.
Die Tugend dieses Buchs ist nicht genug zu preisen,
Ich weiß, wie dienlich es zu solchen Kuren sei.
Wer einen Mund voll liest, dem wird so wohl dabei,

Als Jungfern kaum nicht wird, wenn sie ins Bad
    verreisen.
Dies kann ich wohl gestehn: Als ich von ungefähr
Es auf dem Trödel sah, wohin man's neulich schickte,
Schien es, als wenn die Gicht mir jeden Darm verrückte
Und Juppiters Geschütz in meinem Leibe wär.«

Das ellenlange Gedicht, das wahrlich nicht zu Günthers
Glanzleistungen zählt, wird jedoch so etwas wie ein kom-
merzieller Erfolg. Es muss sogar nachgedruckt werden,
und Günther bleibt über die Druckkosten hinaus ein kleiner Gewinn. Derber Spott dieser Machart ist allgemein
beliebt. Es geht kaum um die Sache, es geht um das klir-
rende Geräusch sprachlicher Säbel. Nach allgemeiner
Meinung hat Günther gegen Krause einen beachtlichen
Hieb geführt. Eine Tief- oder Bauchquart, die schräg von
unten nach oben gehauen wird, nach den Regeln des inzwischen an den Universitäten in Mode gekommenen
Hiebfechtens. Jetzt wartet man auf die Parade und den
Gegenhieb.

Der verlorene Vater *(März 1717)*

Auf dem Bett liegt ein großer, nackter Mann. Seine
Gliedmaßen sind stark angeschwollen. Die Gelenke sind
weiche Geschwülste von teigiger Beschaffenheit, die Haut
darüber straff, glänzend und leicht gerötet. Der Bauch ist
stark aufgetrieben wie bei einer Schwangeren und der Nabel hervorgetreten.

Um den Kranken herum bewegt sich ein Mann von hagerer Gestalt. Er ist schwarz gekleidet und hat scharfe Gesichtszüge. Er befühlt die Schwellungen, bohrt seinen Finger hinein, und als der Kranke keinerlei Reaktion zeigt und das entstandene Loch sich auch nur ganz langsam wieder strafft, nickt er und sagt: »Es besteht kein Zweifel, es handelt sich um echte Wassersucht, Thiem. Sie kennen die Ursache. Es ist die Schwäche des Herzmuskels, der es nicht mehr schafft, die wässrigen Substanzen des Blutes zu den natürlichen Ausgängen zu schaffen. Wir werden ein starkes Vomitiv geben und auch eine künstliche Diarrhö erzeugen müssen. Schlagen Sie als Arzt ein Mittel Ihrer Wahl vor.«

Thiem flüstert: »Ihr Sohn hat neulich erst in einem sonderlichen Druckerzeugnis ein scharfes Purgiermittel vorgeschlagen, ein Drasticum namens Krause. Ich weiß allerdings nicht, ob es mir helfen würde.«

»Er fantasiert. Das ist ein unübliches Symptom bei Wassersucht. Ich habe keinen Sohn.«

»Sie werden sich noch unglücklich machen mit Ihrem Starrsinn. Sie können nicht verleugnen, was Ihnen Gott und Ihre Frau geschenkt haben. Ihr Sohn ist ein hoch begabter Mensch. Er braucht nur Lenkung. Was Ihnen Krause hinterbringt, sind Übertreibungen. Wir wissen doch beide, wie harmlos die Auswüchse des Studentenlebens letztlich sind. Schreiben Sie ihm. Schicken Sie ihm Geld. Ich selbst habe durch meine Krankheit keine Mittel mehr.«

Während Thiem mit großer Mühe spricht, ist Johann Günther mit finsterer Miene vor dem Bett auf und ab gelaufen. Jetzt bleibt er abrupt stehen und sieht auf den nackten Menschen herab

»Ich werde Ihnen Aloe geben. Und wenn das nicht

reicht, Koloquinten. Ich kann Ihnen die Schmerzen nicht ersparen, Thiem. Wir müssen Sie trockenlegen wie einen Sumpf.«

Thiem macht eine müde Handbewegung, während Günther die Decke über ihn zieht. Die Geste veranlasst seinen Freund, sich zu nähern. »Ihr Sohn braucht Ihre Liebe«, flüstert der Kranke. »Dann wird er sich Ihrer Liebe auch würdig erweisen.«

Günther geht schweigend aus dem Raum, kommt nach einer Weile mit einer Tasche und zwei Gläsern zurück. In einem ist Wein. Der Arzt öffnet die Tasche und holt zwei Fläschchen heraus. Das eine enthält Weinstein. Er löst ein wenig von dieser Substanz im Wein auf. Dann tritt er zum Bett, fasst Thiem unter den Nacken und lässt ihn den Brechwein trinken. Darauf holt er das andere Fläschchen, in dem sich Aloetinktur befindet, gießt etwas davon ins zweite Glas und flößt es dem Kranken ebenfalls ein. Dann verlässt er erneut den Raum und kommt mit einer Schüssel, einem großen Handtuch und einem Nachtstuhl zurück.

Er hilft Thiem aus dem Bett und führt ihn zum Stuhl. Dann holt er die Decke, legt sie um dessen Schulter und gibt ihm die Schüssel in den Schoß. Er hält dem Kranken die Stirn, als es in dessen aufgeschwemmtem Leib zu arbeiten beginnt. Die Übelkeit kommt in Wellen. Es ist, als ob dieser arme Körper von innen gepackt und ausgewrungen wird in langanhaltenden Wehen wie bei einer schweren Geburt. Thiem stöhnt und erbricht. Während Günther ihn fester packt und ihm den Schweiß mit dem Tuch von der Stirn tupft, hört er zwischen den Anfällen, in denen sich der ganze Leib des Kranken gleichsam umstülpen möchte, wie dieser mit matter Stimme sagt: »Denk Er an

das Gleichnis vom verlorenen Sohn, und, Günther, denk
Er daran, dass es auch den verlorenen Vater gibt.«

Ein Traum *(März 1717)*

Ende März erzählt Johann Christian Günther einigen
Landsleuten, die ihn auf ihre Kosten betrunken gemacht
haben, dass er diese schlimme Stadt Wittenberg am
liebsten verlassen, die Tore dreimal zusperren und die
Schlüssel in die Elbe werfen möchte, damit die Bärenhäuter und Orthodoxen darin sich selbst zu Tode purgieren
und vomieren können, bis ihre wohl gefüllten Keller und
Speisekammern sich durch selbige Bärenhäuter hindurch
wie durch Schläuche von oben nach unten und aus der
Kotgrube wieder nach oben entleeren, bis es richtig zum
Himmel stinkt. Er selber habe inzwischen genug Hunger
gehabt, um den ungepökelten Schinken in der Hose jedes
Professors zu riechen.

In der Nacht darauf schwankt Günther nach einer er-
neuten Zecherei mit den gleichen Kommilitonen, die er
diesmal allerdings zumeist düster schweigend hinter sich
gebracht hat, durch die engen Gassen in Richtung Frauen-
haus, denn es ist in ihm ein sehr starkes Bedürfnis nach
der Wärme eines ehrlichen Mädchenleibes.

Doch es kommt nicht zu dieser Art der Tröstung. Als
habe die Finsternis plötzlich Hände wie Zangen bekommen, greift etwas nach ihm. Er wird an Waden und Armen
gepackt, verliert das Gleichgewicht, aber er fällt nicht aufs
Pflaster, sondern er sieht plötzlich zwischen den Häuser-

fassaden das schmale Band eines sternklaren Nachthim-
mels hin- und herschaukeln. Schließlich scheint es ihm,
dass er in heftigen Wellen schwankend wie ein Brett durch
einen schwarzen Ozean treibt. So geht es eine Weile durch
die Stadt voran. Aber dann wird er unsanft gegen eine
Klippe geworfen. Er landet auf dem Steinboden einer Zelle. Eine Tür wird zugeworfen, ein Schlüssel dreht sich.
Und es ist nicht Günther, der Wittenberg einsperrt, sondern für diesmal ist es umgekehrt.

Da er augenblicks eingeschlafen ist, dauert es bis zum
Morgen, bis er versteht, was vorgegangen ist. Als er erwacht, schmerzen ihm Kopf und Glieder. Die Finsternis
riecht nach Stroh, nach Ratten und nach Urin. Nur ein
schmaler blauer Strich nahe dem Boden gibt ein wenig
Licht.

Günther erhebt sich und tastet die feuchtkalten Wände
ab. Über dem Strich ist die Tür. Sie ist eisenbeschlagen. Er
erspart sich, daran zu rütteln. Sein Traum fällt ihm wieder
ein. Der Vater hat sich über ihn gebeugt. Er liegt hilflos da
wie ein Säugling. Dann hat der Vater ihn auf den Mund
geküsst. Es hat ganz weich und bitter-süß geschmeckt. Als
er sagen will, wie sehr er seinen Vater liebt und zum
Freund haben will, spürt er, dass er keinen Ton herausbekommen kann, weil seine Lippen der Länge nach zusam-
mengewachsen sind. Auch der Vater kann nicht reden,
weil dessen Mund von einer herausgestreckten Zunge, um
die sich die Lippen kreisförmig schließen, zugepfropft ist.
So entfernen sie sich voneinander auf einer schrägen Fläche. Sie gleicht dem Zellenboden, auf dem Günther erwacht ist.

Die Fröhlichkeit des Gefangenen
(Mai/Juni 1717)

Seit über sechs Wochen befindet sich Johann Christian Günther in Schuldhaft. Im Grunde geht es ihm in seiner Zelle besser als draußen. Die Ernährung ist fast üppig zu nennen gegen vorher. Er bekommt auch häufiger Besuch von alten Bekannten, Schulkameraden, die ihr Studium in Wittenberg beginnen. Er hat ein Bett, einen Tisch und einen Stuhl. Man stellt ihm Papier, Feder und Tinte zur Verfügung. Es gibt auch mehr Aufträge als vorher. Eigentlich steht nun alles zum Besten. Was braucht ein Poet eigentlich mehr? Hat er nicht sein privates Gefängnis einfach gegen ein öffentliches vertauscht?

Das Gerücht, dass ein schlesischer Dichter in einem sächsischen Gefängnis sitzt, verbreitet sich schnell in seiner Heimat. Auch dem Vater kommt es zu Ohren.

Schlimmer als all dies ist jedoch Günthers neu gewonnenes seelisches Gleichgewicht der Hoffnungslosigkeit. Er unterwirft sich der strengen Tages- und Nachtordnung der Haftanstalt mit beflissener Unterwürfigkeit. Den Aufsehern fällt seine gleichmäßig gute Laune auf. Immer hat der Gefangene ein leichtes Lächeln um die Lippen. Nie ein Aufbegehren, nie ein böses Wort.

Seine Umwelt fühlt sich von dieser Schicksalsergebenheit und Sanftmut belästigt. Man hat als Gefangener eine gewisse Unlust zu zeigen. Also versucht man es mit Piesacken. Günther erhält das schlechteste Essen. Man reinigt seine Zelle nicht. Man lässt ihn vierundzwanzig Stunden im Dunkeln sitzen. Der Häftling protestiert nicht.

Als ein Aufseher schließlich die Zelle betritt, sitzt der Poeta laureatus am Tisch und lächelt. Er hat ein Gedicht geschrieben. Er kann nämlich im Stockfinstern schreiben. Er hat den Text auch auswendig gelernt, denn er sagt ihn jetzt auf:

Was war das für ein göttlich Paar?
Wo hat die Welt dergleichen Lüste?
So lacht' ihr Mund, so flog das Haar,
So hüpften die gefüllten Brüste.
Die Sehnsucht schilt den leeren Raum,
Ich weiß nicht, was ich selbst begehre.
Der Menschen Leben heißt ein Traum,
O wenn doch meins ein solcher wäre!

Der Aufseher steht da mit offenem Mund. So etwas Schönes hat er noch nicht gehört. Er holt eine Kerze und eine Flasche Wein und ein gebratenes Hühnchen. Alles baut er vor Günther auf. Dann bittet er ihn um eine Abschrift der Verse.

Als Petersen endlich im Juni nach Wittenberg zurückkommt, wieder mit der Heringsfuhre, die wegen der guten Geschäfte auf eine zweite Tour gegangen ist, geht er sofort ins Gefängnis, als er von Günthers Haft erfahren hat. Er erkennt sehr schnell, wie es um seinen Freund bestellt ist. Hier sitzt jemand vor ihm und lächelt ihn an, der dabei ist, seine Seele zu verlieren. Diese blöde Fröhlichkeit des Gefangenen jagt Petersen einen gewaltigen Schreck ein. Er muss ihn, so schnell es geht, herausholen.

Noch am gleichen Tag versetzt Petersen die kostbare Repetieruhr, die ihm sein Vater geschenkt hat. Er hat jetzt genug Geld, um alle Schulden Günthers zu bezahlen. Er besorgt sich die Adressen der Gläubiger und besucht sie der Reihe nach. Zu seinem anfänglichen Erstaunen, dann zu seinem Entsetzen und seiner Wut will keiner von ihnen das Geld annehmen. Da begreift der Freund, dass er hier einem Komplott gegen den armen Günther auf die Spur gekommen ist.

Die Befreiung *(Juni 1717)*

In den auf seinen ersten Besuch folgenden Tagen ist Petersen immer häufiger im Gefängnis zu Gast. Um keinen Verdacht zu erregen, erzählt er den Wärtern, dass Günther nicht ganz richtig im Kopf sei und daher regelmäßigen geistigen Beistand brauche.

»Wir haben uns selbiges schon gedacht«, meint der Oberaufseher. »Versucht uns doch jenes Individuum beständig einzureden, dass wir die Gefangenen seien und er die Pflicht habe, uns zu bewachen.«

Petersen bestätigt eifrig, dass sein Freund im Allgemeinen den seltsamsten Gedanken nachhänge. Zum Beweis zitiert er ihn: »Es hängt von einem selber ab, ob man vor oder hinter der Tür ist.«

Die Wächter nicken. »Genau solchen Unsinn redet er auch zu uns. Ist er in seinem Wahnsinn zuweilen gemeingefährlich?«

»Das würde ich nicht sagen«, meint Petersen beruhigend. »Seine Tobsuchtsanfälle treten recht selten auf. Auch seine Versuche, Menschen bei lebendigem Leibe zu sezieren.«

»Warum um des Leibhaftigen willen macht er solch gräuliche Sachen?«, wollen die Wärter wissen.

»Nun, er ist nicht nur Poet. Er ist auch Student der Medizin. Ihr wisst, wie schwer man an Leichen herankommt zwecks Vervollkommnung der anatomischen Kenntnisse. Der Kranke vertritt im Übrigen die These, es sei eine Frage des Standpunktes, ob man sich als tot oder als lebendig zu betrachten habe.«

Wieder nicken die Aufseher einigermaßen beunruhigt, und Petersen füllt ihre Gläser aufs Neue mit dem Wein, den er mitgebracht hat.

Nachdem er die Wärter auf seine Seite gebracht hat, macht Petersen sich an die, wie sich bald zeigt, weitaus schwierigere Aufgabe, Günther zur Flucht aus dem Schuldgefängnis zu überreden. »Was soll ich draußen? Draußen ist in mir«, sagt Günther immer wieder. Schließlich kommt Petersen die rettende Idee. Er lässt sich von seinem Freund wieder einmal die Tabaksdose mit der Locke zeigen. »Wir werden nach Siegroth gehen und den Fall noch einmal untersuchen.«

Günther ist von dieser Idee sofort begeistert. Er willigt ein, den morgigen Abend zur Flucht zu benutzen. Er wird nach Leipzig oder Halle gehen. Petersen soll direkt nach Siegroth reisen. Er wird sich als Vetter Flaviens aus der norddeutschen Linie ausgeben und mit den Recherchen beginnen. Im Spätsommer werden sie sich an einem noch zu vereinbarenden Ort treffen. »Aber dein Studium?«, fragt Günther. »Du nimmst es doch um deines Vaters willen so ernst!« »Ich werde ein Freisemester nehmen und dann zu dir nach Halle oder Leipzig kommen. Schließlich ist das Ganze auch ein praktischer Rechtsfall. Es ist nicht gut, immer nur aus Büchern oder vom Katheder aus belehrt zu werden. Vielleicht verhilft mir deine Flavie zu mehr Einsichten, als es die hiesigen Rechtsprofessoren tun.«

Der Plan steht fest. Sie besiegeln ihn mit einer Umarmung.

Am nächsten Tag geht Petersen zu Christine. Er trifft sie beim Kämmen ihrer Haare an. Als sie den Vorhang endlich öffnet und Petersen erkennt, freut sie sich, denn sie hat auf den Freund ihres Freundes schon lange ein Auge geworfen. Sie tritt dicht an ihn heran, legt die Arme um seinen Hals und küsst ihn, wobei sie sich auf die Zehenspitzen stellen muss. Petersen spürt zu seiner Verwunderung, wie die Wälle seines Widerstandes im Nu geschliffen sind. So wenig ist Rendsburg also als Festung wert. Er bleibt den ganzen Tag über bei Christine. Damit sie ungestört bleiben, hängt sie das Warnschild mit der Aufschrift »geschlechtskrank« auf Deutsch und Latein außen an ihre Tür.

Eigentlich hatte Jacob Petersen das Mädchen nur für seinen Entführungsplan gewinnen wollen. Dass nun mehr daraus geworden ist, verwirrt ihn. Er möchte Christine nicht zu tief mit hineinziehen. Sie aber bringt das Gespräch von sich aus auf Günthers Lage. Sie hat ihn einige Male besucht und ist genauso wie Petersen besorgt über den Gemützustand ihres gemeinsamen Freundes. Schließlich rückt Petersen mit den Einzelheiten seines Vorhabens heraus.

Christine ist sofort bei der Sache. Sie weiß bestens, wie man misstrauische Männer einschläfern kann. »Besorg genügend starken Wein und hol mich hier bei Dunkelheit ab«, sagt sie. Und dann zeigt sie Jacob noch ein kleines Fläschchen, das sich unter ihren Schminksachen befindet. »Hier drin sind lauter Tränen, die der Gott des Schlafes zu weinen pflegt«, flüstert sie, als ginge es bereits darum, niemanden aufzuwecken. »Es wird Opiumtinktur sein«, denkt Petersen, als er bereits unterwegs ist, »hoffentlich wird der Wein davon nicht trübe.«

Die Nacht ist stockfinster, als Petersen mit Christine und vier Flaschen Wein an der Gefängnispforte erscheint. Beide stellen sich angeheitert. »Es ist mir gelungen, genügend Geld aufzutreiben und sämtliche Schulden meines armen Freundes zu begleichen. Für euch ist auch noch etwas übrig geblieben!«, ruft Petersen und lässt ein paar Taler in der Handfläche klimpern. Mehr noch als dieses Geräusch öffnet Christines glucksendes Lachen die Tür.

In der Wachstube geht es bald hoch her. Sie feiern die Entlassung des unbequemen Zelleninsassen im Voraus. Offenbar verfügen die Wärter nicht über die Fähigkeit, im Suff mehr wahrzunehmen als nüchtern. Sie werden eher blind von dem vielen Wein und verlassen sich nur noch auf ihre Tastorgane, wenn sie etwas zu begreifen versuchen, und das Einzige, was sie schließlich noch begreifen wollen, ist diese Frau, die so betörende Lieder singt und sich in einem fort kämmt, wenn man ihrer fast habhaft ist.

Es gibt ein kleines Nebenzimmer mit einer Pritsche, und dort hinein zieht Christine die betrunkenen Wärter einen nach dem anderen. Bald hört man sie schnarchen. »Sie sitzen dort wie Hühner auf einer Stange, mit offenen Hosen und geschlossenen Augen«, erzählt sie Jacob lachend.

»Du gehst jetzt besser«, sagt er. »Wir sehen uns wieder, und wenn es in einem anderen Leben ist.«

Sie umarmen und küssen sich. Dann rafft Christine ihre Röcke und eilt davon in die Nacht.

Petersen besieht sich die schlafenden Wärter. Dann streift er den Schlüsselbund vom offenen Hosengürtel des

Oberaufsehers ab und geht zu Günthers Zelle. Der liegt in entspannter Haltung auf seinem Strohbett.

»Komm schnell«, sagt Jacob, »sie schlafen jetzt.«

Aber Günther rührt sich nicht.

»Hast du Tabak da und eine Pfeife?«

»Vorne, die haben was, aber willst du jetzt wirklich rauchen? Sie können jeden Moment aufwachen. Es kann eine Ablösung kommen.«

»Ich gehe mit unter der Bedingung, dass wir gemeinsam eine Pfeife rauchen. Immerhin ist es möglich, dass es unsere letzte Pfeife zusammen ist. Ich kann doch nicht weglaufen wie ein Hase. Selbst diese Zelle hier, in der ich sechs Wochen zugebracht habe, verdient einen Abschied. Wie viel mehr tut es unsere Freundschaft. Hol Wein und eine Pfeife. Dann geh ich mit dir.«

Petersen eilt in den Aufenthaltsraum zurück. Er findet Tabak und Pfeife und Gläser und eine noch ungeöffnete Flasche Wein, die er tags zuvor mitgebracht hatte.

In der Zelle sitzen sie nebeneinander auf dem Bett. Die Kerze flackert, ihre Schatten geistern hinter ihnen die Wand empor. Sie blasen abwechselnd den Knasterdampf von sich und trinken die Flasche aus. Sie sprechen kein Wort. Günther hat den Arm um Petersen gelegt. Schließlich erhebt er sich, küsst Petersen auf den Mund und sagt: »Wenn es mir je wirklich dreckig geht, wirst du der Einzige sein, von dem ich mir helfen lasse.«

Sie schließen die Zelle ab und eilen hinaus. Draußen ist es finstere Nacht. Sie gehen geradewegs dem südlichen Tor zu. »Meinst du, wir kommen durch?«, fragt er. »Sie haben meinen Namen auf der Liste.«

»Wir gehen einfach. Nichts wird dich aufhalten. Willst du nach Halle zu Wolff? Oder nach Leipzig?«

»Ich weiß noch nicht. In Leipzig hat mein Vater studiert. Mencke ist dort. Und Hahn. Ich werde Hilfe brauchen, wenn es noch einmal bergauf gehen soll. Und sei es nur, um tief genug zu stürzen.«

Wundfieber *(Juni 1717)*

Der mit ungeheurer Gewalt ausgeführte Hieb ist eine Schulterquart, die Mantel und Jacke zerschneidet, die Haut und den darunter befindlichen Muskel, den so genannten Kopfnicker durchtrennt und das Schlüsselbein zertrümmert.

Der Schmerz wirkt auf Petersen wie ein Blitz, der die Szene erhellt. Er sieht, dass der andere Soldat der Torwache seine Büchse in Anschlag bringt und auf den fliehenden Schatten zielt. Das Steinschloss klickt, aber der Knall bleibt aus. Das hat eine verblüffende Wirkung. Ein so fest erwarteter, aber dann ausbleibender Knall ist ein Schallschlucker. Es ist plötzlich Totenstille.

Petersen sieht, wie der Wachsoldat, dessen Gewehr versagt hat, zu rennen beginnt. Er setzt dem Fliehenden nach, aber seine Beine bewegen sich unnatürlich langsam, als steckten sie in einem Morast. Die fliehende Gestalt hüpft dagegen wie ein Frosch unter den Bäumen davon und wird schnell kleiner.

Petersens rechte Hand ist inzwischen im Halsbund der Uniformjacke des anderen zu einer Faust geworden, die in etwas Weiches, Nachgebendes hineindrückt. Er spürt überdeutlich das Pulsieren der Schlagader und die Bart-

155

stoppeln unter dem Kinn des Mannes. Er hört sein Röcheln und drückt weiter in die Masse, bis das Röcheln aufhört und seine Faust von einem schweren Gewicht herabgedrückt wird.

Als er zurücktritt, fällt der Mann vor ihm wie ein Sack zusammen. Wenn jetzt der Kopf abgeht, kommen Kartoffeln heraus, denkt er. Dann trifft ihn das Klirren des Säbels, wie er aufs Pflaster fällt. Es ist, als ob dies Geräusch noch einmal die Schulter spaltet. Der Schmerz ist so groß, dass er sich selber auslöscht. Die ganze linke Seite ist wie verschwunden, wie abgetrennt. Beim Gehen vermag er nur die rechte Seite zu kontrollieren. An den vorübergleitenden Häuserwänden, deren Risse und Strukturen er überdeutlich sieht, als blicke er durch ein Vergrößerungsglas, überprüft er, ob er nicht im Kreise geht wie ein verwundeter Krebs. Die Blutspur, denkt er, sie wird mich verraten. Aber heftiger Regen setzt ein.

Diese Hausfassade da ist leicht nach hinten geneigt. Es sieht aus, als ob sie gleich umfallen wird. Die Tür kommt ihm bekannt vor. Er bemerkt jetzt seine rechte Hand, wie sie vor seinen Augen hochflattert und sich auf die Klinke setzt.

Das Treppenhaus gleicht einem Schacht, in den er hineinstürzt. Merkwürdig, wie leicht es nach oben geht. Es ist wie Fallen. Dann öffnet sich die andere Tür, und er sieht einen Zimmerboden. Seinen Zimmerboden. Aber er ist riesig. Er ist eine Ebene, in die man hineinlaufen kann, ohne je an ein Ende zu kommen. Er taumelt. Er sieht im Sturz die Dielenbretter, die Schönheit der Muster im Holz. Ein zweiter, unsichtbar von oben aus der Luft geführter Hieb, ein so genannter Priemhieb genau auf den Kopf, hat ihn niedergeworfen.

Am nächsten Morgen finden ihn Landsleute ohnmächtig in einer Blutlache liegend. Sie glauben an ein Duell. Ein schnell herbeigerufener Wundarzt entfernt die Stoffteilchen aus der Wunde und legt einen Verband an. »Die Sache sieht nicht gut aus«, sagt er, »der Mann muss zu einem Chirurgen.«

Jemand holt einen Eimer und wischt die angetrocknete Lache vom Boden. Es gibt Gerüchte von einem Überfall am südlichen Stadttor. Der Wundarzt reibt die Stirn und die Schläfen des Verletzten mit Kampferöl. Petersen kommt zur Besinnung. »Ist er weg?«, fragt er. »Ist Günther in Freiheit?«

Sie beruhigen ihn. Der Wundarzt erhält Geld, genug, um seiner Verschwiegenheit gewiss zu sein. Allen ist klar, dass Petersen umgehend aus der Stadt muss. Jemandem fällt ein, dass der Heringsmann noch da ist. Er kauft sicher noch Waren ein. Zwei machen sich auf, ihn zu suchen.

Gegen Mittag fährt das Fuhrwerk vor. Es sind noch nicht alle Fässer mit Töpferware gefüllt. Zwei Fässer schafft man in den Hof und sägt sie an den Seiten auf. Man hebt sie wieder auf den Wagen und schiebt sie so aneinander, dass die Öffnungen sich berühren und einen Durchgang von einem Fass zum anderen bilden.

Sie trinken jetzt, singen Lieder, täuschen eine Feier vor. Sie dauert bis spät in die Nacht. Petersen ist wieder ohnmächtig geworden. Sie haben ihn in sein Bett gelegt. Sein bleiches Gesicht hat einen zufriedenen Ausdruck.

Später schafft man ihn hinunter. Sie knicken seine Beine ein und senken ihn vorsichtig in das eine Fass. Jemand fädelt seine Beine durch die Öffnung, und ein anderer stopft alles mit Kissen und Kleidern aus. Dann kommen die Deckel auf die Behälter, und ab geht es, zum nördli-

157

chen Tor hinaus. Es gibt keine Schwierigkeiten mit der Wache. Sie kennen den Heringsmann.

Während der Fahrt sorgt der Fuhrmann für seinen blinden Passagier. Nach zwei Tagereisen kann der Kranke sein Versteck verlassen. Die beiden Fässer werden durch ein Feldbett ersetzt. Petersen ist wieder recht munter. Er erzählt, dass er im Fass einen langen Traum gehabt habe. Alles rundherum sei grün gewesen, von einem sanften, tiefen Meergrün. Silberne Leiber hätten um ihn herum getanzt. Es sei zweifellos ein Heringsschwarm gewesen, in dem er sich mittendrin befunden habe.

Als sie ankommen, hat Petersen Fieber. Die Eltern lassen den Garnisonsarzt kommen. Der kennt sich mit Kriegsverletzungen bestens aus. Er untersucht die Wunde. »Es ist die verdammte Scharpie«, sagt der Arzt. »Das Leinen wird nicht ganz sauber gewesen sein.«

»Scharpie?«, fragt der Vater. Er ist Uhrmacher und versteht nichts von solchen Sachen.

»Das übliche Verbandsmaterial. Es taugt nichts. Man sollte Wunden lieber unverbunden lassen, ist meine Meinung. Aber meine Meinung ist leider ohne großes Gewicht. Ihr Sohn hat den Hospitalbrand, das Wundfieber. Sehen Sie selbst.« Er führt die Eltern ans Bett und zeigt ihnen die Wunde. Sie ist trichterförmig geweitet und mit einer nach Jauche stinkenden Flüssigkeit gefüllt. »Er wird vermutlich sterben«, sagt der Arzt.

Die Eltern jammern nicht, sie brechen in kein Wehklagen aus. Der Vater legt die geöffnete Uhr auf den Tisch und bläst darüber hin. Die Unruhe rührt sich nicht.

Eine Woche später kommt es beim Kranken zu Erbrechen und zu Blutungen aus Nase und Mund. Er ist bei Besinnung. Ehe er in den Armen seiner Eltern stirbt, sagt er:

»Einige seiner schönsten Gedichte hat er noch nicht geschrieben.«

Die Schönefelder Kletterstange *(Juni 1717)*

Günther ahnt nicht, dass Petersen schwer verletzt ist, als
er Wittenberg verlässt. Er ist von einer maßlosen, fast fri-
volen Lustigkeit. Sie äußert sich darin, dass er immer wieder von der Straße auf die Felder rennt und Purzelbäume
schlägt. Sein ganzer Besitz ist jetzt das, was er auf dem
Leibe trägt oder, wie die Tabaksdose, in den Rocktaschen
hat. Das Übrige, seine Bücher, seine Mitschriften, seine
restliche Kleidung und seine Pfeifen sind zurückgeblieben. Es ist nicht eben viel, aber dennoch ist sein Lebens-
schiff deutlich leichter geworden.

»Mein Elend ist«, denkt er, »dass ich es allen recht, aber
nichts richtig machen wollte. Das wird jetzt anders. Ich
werde noch einmal Maß nehmen, diesmal aber nicht mit
dem Herzen, sondern mit der Elle der Vernunft.«

Im Morgengrauen erreicht er die Gabelung der Straße,
wo sich der Weg nach Halle von dem nach Leipzig trennt.
Er muss sich jetzt entscheiden, und er spürt, dass dies eine
unwiderrufliche Wahl mit entscheidenden Konsequenzen
für sein weiteres Leben bedeutet. Er sitzt unter dem Wegweiser und versucht, sich die Zukunft vorzustellen. Es
geht nicht.

Man kann sich die Zukunft nicht vorstellen, ohne dass
dabei eine Art geschönter Vergangenheit herauskommt.

Er springt wieder auf, hält sich mit einer Hand am Wegweiser fest und schleudert im Kreis. Ein scharfer Schmerz in der Hand lässt ihn einhalten. Er hat sich einen Splitter geholt, sieht die Straße nach Leipzig vor sich und rennt los.

Erst jetzt beginnt er zu überlegen, nach der Entscheidung. Halle, das ist moderner Geist, aber auch prüde, vernünftig, genau, brandenburgisch. Leipzig ist sächsisch, das ist mehr Poesie, mehr Eleganz, mehr Durcheinander von Alt und Neu, mehr Laster, mehr französische Sitten. Wäre er nach Halle gegangen, hätte er schließlich wirklich vernünftig werden müssen.

Es sind nur zwei Tage Fußmarsch bis Leipzig, aber Günther braucht deren drei, denn er meidet die Hauptstraße aus Furcht vor Verfolgung. Er schläft im Freien, er trinkt Wasser aus den Bächen, er bekommt dann und wann einen Happen zu essen, wenn er drum bittet. Er sieht abgerissen aus, aber nicht eigentlich wie ein Bettler.

Könnte man gleichzeitig müde und neugierig sein, dann wäre dies meine Stimmung, sagt er sich. In Leipzig wird sich zeigen, ob man noch so etwas wie einen ferneren Lebenslauf hat. Leipzig ist die Stadt der Buchläden und der Büchermessen. Genau das Rechte für einen Poeten. Ich besitze zwar nichts, aber habe ich nicht meinen Kopf und meine Schreibhand dabei? Stecken nicht in mir genug der ungeschriebenen Texte? Und sollte es so schwer sein, in Leipzig Papier und Feder und Tinte aufzutreiben?

Er geht schneller bei diesen Gedanken. Er nähert sich der Stadt von Nordosten. Es ist drückend heiß, und er nimmt sich vor, im nächsten Dorf Halt zu machen, um zu sehn, ob er nicht einen Wirtshaustisch findet, an dem er mit einem Stegreifgedicht ein frisches Glas Bier ergattern kann.

Er kommt durch ein Birkengehölz, und dann sieht er in nicht allzu großer Ferne eine Ansammlung Häuser und einen Kirchturm. Über den Dächern ragt ein Mast in den Himmel, an dessen Spitze sich eine Art Netz oder Korb befindet. Je näher er dem Dörfchen kommt, umso mehr Menschen sind auf der Straße. Sie strömen alle dem Platz zu, auf dem sich diese seltsame Holzstange befindet.

Der Platz ist schwarz vor Menschen. Sie bilden einen Kreis um den Mast. Vor dessen Fuß sitzt eine Obrigkeitsperson an einem Tisch. Jemand tritt dort hin, nennt offenbar seinen Namen, zieht die Jacke aus, krempelt die Hemdsärmel hoch und macht sich daran, die Stange emporzuklimmen. Er schafft es nur ein Stück über die Hälfte. Dann rutscht er wie der Blitz herunter und verschwindet mit hochrotem Kopf in der johlenden und lachenden Menge.

Schon ist der Nächste dabei, sich an dem Spiel zu versuchen. Da es ein recht dicklicher Mensch ist, kommt er nicht weiter als zwei, drei Meter. Das Johlen und Gelächter sind noch stärker als vorher. Einige äffen den Dicken nach, wie er gedemütigt davonschleicht.

Günther fragt seinen Nebenmann, was denn dort oben am Ende der Stange zu holen sei. »Man weiß es nicht«, bekommt er zur Antwort. »Es ist jedes Jahr eine andere Überraschung. Jedenfalls ist es etwas Kostbares, das sich ein einfacher Mensch niemals leisten kann.«

»Und wo bin ich hier eigentlich, guter Mann?«

»Du musst von ziemlich weit herkommen, dass du so tumbe Fragen stellst. Sie ist gut zwanzig Ellen hoch und schlüpfrig wie ein Aal. Es ist für manchen kühnen Mann ein Anreiz, aber auch eine große Schmach, wenn er sein Ziel nicht erreicht. Siehst du den schwarzen Sack dort

161

oben? Er enthält einen wunderbaren Schatz. Du bist nämlich zur rechten Zeit ins Dörfchen Schönefeld gekommen.
Heute ist ganz Leipzig die Stunde Weges hierher gekommen, um unser Fest zu feiern.«

Günther hört nicht weiter auf die vielen Erklärungen
des Mannes. Er tritt zum Tisch, nennt einen falschen Namen, und dann steht er direkt unter der Stange, die über
ihm wie ein gewaltiger, gegen Gott gerichteter Speer in
den Himmel ragt. Die Menge ist still geworden.

Er legt beide Hände um den Schaft, zieht sich hoch,
klemmt die Stange zwischen die Beine, drückt die Schenkel zusammen, reckt die Arme, zieht sich weiter. Es geht
ganz gut so, bis er etwa halbhoch ist. Dann hat er keine
Kraft mehr in den Armen. Er streift beide Schuhe ab. Als
sie in die Tiefe purzeln, beginnt die Menge zu lärmen.
Dann presst er wie ein Affe die nackten Fußsohlen gegen
das Holz und schiebt sich mit den Beinmuskeln weiter.
Sein Kinn hat er gegen die Stange gedrückt. Er sieht nach
oben, in den Himmel hinein. »Hilf mir jetzt, Vater, lass
mich nicht im Stich.«

Über ihm hängt ein dunkles, verschnürtes Paket am
Stangenende. Er reckt den einen Arm, aber das Ziel ist zu
weit. Seine Jacke reißt dabei. Er streift sie ab, und sie se-
gelt wie ein großer toter Vogel davon. Die Menge johlt. Er
klammert sich fest, versucht, neue Kräfte zu sammeln.
Dann zieht er sich eine Elle weiter. Die Haut über der
Brust ist aufgeschrammt. Wieder hält er inne. Ein schneller Griff nach dem Gürtel, dann wirbelt die Hose davon.
Kein Vogel, sondern ein halber Mensch, der dort aufge-
bläht und mit obszönen Verrenkungen über die Köpfe der
Zuschauer hinwegsegelt.

Seine Nacktheit verleiht ihm mehr Halt und mehr Kraft.

Die Welle des Geschreis flutet von unten hoch und trägt ihn die letzten Handbreit bis zum Stangenende empor. Er löst die Schlinge, an der das Netz befestigt ist. Das verschnürte Bündel darin ist nicht allzu schwer. Er will es hinunterfallen lassen, aber dann beißt er hinein, nimmt es mit den Zähnen. Hand über Hand lässt er sich hinab. Die Haut an Schenkeln und Waden reißt auf. Feine Blutstreifen eilen über das weiße Holz voran nach unten.

Als er festen Boden unter den Füßen hat, wird ihm schlecht. Er würgt, aber es kommt nichts.

Die Leute umringen ihn. Seine Nacktheit wirkt wie eine Kleidung, wenn man seine Wunden sieht. Jemand reicht ihm ein Bier. Er trinkt und trinkt, wobei Schweiß und Bier und Blut an seiner Haut herunterlaufen. Dann zerrt er mit zitternden Fingern das Bündel auseinander. Stoffe quellen hervor. Ein hellblauer Leibrock, eine tief ausgeschnittene weiße Weste, eine graue Kniebundhose und rosa Seidenstrümpfe, ebenso zierliche Lederschuhe mit roten hohen Hacken, ein weißes Spitzenhemd aus feinster Seide und Unterwäsche aus bestem Leinen. Es ist die vollständige Ausstattung für einen vornehmen Gecken.

Jemand hat seine zerrissenen Kleider eingesammelt. Man bringt sie ihm, aber Günther schüttelt den Kopf. »Wasser«, sagt er, »ich möchte mich waschen.«

Man holt einen großen Holzzuber aus der Schenke und füllt ihn. Ein enger Kreis hat sich um den nackten Mann gebildet, der jetzt vor aller Augen ein Bad nimmt und sich sorgfältig reinigt. Dann steigt er aus dem Wasser.

Man reicht ihm Tücher, er trocknet sich ab. Das Wasser ist hellrosa, aber die Wunden haben aufgehört zu bluten. Er zieht sich mit ruhigen Bewegungen an. Bei jedem Kleidungsstück bricht die Menge in ein wildes Lärmen der Begeisterung aus. Denn alles sitzt wie angegossen. Als er schließlich in den Justaucorps schlüpft, ist das Wunder vollkommen. Die Taille sitzt exakt, die Rockschöße sind im rechten Maße ausgestellt. Und als Krönung setzt er sich einen Dreispitz auf, der ebenfalls wie nach Maß gefertigt scheint.

In dieser Weise vorbildlich ausstaffiert, verneigt sich Günther mit einem eleganten Kratzfuß vor der Menge, deren Jubel nun keine Grenzen mehr kennt. Er wird kurzerhand hochgehoben und auf breite Schultern gesetzt. So geht es der Stadt Leipzig entgegen.

Der ganze Haufe folgt dem Glücklichen. Hunde begleiten kläffend den Pilgerzug. Und so kommt der flüchtige Arrestant Johann Christian Günther als umjubelter Held und unter Umgehung der Personalienfeststellung durchs äußere und innere Tor in die Stadt hinein.

Ein Mitglied der Boheme
(Sommer und Herbst 1717)

Leipzig ist zu Anfang des achtzehnten Jahrhunderts ein gutes Beispiel für den Zustand einer Stadt, die kurz davor ist auszuufern, ihre Mauern zu sprengen, zu wuchern, bis eine Großstadt entsteht. Noch ist es nicht so weit. Aber in der Senke, wo sich drei Flüsse vereinen, liegt sie flach und rund und noch von ihrer Mauer begrenzt da wie ein bereits befruchtetes Ei. Die Zellteilung wird bald beginnen. Schon bersten die Vorstädte vor Lebenssaft. Schon quellen auch innerhalb der Stadtmauer die Häuser immer höher. Aber die Tore werden noch immer jeden Abend bei Dämmerung geschlossen. Man kommt dann nur gegen ein Torgeld hinein oder hinaus, von dem die gerade eingeführte Straßenbeleuchtung bezahlt wird. Sind die Tore erst zu, dann ist da noch die mittelalterliche Geborgenheit, dann ist man beisammen in der großen Familie der Einwohner, worunter etwa 20 000 Bürger, 2000 Studenten und 2 Millionen Bettwanzen zu verstehen sind.

Studenten wohnen vergleichsweise billig, wenn sie eine Dachmansarde beziehen, die zum Hinterhof hinaus liegt. Dies bringt jedoch gewisse Nachteile hygienischer Art mit sich. Leipzig ist nicht nur berühmt für seine Kaffeehäuser und sein schickes Flair, es hat auch einen beachtlichen Ruf als Seuchenherd, wofür primitive Wohnverhältnisse, schlechtes Trinkwasser und schlechte Atemluft nicht zu Unrecht verantwortlich gemacht werden.

Wegen der zahllosen Wanzen ist es üblich für einen Studenten, mindestens sechs komplette Garnituren Bettzeug zu besitzen. Die schlechte Luft, die besonders in den Hinterhöfen und an heißen Tagen herrscht, ist Menschenwerk. Es gibt zwar Kanäle unter den Gassen, an die zumeist die Abtritte der Parterrewohnungen direkt angeschlossen sind. Aber die Etagenklos werden in der Regel zu nächtlicher Stunde mit Eimern und von Hand in spezielle Schleusenöffnungen entleert.

Um die Stadt herum liegen in konzentrischen Ringen die klimatisch wesentlich angenehmeren Zonen, in die hinein sie wachsen wird: die Apfelplantagen, die Lustgärten, die Spargelfelder und als innerster Ring eine herrliche Lindenallee, die sich auf der Außenseite der Stadtmauer um die ganze Stadt herumzieht und auf der zur Sommerzeit die halbe Stadt flaniert, vor allem natürlich die Jugend, denn dieses staubige Parkett, das für Fußgänger, Kutschen und Reiter abgeteilt ist, dient nebenbei als Liebhaber- und Heiratsmarkt. So wie nachts die Bettwanzen auf die Heimkehrer warten, lauern hier die Mückenschwärme am Tag. Militärstrategisch gesehen befindet sich der wogende Menschenhaufen dieser Stadtbevölkerung zwischen zwei gewaltigen Heeren kleiner Blutsauger, die mit der Regelung ihres Daseins wesentlich weniger Probleme haben als ihre Opfer. Die Bettwanze beispielsweise vermag eine geraume Weile ohne Nahrung auszukommen, sie wird dann farblos und durchsichtig wie Glas.

Als der halb verhungerte und keineswegs gläserne Johann Christian Günther in Leipzig seinen triumphalen Einzug nimmt, mag er sich selbst für einen Schädling gehalten haben. Wie Wanze und Mücke muss er die Einwohner dieser Stadt als Wirtstiere betrachten, von denen es sich trefflich leben lässt. Hieraus wird man dem armen Poeten keinen moralischen Vorwurf machen können, denn die Verhältnisse lassen ihm keine andere Wahl. Die einzige Rücklage, über die er verfügt, ist sein Ruf. Er besteht wie eine Kontoabrechnung aus einem schlechten und einem guten Teil. Für schlecht hält man seinen Lebenswandel, für gut seine Qualitäten als Verseschmied, wobei es natürlich genügend Leute gibt, die dem schlechten Lebenswandel wiederum eine positive Seite abgewinnen möchten. Es ist eben alles eine Frage der Wechselkurse.

Günther ist selbst verblüfft, wie bekannt er ist. War er sich in Wittenberg wie ein schwarzes Schaf vorgekommen, wird ihm jetzt nahe gelegt, sich für einen bunten Hund zu halten.

Es gibt hier übrigens eine ganze Meute bunter Hunde, die Günther mit herzlichem Gekläffe begrüßen. Anders als im orthodoxen Wittenberg hat sich in Leipzig eine Art Frühboheme entwickelt. Das heißt, die üblichen Schlägereien, Saufereien und Hurereien sind mit ein wenig mehr Musik und Dichtung unterlegt.

Da gibt es Pfeifer, den begabtesten Violinisten weit und breit, da gibt es Baron, den besten Lautenisten der ganzen Nation, und nun ist auch noch der genialste Extempore-Dichter dabei. Günthers Fähigkeit, Reime aus dem Ärmel zu schütteln, grenzt ans Wunderbare. Da brennen die Verse in einem Funkenregen ab wie Eisenfeilung in einer Pappröhre voll Schießpulver.

Man trifft sich, wenn es vornehm zugehen soll, im Richter'schen Kaffeehaus oder in Beyers Kaffeehaus zum Billardspielen; man geht in den Hamburger Weinkeller, um geräuchertes Fleisch zu essen, welches ein solides Magenfundament darstellt, wenn man anschließend auf den Damenberg fährt, um in die berüchtigte Kneipe der Madame Reinerth zu gehen.

Günther denkt nicht daran, sich als Student einzuschreiben. Ein Landsmann und Exkommilitone aus Wittenberg namens Speer hat ihm Zimmer und Kleidung besorgt. Das Geckenkostüm ist beim Pfandleiher gelandet. Freitische gibt es genug. Seine Lebensgeschwindigkeit ist jetzt so groß, dass er über die Tage gleiten kann, ohne tief einzusinken. So geht es in den Spätsommer und Herbst hinein.

Günther schreibt den neuen Freunden beiläufig das Gedicht »Brüder, lasst uns lustig sein«. Es wird schnell eine Art Nationalhymne der Leipziger Studentenszene, ehe es zum bekanntesten Lied der deutschen Burschenschaften avanciert. Es ist eine Verklärung der spontanen Lebenslust, wobei man die melancholischen Töne darin zumeist überhört oder lautstark niedersingt: »Unsers Lebens schnelle Flucht / Leidet keinen Zügel, / Und des Schicksals Eifersucht / Macht ihr stetig Flügel. / Zeit und Jahre fliehn davon, / Und vielleichte schnitzt man schon / An unsers Grabes Riegel.«

Bei all dem Trubel ist Günther im Grunde einsamer als in Wittenberg. Seine neue Einsamkeit besteht darin, dass jeder ihn zu lieben meint. Wie keiner sonst versteht es dieser seltsame Mensch, dem wildesten Schabernack ein Quäntchen tiefere Bedeutung zu geben. Irgendetwas öffnet sich immer in seiner Nähe: Eine Flasche, ein Tabaksbeutel, ein Augenpaar, ein Mädchenmund, eine Geldbörse. Woran kann das nur liegen? Fest steht, dass es häufiger Menschen gibt, in deren Nähe sich etwas verschließt.

Pfeifer ist ihm vielleicht noch am ähnlichsten. Aber während Günther für seine Wirkung nichts benötigt als seine Person, kommt Pfeifer nicht ohne ein zerbrechliches Instrument aus, das er wie eine Waffe, wie einen Schlüssel oder wie einen Liebestrank einzusetzen vermag. Eine Spezialität von ihm ist es, mitten im Spiel die Saiten seiner Geige nacheinander in einer Art rauschhafter Kadenz platzen zu lassen. Überhaupt, in diesen durchzechten, durchrauchten, durchspielten und durchliebten Nächten herrscht eine Art ständiger heimlicher Wettstreit, sich im Außergewöhnlichen und Unbürgerlichen zu überbieten.

Weniger begabte Mitglieder der Runde müssen unter diesem Konkurrenzdruck schon recht grob und laut werden. Nicht so Günther. Eine Besonderheit, ja geradezu ein Merkmal seiner Person ist seine Neigung, mitten im chaotischen Treiben der Gruppe eine kleine, verbeulte Tabaksdose aus der Tasche zu holen, sie vor sich auf den Tisch zu legen und todtraurigen Blickes anzustarren, mit dem Bierglas in der Hand oder der zum Mund geführten Pfeife, in einer unansprechbaren und zugleich würdevoll-melancholischen Haltung. Er lässt sich in einem solchen somnambulen Zustand bewegen wie eine Wachspuppe.

Wenn er allerdings irgendwann aus dieser künstlichen Leichenstarre erwacht, treibt er es meistens doppelt schlimm. Niemand seiner Genossen ahnt, dass Günther in solchen Momenten mitten im Menschentrubel seiner alten Raumsucht verfällt. Da er diesmal kein leeres Zimmer zur Verfügung hat, begnügt er sich mit dem eigenen Leib. Er starrt durch die Tabaksdose wie durch ein Visier in sich hinein und kann in äußerster Ruhe die offenbare Leere dieser Räumlichkeit genießen.

Ein Punschabend *(Winter 1717)*

Günther ist also in Leipzig eine Art Institution geworden. Er gehört zum Straßenbild wie auch zum Interieur der Kneipen. Er ist kein Raufbold, kein Saufbold, kein Musikus, nicht einmal ein Student, er hat keine Stellung inne, er verdient nichts, er ist einfach nur da. Dass er vortreffliche Gedichte zu machen versteht, wusste man. Was ihn jedoch zum Poeten macht, ist eigentlich mehr seine Art und seine Erscheinung. Er verströmt Lustigkeit, Witz, Melancholie und Schwermut auf eine so unnachahmlich ineinander verwobene Weise, dass man ihm nichts übel nimmt.

Männer pflegen ihn nicht so leicht als Konkurrenten zu sehen, bei Frauen weckt er oft mütterliche Gefühle, bei jüngeren Damen weniger Begehrlichkeit als unbestimmte Sehnsüchte, die zu stillen es glücklicherweise keine Hoffnung gibt. Bei den häufig aggressiven Händeln zwischen Handwerksburschen und Studenten wird er in Frieden gelassen. Selbst die Philister, Spieß- oder Pfahlbürger, deren es genug in der Stadt gibt, nehmen weniger Anstoß an seinem irrlichternden Wesen, als man hätte annehmen sollen.

Als im November endgültig das schlechte Wetter in der Stadt einzieht, geht die Clique, in der sich Günther hauptsächlich bewegt, zu exzessiven Punschsaufereien über. Die Versuche der Einzelnen, sich in frechen Aktionen zu profilieren, werden jedoch seltener. Irgendetwas Bedrückendes liegt über der Gruppe. Allein an Günthers Wesen ist wenig Veränderung wahrzunehmen. Vielleicht extemporiert er seltener seine Verse. Dafür zieht er sich jetzt öfter auf seine Bude zurück, um einen ernsthaften Text zu schreiben. Auch unter der Wanzenplage scheint er weniger zu leiden zu haben als seine Freunde, obwohl es mit Beginn der dunklen Jahreszeit zu einer explosionsartigen Vermehrung dieser Insekten gekommen ist.

An einem trüben Abend, als der Nebel in den engen Straßen steht und die Laternen ein Licht wie weißlicher Rauch absondern, trifft man sich wieder. Es wird ein schrecklicher Abend. Mehrere klagen über Kopf-, Bauch- oder Gliederschmerzen. Einem ist sogar schwindlig. Wie von selbst kommt das Gespräch auf die Pestilenz und andere Menschheitsplagen.

Es gibt Gerüchte genug. Ein Fuhrmann aus Böhmen soll die schwarzen Blattern gehabt haben. Man hat ihn weggeschafft und einen Teil der Ware beschlagnahmt. Die Medizinstudenten fangen einen Disput an über die Gründe und Ursachen von Seuchen, und die Theologen mischen sich mit ihrer Sicht der Dinge ein. Ist eine Krankheit etwas Fremdes und Böses, das von außen in den Organismus eindringt? Oder kommt die Krankheit unter bestimmten ungünstigen Umständen aus ihm selbst heraus? Schlummern die Krankheiten also immer im Menschen, und werden sie nur durch die Verhältnisse wie etwa durch schlechte Luft oder Ernährung geweckt? Auch die andere uralte Streitfrage wird an diesem Abend wieder aufgewärmt: Ist eine Krankheit mehr eine Angelegenheit der festen, der flüssigen oder der geistigen Substanzen des Körpers? Hitzig wird die Diskussion bei der Gegenüberstellung der beiden Thesen, dass Krankheiten Strafen oder aber ein zufälliges Missgeschick darstellen.

Bei der sechsten oder siebten Runde Punsch äußert der ehemalige Studiosus der Medizin Günther die wahrhaft ketzerische Ansicht, dass Krankheiten keineswegs eine Strafpredigt des lieben Gottes seien, ebenso auch keine rein willkürlichen Unglücksfälle, dass sie vielmehr so etwas Ähnliches wie eine Meuterei oder Revolte der Seele an Bord ihres leiblichen Schiffes darstellen.

Für einen Moment hat Günther alle gegen sich.

»Es gibt allerdings auch den umgekehrten Fall«, fährt er lächelnd fort, »dass das Schiff gegen den Kapitän aufbegehrt. Wir sollten jedenfalls die inneren Ursachen der Disharmonie nicht zu sehr vernachlässigen.«

»Von den äußeren Ursachen der Krankheit lass ich nur zwei Dinge zu«, behauptet ein Witzbold, »die Ärzte und die Krankenhäuser.«

Das zustimmende Gelächter fällt jedoch recht matt aus.

»Es gibt keine Fiaker und keine Leihpferde mehr in der Stadt«, behauptet ein anderer.

»Wer es sich leisten kann, ist vor der Pest geflohen.«

»Warum schadet es den Wanzen eigentlich nicht, wenn sie unser vergiftetes Blut saugen?«

»Die schlimmste Krankheit ist die Gesundheit. Ihr verdanken wir nämlich, dass wir in diesem Jammertal existieren müssen.«

»Einige von uns werden von dieser Krankheit bald kuriert sein.«

»Wanzen sterben nie eines natürlichen Todes. Man muss sie töten. Das Leben einer Wanze ist nur das Blut, das sie in sich hat. Wenn sie alles verdaut hat und leer und gläsern ist, dann stirbt sie nicht, sondern sie gleicht einem leeren Gefäß, das jederzeit wieder neu gefüllt werden kann.«

»Die Gesundheit ist nichts weiter als eine Krankheit mit umgedrehten Symptomen.«

»Weil Wanzen unsterblich sind, müssen sie auch nicht fromm sein.«

Das Gespräch schleppt sich in dieser Art noch eine Weile hin. Schließlich klettert Pfeifer auf einen Stuhl und spielt eine traurige Melodie. Sie ist frei erfunden und endet immer auf dem gleichen Ton. Es ist, wie wenn etwas in der Tiefe versinkt. Die Läufe gleiten die Tonleiter hinab und landen jedes Mal auf dem tiefsten Ton der G-Saite. Pfeifer spielt sie leer und lässt sie ohne Vibrato nachschwingen. Die Wirkung ist aufs Äußerste deprimierend und führt dazu, dass sich einzelne der Gruppe erheben und wortlos gehen.

Schließlich sind nur noch Pfeifer und Günther übrig. Beide blicken sich an. Pfeifer packt die Violine in ihren schwarzen Kasten. Dann tritt er auf Günther zu und umarmt ihn. »Du wirst der Einzige von uns sein«, sagt er, »der es zu jenem gläsernen Leben bringen wird, das weder Tod kennt noch Frömmigkeit nötig hat. Es wird immer wieder anderes und neues Blut sein, das in deine Gedichte fließt, und so wird das Leben anderer auch dein Leben von Zeit zu Zeit erneuern.«

»Du sagst damit nichts anderes, als dass ich ein Parasit bin.«

»Aber einer, von dem die Wirtstiere leben.«

Krankheit *(Januar 1718)*

Von außen, von der Warte des Gesunden aus, lässt sich der Zustand der Mattigkeit recht gut beobachten und beschreiben. Es ist eine Art Dämmerzustand, eine allgemeine Verringerung der Vitalität. Der Matte selbst kommt jedoch gewöhnlich zu einem ganz anderen Eindruck, denn sein Zustand ist von der Art, dass er sich selber zu einem gewissen Schwebezustand aufhebt. Man ist zu matt, um die eigene Mattigkeit deutlich zu empfinden. Darum erlebt man sie auch als eine neue und für den Gesunden schwer begreifliche Form der Vitalität. Das Ich hat sich zu einem kleinen, harten Kern verdichtet, den die Mattigkeit wie süßes, weiches Fruchtfleisch umgibt. So ist er versteckt und wohl geschützt. Im Kern stecken die Gedanken und der Wille. Im Fruchtfleisch aber hat sich die Seele mit den Trieben und der Müdigkeit auf eine feine Weise vermischt.

In einem ähnlichen Zustand befindet sich Johann Christian Günther nun schon seit etlichen Tagen. Er liegt halb angezogen auf seinem Bett und spürt sein eigenes Gewicht nicht mehr, obwohl seine Haut von einer solchen Reizbarkeit ist, dass ihm jede Fliege, die sich auf ihm niederlässt, wie ein Bleigewicht vorkommt. Die Zimmerdecke über ihm hat etwas von der Durchsichtigkeit eines Himmels, in den sich das Zeitgefühl verloren hat. Als er seine Hand hebt, scheint sie wie von selbst in der Luft schweben zu bleiben.

Die Wanze auf dem Handrücken ist unnatürlich groß. »Warum beißt sie nicht?«, denkt er, »hat sie Angst, sich anzustecken?« Er weiß nicht, wie lang er allein für diesen Gedanken gebraucht hat. Es ist ihm, als ob er dabei die einzelnen Buchstaben wie die Perlen eines Rosenkranzes langsam durch seinen Kopf gleiten lässt.

Etwas anderes ist jetzt ins Bild gerückt. Auf der weißen Bettdecke sind wunderschöne rote Linien und Muster erschienen. Er dreht den Kopf zurück und lässt die Hand näher kommen. Es dauert lange, bis sie sein Gesicht erreicht hat.

Als er sie wieder davonschweben lässt, sieht er, dass die Wanze verschwunden ist, dafür aber rote Male auf dem Handrücken sind.

»Ich blute aus der Nase«, auch dieser Satz fühlt sich an wie eine Kette aus kleinen harten Perlen.

Er will rufen, aber dann vergisst er es. Die Schmerzen in der Magengegend senden lange Strahlen aus, die bis in die Füße, die Fingerspitzen und den Kopf reichen. Er hat herausgefunden, dass sie weniger stark sind, wenn er sich nicht gegen sie sträubt, wenn er sie als eine Art Licht oder Blitzstrahl empfindet, mit dem ihn etwas von innen beleuchtet, eine Art kalter Sonne, die in seinem Magen brennt.

Kleine Schweißperlen rollen von der Stirn und verursachen einen zarten Druck, als streichelten ihn sanfte Finger. Er friert manchmal so stark, dass er seine Zähne gegeneinander schlagen hört. Dann zieht sich die ganze Körperhaut in einer Gänsehaut zusammen, und er fühlt sich in einem Sack steckend, der immer kleiner wird. »Ich bin der Sackmensch«, betet sein Rosenkranz. »Gleich werde ich aufplatzen und herausrinnen wie brandiger Hafer.«

Der plötzliche, starke Kotgeruch ist ihm nicht unangenehm. Er kommt aus dem gleichen Sack, in dem er steckt. Er kann aus einem kleinen Schlitz des Sacks herausgucken und sieht ganz fern eine Hand, die etwas abtrocknet, das vielleicht seine eigene Stirn ist. Der Sack ist jetzt fast leer. Die restlichen Körner verrutschen in alle möglichen Winkel und Falten.

Dann befindet sich der Sack auf einer Planke, auf einer glatten Bahn, die jemand seitlich anhebt, bis er in immer größerem Tempo davongleitet. Aber statt irgendwo aufzuprallen, fällt er weich wie in tiefes Moos.

»Lieb mich, Flavie«, flüstert er, »lieb mich doch.«

Da erkennt er in einem kurzen Moment des Erwachens, wie ein Mädchen in seiner Nähe ein schmutziges Bettlaken zusammenknäult und in einen Korb wirft. Er selbst sieht sich nackt auf einem weißen Schneefeld, das sich bis zum Horizont dehnt. Eisige Windböen fahren darüber hin. Das Aufeinanderschlagen seiner Zähne hört sich an wie rasendes Pferdegetrappel. Dann beginnt die Schneefläche am Horizont zu brennen. Sie rollt sich schwarz und verkohlend immer näher, bis er in Finsternis eingehüllt ist.

Dass man ihn in einem frischen Bettlaken wie in einer Hängematte trägt und wieder ins Bett legt, spürt er schon nicht mehr.

Der Brand von Striegau *(März 1718)*

Eine Flamme ist ein wunderliches Ding. Sie ist bauchig und spitz und hat in sich einen dunklen Kegel, in dem es kühler ist. Die leuchtenden Teile der Flamme umhüllen ihn wie ein Mantel. Aber der dunkle Kern ist das eigentliche Wesen des Feuers, es ist die Teufelskralle oder die Spitze eines Horns. Fürchterliches kann dieses Horn bewirken. Es kann die Flamme züngeln und lecken lassen, wo immer sich Nahrung findet. Papier und Holz frisst sie am liebsten, aber auch totes und lebendiges Fleisch.

Wenn der dunkle Kern der Flamme gar ein bläuliches Unterkleid unter dem Mantel trägt, sind die Gier und die Bosheit des Teufels vielleicht sogar noch größer als sonst. Dann gnade Gott den Menschen und Bäumen und Häusern. Selbst vor dem heiligsten Bauwerk macht ein solches Flammenungeheuer nicht Halt. Es springt hinein in den Dachstuhl, es hüpft wie losgelassen herum zwischen ausgedörrten Dachlatten und blankgewetzten Kirchenbänken. Es treibt Unzucht mit sich selbst und seinen Brüdern, vermehrt sich in wollüstiger Raserei, züngelt in lästerlicher Weise die Altartreppe empor und lässt die gemalten Teile des Tryptichons zischend und qualmend zerbersten. Die Leinwand bekommt Blasen, als habe das Kind in der Krippe die Pest. Das Feuer packt schließlich die hölzernen Füße des Heilands und macht aus dem Kruzifix eine lodernde Fackel. Die Bibeln und Gesangbücher blättert der Feuersturm mit glühenden Fingern durch, ehe sie selbst in den scheußlichen Choral prasselnder und zischender Flammen einstimmen.

Wie aber kam es zu diesem schrecklichen und gottesläs-
terlichen Unglück, an dessen Ende nicht nur der brennen-
de Kirchturm von Striegau in Vater Günthers Garten
stürzte und dort die Johannisbrotbäume mit Flammenzun-
gen aufleckte, sondern ein blasphemischer Wind das Feuer
weitertrug bis zum Haus und die ganze Straße schließlich
am nächsten Morgen ein qualmender Steinhaufen war?

Es war ein menschliches Laster, das den Teufel diesen
Krieg gegen ein Gotteshaus und gegen achtbare und fromme Bürger gewinnen ließ. Um so schlimmer, dass dieses
Laster von einem ehrbaren Mönchsorden ausgeübt wurde: das Bierbrauen.

Hierbei muss am 13. März 1718 im Ofen der Malzdar-
re des Striegauer Johanniter-Ordens gleich neben der Kirche ein Missgeschick passiert sein, das das erste Flämm-
chen sich heimlich davonstehlen ließ. So kommt es, dass
Günthers Vater an diesem Tag seine gesamte Habe verliert. Selbst wenn er es gewollt hätte, wäre er fortan nicht
mehr in der Lage gewesen, seinem Sohn auch nur einen
einzigen Groschen zukommen zu lassen.

Als Günther diese Nachricht in Leipzig erreicht,
schmerzt ihn nicht so sehr der Verlust seines Erbteils,
auch nicht der vielen Manuskripte, die seine ersten poetischen Gehversuche enthalten. Ihn erschreckt vielmehr die
Vorstellung, dass auch jenes Fensterkreuz und die Dielen
seines und Flaviens Kinderzimmers verbrannt sind und
damit der Vers vom Pommerland sich so sehr bewahrhei-
tet hat, dass er kein reiner Klang mehr ist.

Anna Rosina und andere Flausen
(Sommer 1718)

Drei Wochen dauert die eigentliche Krankheit. Sie befällt die Milz, vergrößert sie unförmig, sie befällt Leber und Nieren, sie verwüstet die Darmschleimhaut, sie setzt sich in den Luftwegen fest.

Die Krisis kommt in der dritten Woche. Das Fieber steigt auf 41 Grad. Der Patient zeigt keine Reaktionen mehr außer einem leichten Zittern der Augenwimpern und der blauschwarzen, angeschwollenen Lippen. Der wässrige Durchfall hat nachgelassen, und der Atem geht pfeifend und unregelmäßig.

Wegen der großen Ausbreitung der Seuche gibt es für Günther kaum ärztlichen Beistand. Aber die Wirtsleute und ihre beiden Töchter kümmern sich um den Patienten, trotz der Ansteckungsgefahr.

In der vierten Woche lässt die tiefe Apathie nach. Günthers Bewusstsein kehrt zurück wie ein Rinnsal in ein ausgetrocknetes Flussbett.

Man flößt ihm heiße Bouillon ein. Die üblichen Komplikationen wie Lungenentzündung stellen sich zum Glück nicht ein. Vielleicht ist es die allgemeine Unterernährung des Patienten, die ihn die Krankheit überstehen lässt. Es ist bekannt, dass unter den kräftigen und wohlgenährten Opfern die Sterblichkeit an der Seuche am höchsten ist.

Die Rekonvaleszenz dauert sehr lange. Erst im März betritt Günther auf wackligen Beinen die Straße. Er selbst und auch Leipzig scheinen verändert. Mehrere seiner Freunde sind tot. Die Tischcompagnie hat sich aufgelöst.

Andere sind weggezogen, haben ihr Studium abgeschlossen oder an eine andere Universität verlegt.

In der langen Zeit der Bettlägrigkeit ist Günther mit sich und seiner Situation ins Gericht gegangen. Es ist ihm klar geworden, dass es nicht in der alten Form weitergehen kann. Er muss Maßnahmen treffen. Er muss den Fehdehandschuh der Wirklichkeit endlich aufheben. Er muss sich zum Duell mit den Fakten bequemen. Er kann sich nicht weiterhin auf seine poetischen Schuhe verlassen, mit denen er so schnell auf der Stelle zu treten gelernt hat, dass er darüber ins Schweben kommt.

Günther beschließt, wie ein General nach der verlorenen Schlacht vorzugehen. Er sammelt also zunächst den Rest seiner geschlagenen Streitmacht um sich, um einen Überblick über die Verluste zu erhalten. Das Ergebnis ist ziemlich niederschmetternd. Er schreibt an Thiem, der ihn immer gestützt hatte. Er erfährt, dass sein Gönner am 26. Februar einem Herzschlag erlegen ist.

Ehe er es über sich bringt, seinem Vater zu schreiben, erhält er die Hiobsbotschaft vom Brand in Striegau. Sie stellt klar, dass er aus dieser Richtung mit keinerlei Hilfe mehr rechnen kann.

Es gibt noch einen dritten Hoffnungsschimmer: sein Freund Petersen. Diesmal würde er ihn um Geld bitten können, denn es würde ihm nicht mehr durch Tasche und Kehle rinnen. Aber auch dieser Hoffnungsschimmer erweist sich als Trug, ja als tiefste Finsternis. Auf sein Schreiben nach Rendsburg hin wird ihm mitgeteilt, dass Petersen im Jahr zuvor am Wundbrand verstorben ist. Näheres über seine Verletzung wird nicht mitgeteilt, aber Günther ahnt die Zusammenhänge, und zu allen Zweifeln und Ängsten gesellen sich jetzt noch schwere Schuldgefühle.

So viel ist deutlich: Er hat keinerlei menschlichen Beistand mehr. Es gibt keine Hilfstruppen, keine Etappe. Er ist jetzt allein an der Front.

Im weiteren Verlauf des Frühjahrs und des Sommers geht Günther mit erstaunlicher Umsicht vor. Es scheint, dass er diesmal wirklich Ernst machen will mit dem Versuch, sich zu etablieren. Er setzt alles ein, was er hat: seinen Ruf, sein Talent, seinen Charme.

Mit diesen wenigen Mitteln unternimmt er Folgendes: Er bringt sich als Dichter in Erinnerung, indem er eine Reihe Trauergedichte auf alle seine bei der Seuche verstorbenen Freunde schreibt. Er setzt seinen Ruf als begabter Versemacher ein, indem er zu dem ebenfalls dichtenden Professor Mencke geht und um dessen Sympathien wirbt. Er rennt dabei offene Türen ein, denn der Historiker, Jurist und Rektor der Universität, der geschickte Lavierer zwischen fortschrittlichem und orthodoxem Geist, der Herausgeber der Acta eruditorum, der Verfasser frivoler Studentenlieder, der Weltmann und alte Fuchs Johann Mencke hat schon lange ein Auge auf den jungen poetischen Aufrührer geworfen.

Um seinem Antichambrieren das rechte Gewicht zu geben, lässt Günther sich noch schnell in die Matrikel der Universität einschreiben.

Mencke nimmt es augenzwinkernd zur Kenntnis und empfiehlt seinem neuen Schützling, sich erst einmal literarisch noch deutlicher ins Bild zu setzen. Schöne, deftig-traurige Studentenlieder seien nun einmal zu wenig, um in der Bildungswelt den gewünschten Erfolg zu haben. Wie es denn wäre mit einer großen Ode auf den frisch gebackenen Helden der Nation, auf den Türkenbezwinger, den edlen Ritter und Prinzen von Savoyen, Eugen?

Günther macht sich sogleich an die Arbeit. Auch dies ist eine entscheidende Schlacht, eine Belagerung, von der für ihn alles abhängt. Er schickt 500 Verse mit gewaltigem Trosslärm und Fußgetrappel in den Kampf. »Eugen ist fort. Ihr Musen, nach!« Diese wie eine Fanfare schmetternde Anfangszeile der großen Ode macht klar, wie kämpferisch es dem Autor zu Mute ist.

Zugleich lässt er auf einem Nebenschauplatz einen zweiten Krieg ausbrechen: den gegen seine Feinde, die Spießer, die Federfuchser, die Pfaffen und Philister, allen voran natürlich Theodor Krause. Die gegen diesen gerichtete Satire »Crispin« erscheint. Die Druckkosten hat Mencke schmunzelnd vorgeschossen. Es ist eine papierne Ohrfeige von solcher Lautstärke, dass sie in ganz Sachsen und Schlesien gehört wird.

Auch die Eugen-Ode ist ein Erfolg. Allerdings wird ihm vorerst nur Ruhm zuteil. Oder besser gesagt, seinem Werk wird Ruhm zuteil. Es scheint am Hofe in Wien und im ganzen Reich so gut zu gefallen, dass man den Autor darüber vergisst. Und sind diese Verse nicht auch von einer Schönheit und Gewalt wie ein Naturschauspiel, das keinen Autor nötig hat?

Das Gedicht wird in Breslau nachgedruckt. Es wird überdies von anderen und minderen Dichtern ausgeschlachtet und als Steinbruch für weitere Heldengesänge benutzt.

Günther ist also kaum einen Schritt weitergekommen. Er ist als Dichter fast so etwas wie eine Legende, der man jegliche Realität absprechen möchte. Von irgendwoher sprudeln da Verse wie reines Quellwasser. Man ist froh, wenn man seinen Durst mit ihnen stillen kann. Es wäre jedoch eine unbequeme und hinderliche Sache, sich hinter ihnen einen lebenden und zudem armen Menschen als ihren Urheber vorzustellen.

Im Verlauf des Sommers und in den Herbst hinein bekommt Günther diesen Gang der Dinge schmerzhaft zu spüren. Er muss sein Zimmer wechseln, da er die Miete nicht mehr bezahlen kann. Mencke beschafft ihm ein billiges Quartier im trostlosen Paulinum. Im dortigen Konvikt mit seinen geräumigen Zimmern kann man auch an nummerierten Tischen ein fast kostenloses Essen bekommen. Die Regeln sind streng. Man darf nicht unentschuldigt vom Tische wegbleiben, muss solches jeweils vorher dem Tischinspektor melden. Zu Beginn der Mitgliedschaft muss man seinen Lebenslauf öffentlich kundgeben. Das Essen ist so wenig schmackhaft, dass man seine Einnahme als disziplinarische Strafmaßnahme empfinden muss.

Günther ist immer noch nicht bereit, seine guten Vorsätze aufzugeben. Er lässt die neuen Lebensbedingungen klaglos über sich ergehen. Als es mit der finanziellen Seite der dichterischen Lorbeeren nicht recht vorangehen will, setzt er ein letztes Mittel ein. Er weiß nur zu gut, dass er eine anziehende Person ist. Warum soll er sich nicht in besser gestellten Kreisen in der Rolle eines hoffnungsvollen Brautwerbers umtun?

Dennoch ist es nicht einfach geplant, vielmehr eine günstige und wohlwollende Kusshand des Schicksals, als er sich im Spätsommer in Anna Rosina Lange, ein Fräulein aus besseren Kreisen, verliebt.

Es geschieht, als er Anna Rosina in der Ratsbibliothek erblickt, wie sie sich fragend über den dort befindlichen Glaskasten mit der berühmten ägyptischen Mumie beugt. Rosina ist mit einer Gouvernante dort, der es offensichtlich an entsprechenden Kenntnissen mangelt. Günther springt ein, erklärt einiges in wohlgeformten Sätzen zur ägyptischen Geschichte und zur Kunst der Präparierung menschlicher Kadaver. Das für ein jungfräuliches Gemüt recht unschickliche Thema vermag er so fröhlich zu gestalten, dass er zunächst einen dankbaren und tiefen Blick aus Rosinas Augen empfängt und später eine Einladung zu einer Festtafel bei ihrem Onkel, dem Professor Lange. Die Fürsprache von dessen Kollegen Mencke mag hier nachgeholfen haben.

Günther benimmt sich in diesen besseren Kreisen jedoch recht unbeholfen. Vielleicht ist er schon zu lange die rauen Umgangssitten der Studentencliquen gewöhnt. Wahrscheinlicher ist jedoch, dass seine Verlegenheit dem Gefühl entstammt, dass die gesellschaftlichen Barrieren, die ihn von seiner neuerdings Angebeteten trennen, so ziemlich unüberwindlich sind. Wie bei Flavie, wie bei Leonore, löst seine Liebe auch diesmal eine Fülle schöner Verse aus, die wiederum eine gewisse kokette Anteilnahme auf Seiten der jungen Dame bewirken. Auffallend ist jedoch, wie viele verschiedene Namen er dem Gegenstand seiner Sehnsucht zu geben bereit ist. Er nennt sie Anna, Rosina, Rosette, Amarinde, Doris, Rhodante, Rosilis – als würde ihm dieser Gegenstand seiner Liebe in lauter Bruchstücke zerfallen.

Wieder spürt Günther schmerzhaft sein Außenseitertum. Er ist für Rosinas Kreise kein gesundes Korn, er ist brandig, schwarz, verwildert. Er sagt es Anna in einem Gedicht: »Dein Auge, dessen Strahl so scharf als Sonnen blickt, kann leicht den fahlen Saft wie mich in Brand verkehren.«

In vielen warmen Spätsommernächten trägt er seinen Liebeskummer und seine Enttäuschung in das nahe der

Stadt gelegene Rosenthal. Es gibt dort eine schöne Wiese. Er sitzt hier oft am Waldrand, wenn die Herbstnebel aus den Grasspitzen der Wiese wachsen, die Tabaksdose neben sich, und denkt an vergangene Zeiten.

Er bemüht sich, seine todtraurige Stimmung in Tränen überquellen zu lassen. Zwischendurch kritzelt er Verse in ein Heft. Eigentlich aber lächelt etwas innerlich in ihm. »Flavie«, flüstert er und nickt der Nebelwiese zu, »es ist doch alles nur ein recht erbärmliches Theaterstückchen.«

Diesmal endet die Spielzeit abrupt. Als Günther eines Tages mit neuen Versen in der Wohnung seiner Angebeteten erscheint, ist das Stück einfach abgesetzt. Die Bühne ist leer, Rosina mit ihrer Gouvernante fortgezogen. Man hat es nicht einmal für nötig gehalten, den vermeintlichen männlichen Hauptdarsteller zu informieren. Er ist in diesem Stück eben doch nur eine nützliche Charge gewesen.

Eine zweite Leonore *(Frühjahr/Sommer 1719)*

Nach der Auflösung ihres Freundschaftszirkels schließt Günther sich enger denn je an Pfeifer an. Beide sind sie bunte Vögel, beide als melancholische Possenreißer bekannt, aber anders als Günther wird Pfeifer bereits von den Bürgern als einer der ihren angesehen. Was man Günther als Eigenschaft zurechnet, die frivole, dem Laster zuneigende Lebensart, gilt bei Pfeifer als vorübergehende Studentenlaune. Er ist als erstklassiger Musiker bereits hoch angesehen. Man spielt seine Kompositionen in den Kaffees oder bei häuslichen Soireen.

Beide Freunde sind sich äußerlich ähnlich, aber Pfeifer wird, wiewohl zwei Jahre jünger als Günther, allgemein als der Ältere angesehen. Beide verbindet der Dreiklang Trinken, Rauchen, Lieben. Aber bei Pfeifer klingt er harmonischer. Er wird von ihm mehr arpeggio, mehr nach Harfenart gespielt.

Pfeifer verdient sich nebenbei einiges Geld mit Musikunterricht. Es ist erstaunlich, wie häufig junge Damen ohne Anstandsbegleitung seine Wohnung betreten dürfen. Man sieht in dem Musikus wohl keine Gefahr für ihre Tugend, und das ist sicherlich auch eine richtige Einschätzung, denn an seinem Umgang mit diesen Gänschen, die oft schon für irgendeine Heirat ausgenommen und gefüllt wurden, ist nichts Grobes. So nimmt zumindest deren Tugend keinen Schaden, wenn er sie verführt. Ja, sie mochten durch eine solche Erfahrung noch tugendreicher werden und so der Tugendarmut und den seelischen Aderlässen, die sie in ihrem ehelichen Leben erwarteten, gestärkt entgegengehen.

Eines dieser Mädchen ist eine gewisse Leonore, Waise, bei ihrer Stiefmutter lebend, sehr hübsch und naseweis, und bereits nachdrücklich einem fetten, mopsgesichtigen Kaufmann anverlobt.

Günther verliebt sich heftig in sie. Vielleicht liegt es am Klang ihres Namens, vielleicht ist es auch nur eine Folge der vagabundierenden Sinnlichkeit, die seit dem Sommer mit Anna Rosina Lange ohne ein rechtes Ziel geblieben war.

Die Vermutung, dass Günther unglückliche Lieben brauchte, um leidvoll-schöne Verse verfassen zu können, ist nicht von der Hand zu weisen.

Er hat jetzt ein neues Revier entdeckt, in dem sich der

Abbau der seelischen Bodenschätze von Lust und Schmerz zu lohnen scheint. Leonore erweist sich in dieser Hinsicht als besonders ergiebig, da sie nicht nur sehr jung und unerfahren, sondern zugleich auch kokett und mit einiger Neigung zu seelischer Grausamkeit ausgestattet ist. Dies ergibt allemal eine fesselnde Mischung für einen selbstquälerisch gestimmten Liebhaber.

Der dirnenhafte Kern in Leonores Unschuld und die ehefräuliche Kälte, die sich zuweilen in die Glut ihres Herzens mischt, bringen den Pegasus Günthers in diesem Frühjahr auf Trab. Er ist im Übrigen seinem Freund Pfeifer auch darin ähnlich, dass er es versteht, den handfestesten Zärtlichkeiten etwas vom Glanz und der Würde höchster Sittlichkeit zu verleihen.

Leonore, die wegen ihrer Freundschaft mit einigen recht verrufenen Mädchen bereits selbst ins Gerede gekommen war, blüht unter Günthers Zärtlichkeiten zu neuem Adel und neuer Sittsamkeit auf, sehr zur Freude ihrer Stiefmutter und des Verlobten. Lorchen scheint auf einmal in höheren Sphären zu schweben. Sie hält die Laute, in der Pfeifer und Günther sie abwechselnd unterrichten, so keusch und grazil im Schoß, ihre Finger liegen so zärtlich auf den Saiten und am Lautenhals, als sei es der zerbrechliche Stiel einer Rose, dass alle Zuhörer in Andacht und Begeisterung versetzt werden, auch wenn die Akkorde und Läufe nicht immer sehr rein erklingen.

Nur ein wirklicher Kenner hätte die wahre Ursache dieser neuen Kunst Leonores, Musik nicht als schönen Klang, sondern als edle Pose darzubieten, deuten können. Sie hatte ihre Jungfräulichkeit verloren und zugleich um ein Vielfaches zurückgewonnen. An die Stelle ihres Hymens war ihre ganze Haut getreten. Ihre Bewegungen waren jetzt die einer Göttin, die die gewöhnlichen Sterblichen nicht mehr um ihre Sündhaftigkeit beneiden musste, weil sie selber auf die Erde niedergestiegen war, um dort im Auftrag einer höheren Idee – vielleicht war es die der puren Weiblichkeit – den Menschen in ihrem Fleische nahe zu sein.

Günthers Einflussnahme auf Leonore war anfangs sehr erleichtert worden durch die schwere Krankheit, die sie kurz nach ihrer ersten Bekanntschaft befiel. Es ist die gleiche Krankheit, die Günther im Winter zuvor durchgemacht hatte. Da man annehmen konnte, dass er durch sie immun geworden war, wird er von der Stiefmutter und dem Verlobten, die beide furchtbare Angst vor Ansteckung haben, als Krankenpfleger akzeptiert. Günther widmet sich dieser Aufgabe von der ersten Minute an mit Inbrunst.

Obwohl Leonore bald schrecklich entstellt ist, einen geschwollenen Bauch hat, von Pusteln und Schwären geplagt wird, überdies erbärmlich stinkt und außer Erbrechen und Durchfall nichts Persönliches mehr von sich gibt, behandelt Günther sie mit der gleichen Zärtlichkeit wie von der ersten Stunde ihrer Beziehung an. Er, der selbst diese Hölle durchgemacht hat, trocknet ihr den Schweiß ab, beruhigt ihren stöhnenden und verrenkten Leib, indem er ganz behutsam seine Hand über ihren Bauch und ihre Brust bewegt. Er scheint ihre Hässlichkeit nicht zu bemerken, er ignoriert auch die Tatsache, dass ihr Geist sich inzwischen in irgendwelche von der Krankheit zugeschütteten Höhlen verkrochen hat. Mit anderen Worten: Er geht Stunde um Stunde und Tag und Nacht wie ein freundlicher und aufmerksamer Liebhaber mit ihr um. Und wahrscheinlich ist es mehr als alle krankenpflegerische und ärztliche Hilfe vor allem diese Tatsache, die schließlich den Sensenmann wieder von Leonores Krankenlager vertreibt, nachdem er gekommen war, um eine für ihn eigentlich schon sichere Beute abzuholen.

In den Wochen, als das Leben allmählich in das Mädchen zurückkehrt, als die Schwellung des Unterleibs verschwindet und die Flecken und Pusteln der Haut abzuheilen beginnen, pflegt er sie noch immer. In dieser Zeit schläft er auch zum ersten Mal mit ihr.

Eigentlich handelt es sich dabei nur um eine geringfügige Steigerung seines ärztlichen Beistandes.

Auch Leonore empfindet es so. Die Süße, die von dieser Art der Behandlung ausgeht, kandiert ihre Schmerzen so behutsam, dass sie darüber vergehen und beinahe schmackhaft werden. Vielleicht verzögert sie von nun an den Genesungsprozess unbewusst.

Als sie sich endgültig von ihrem Lager erheben muss, ist sie nämlich schlagartig auf eine fast wunderbare Weise wieder hergestellt und völlig ohne die Blässe und Schwäche, die ihre Umwelt eigentlich von ihr erwartet.

Leonores Selbstbewusstsein scheint durch ihre Krankheit erheblich gewachsen. Der arme Günther ist jetzt eigentlich überflüssig, wiewohl sie sich weiter heimlich mit ihm trifft. In der Öffentlichkeit begegnet sie ihm jedoch kühl und schnippisch. Günther tut es in der Seele weh, wenn er sie am Arm ihres fetten Verlobten auf der Lindenpromenade trifft und sie mit einem graziösen Kopfnicken, dem ein winziges Quantum verneinendes Schütteln beigemischt scheint, zu verstehen gibt, welch flüchtigen Wert sie einer solchen Begegnung beizumessen gewillt ist.

Bei Pfeifer lässt Leonore sich nun seltener sehen. Sie gibt vor, dass es ihr in dessen Bude zu verraucht sei, was ihrem Teint schade. Wenn es ihr nach ihrem Freund und dessen ärztlichem Beistand gelüstet, trifft sie sich nun lieber mit ihm auf dem Friedhof, wobei der Vorwand, das von hohen und dichten Buchsbaumhecken umgebene Grab ihrer Eltern zu pflegen, sich als erfreulich glaubwürdig erweist. Er passt nämlich genau zu dem veränderten Bild einer durch die Krankheit veredelten jungen Frau, das ihre Umgebung nun von ihr haben will.

Sie ringelt sich dann an diesem heiligen Platz in Günthers Schoß zusammen, zieht das Brusttuch beiseite und überlässt ihre Brüste den Händen ihres Freundes. Jene Rosenknospen, wie man poetisch zu sagen pflegt, die augenblicks aufblühen, erinnern ihn fast an eigenständige Wesen, die zufällig auf diesen fremden Leib gekrochen sind, ohne indes dort lange verweilen zu wollen.

Der Gedanke, dass die Gebeine von Lorchens Eltern hier so viel näher sind als ein mögliches Lebensglück mit ihr, lassen Günther manchmal zu einem traurigen Lächeln Zuflucht nehmen, während er den düsteren Prognosen des Mädchens über die Zukunft beider Leben Anteil nehmend zuzuhören scheint.

Nur noch selten lässt sie es zu, dass Günther seine Zärtlichkeiten weiter auszudehnen vermag. Ihn, der sich anfangs als der Souverän dieser Beziehung empfunden hat, macht diese dosierte Liebe allmählich krank.

Als er schließlich von ihrer Heirat erfährt, weint er lange und anhaltend. Dann aber empfindet er diese Nachricht als Balsam auf seine Wunden. Seine ganze papierne Liebe zur zweiten Leonore ist noch einmal heftig aufgeflackert. Danach ist kaum mehr übrig als ein wenig Asche der Erinnerung, ein paar schöne Gedichte und der tröstende Gedanke, dass diese Ehe für sie eine gerechte Strafe sei.

Doch ist er da schon fern von Leipzig auf einer wahrhaft ungeheuerlichen Expedition, auf die ihn sein Gönner Mencke im August dieses Jahres geschickt hat.

Der Reisekoffer *(August 1719)*

Es ist etwas wahrhaft Neues in Günthers Leben geschehen; er ist Protegé geworden. Unterstützt worden ist er schon immer, Gönner hat er schon immer gehabt. Freie Mittagstische, kleinere Geldzuwendungen, zuletzt sogar eine größere, als nämlich Breslauer Bewunderer seines Eugen-Gedichtes eine Geldsammlung veranstaltet haben und ihm eine für seine Begriffe hohe Summe zukommen lassen.

Aber dies jetzt ist doch ein ganzer Schritt darüber hinaus: Als er Leipzig durch das Grimma'sche-Tor in Richtung Dresden verlässt, sitzt er in der Postkutsche. Er hat einen vornehmen, wiewohl nicht aufdringlichen Anzug an. Er ist stocknüchtern. Er fühlt den prallen Lederbeutel seiner Reisekasse auf seine Weste drücken. Er streckt den Kopf zum Fenster hinaus, sieht die neuen steinernen Wegweiser und Postsäulen, die der Landesherr in letzter Zeit hat aufrichten lassen.

Die Straße führt leicht bergan. Sie fahren durch einen herrlichen Sommertag. Der Himmel ist von klarem Blau, nur wenige Haufenwolken mit deutlichen Umrissen schwimmen darin, ein Zeichen anhaltend schönen Wetters. Es ist nicht zu heiß. Ein leichter Ostwind weht. Wenn man den Linien der Landschaft trauen kann, geht es wirklich fortwährend aufwärts.

Günther lehnt sich in die weichen Sitze zurück und betrachtet sein Gegenüber: Einen beleibten Geschäftsmann, der einen großen Lederkoffer krampfhaft festhält, wahrscheinlich weil er seinen wertvollen Inhalt schützen will.

So war es noch nie. Dies ist eine neue Art von Trunkenheit. Das irdische Glück ist plötzlich greifbar. Man riecht es im Polster und durch das offene Fenster im Sommerwind. War das ganze bisherige Leben ein Albtraum? Oder ist es eher diese neue Situation, in der alles fein gemalt und zerbrechlich wirkt wie die Dekors auf dem berühmten neuen Meißner Porzellan, dessen Erfinder, ein dubioser Mensch namens Böttger, soeben in Dresden im Gefängnis verstorben ist, weil er wohl seine Kunst auch anderwärts für Geld feilgeboten hatte?

Günther ist jetzt nicht mehr nur ein armer Dichter. Er ist Menckes Protégé. Johann Bessers Pritschenmeister soll er werden!

Mencke hat es eingefädelt.

Was ist eine Pritsche? Ein Holzknüppel, der jedoch in lauter feine, dünne Blätter gespalten ist und daher beim Zuschlagen mehr Krach macht, als dem Opfer wehtut.

Was ist ein Pritschenmeister? Der Narr, der diesen lauten Prügel am besten zu bedienen weiß. Was sind Verse anderes als Pritschen? Was kann er selbst also Besseres sein als Bessers Pritschenmeister?

Aus einem anderen Blickwinkel betrachtet ist jedoch eine hundsföttische, verflixte Traurigkeit über allem. Eine Glasur wie Todesschweiß. Wer ist Besser? Keiner wird es besser wissen als Besser. Ist es nicht ein Bärenhäuter und Philister wie Krause? Immerhin, Besser war in London gewesen, er war Hofpoet und Zeremonienmeister des großen Kurfürsten, ehe dessen Sohn ihn bei der Großreinigung von Amtschargen in seiner Residenz aller Ämter enthob. Besser und Menckes Vater waren befreundet. Er soll ein gewaltiger Fechter gewesen sein. Das war damals, als Besser in Leipzig studierte.

Es ist wie eh und je ein riesiges Spinnennetz. Die Gelehrsamkeit, selbst ihr renitentes Töchterchen, die Poesie, alles ist kreuz und quer umsponnen von feinsten, unsichtbaren Fäden. Wenn man vorankommen will, dann muss man als dumme Fliege in dieses Netz gehen und so lange vor sich hin brummen, bis die Spinne endlich kommt, um einem das restliche Blut auszusaugen.

»Was haben Sie da eigentlich in Ihrem Koffer?«, fragt Günther freundlich, worauf sein Gegenüber den Koffer noch krampfhafter festhält. Als die Kutsche an einer Wegkreuzung hält, hört Günther plötzlich ein seltsames Geräusch. Ein ferner Hagel von winzigen Kristallen, ein Schneefall aus Silberstückchen. Es kommt nicht von draußen. Seine Quelle muss hier in der Kutsche sein. Er mustert wieder sein Gegenüber, das mit betonter Gleichgültigkeit aus dem Fenster sieht. Kein Zweifel, das Geräusch kommt aus dem Koffer.

»Bitte«, sagt Günther, und er setzt sein charmantestes Lächeln auf. »Glauben Sie mir, ich bin ein friedlicher Mensch. Ich fahre wie Sie nach Dresden, um bei den Vorbereitungen der großen Hochzeit meine geringfügige Rolle zu spielen. Bitte sagen Sie mir, was in dem Koffer ist.«

Schweißtropfen stehen auf des Mannes Stirn. Er blickt immer noch hinaus, dorthin, wo die liebliche Porzellanmalerei der Landschaft vorbeizieht. Aber seine Hände öffnen den Koffer, klappen den Deckel ganz langsam zurück.

Da liegen sie. Glänzende, kugelig schillernde Zeitaugen, goldene und silberne Taschenuhren.

Als der verschreckte Kaufmann Günther einen vorsichtigen Blick schenkt, sieht er zu seiner Verblüffung, dass dessen keckes Gesicht zu einer traurigen Maske erstarrt ist, aus deren Augenlöchern Tränen rinnen. Der Mann schließt den Koffer und starrt wieder hinaus, als er plötzlich die Hände seines Mitreisenden spürt. Sie haben ihn mit großer Kraft an den Schultern gepackt. Aber ehe er um Hilfe rufen kann, sagt die andere Stimme: »Bitte, verkaufen Sie mir eine dieser herrlichen Uhren. Ich habe nur einen einzigen wirklichen Freund gehabt in meinem Leben, und der hat ein solches Wunderwerk besessen.«

Der Koffer geht wieder auf. Jetzt ist die Situation verändert. Sie werden nach geraumer Zeit, in der Günther sämtliche Uhren mustert, prüft und ans Ohr hält, um das Ticken und den Repetierschlag zu hören, schließlich handelseinig. Und so kommt es, dass Günther in Dresden ohne einen Groschen Barschaft ankommt.

Die Audienz *(August 1719)*

Das Parkett spiegelt wie eine Eisfläche. Daher sieht man die Personen doppelt. Sie laufen paarweise wie die Figuren auf einer Spielkarte, wobei sich ihre Fußsohlen Schritt für Schritt berühren. Dies gilt jedenfalls für die beiden vorderen Personen.

An erster Stelle schreitet oder stolziert eine hagere, in prunkvolle Gewänder gekleidete Gestalt mit dünnen Haaren, gelblicher Haut und einer deutlichen Narbe auf der rechten Backe. Es ist der Zeremonienmeister und Hofpoet Johann Besser, von Besser, knochentrocken, gleichsam von innen gepudert, mit würdevoll knarrenden Gelenken und wenn nicht zu geistiger, so doch zu räumlicher Höhe erhobenem Haupt.

Kurz dahinter stolpert ein zweiter, kleinerer Mensch. Er geht mit verwirrten Bewegungen, manchmal in kurzen Trippelschritten, dann wie beim Schlittschuhlaufen mit schräg ausfahrenden Beinen. Es ist Johann Christian Günther, der Anwärter und Kandidatus auf eine Hofpoeten- und Assistentenstelle bei seinem Vordermann.

Dicht hinter ihm bewegt sich die seltsamste Erscheinung dieses Geleitzuges, der diesen schier unendlich langen Flur durchmisst in Richtung einer von zwei Livrierten bewachten herrschaftlichen Doppeltür. Es ist ein Zwerg, ein Liliputaner. Er ist in einen schwarz-weiß und rautenförmig gemusterten Sack gekleidet und hat ein Barett auf mit einer hohen Gänsefeder. Aber nicht die abnorme Kleinheit und Ausstaffierung dieses Wesens sind das eigentlich Seltsame. Es ist vielmehr seine Art der Fortbewegung. Der Zwerg läuft nämlich keineswegs auf seinen kurzen, stämmigen Beinen, sondern er vollführt eine ununterbrochene Abfolge von Rückwärtssaltos, wobei manchmal seine Füße, manchmal die geschweifte Feder das Parkett flüchtig berühren. So ergibt sich der Eindruck eines kleinen, zweispeichigen Rades, das hinter den beiden Vordermännern herrollt wie ein absurdes Kinderspielzeug.

Die Flügel der Tür öffnen sich jetzt geräuschlos und majestätisch, um das Trio einzulassen. Dann schließen sie sich wieder in der nämlichen Weise.

Es ist, als ob Maikäferflügel einmal auf- und zugeklappt sind. Ein Anzeichen, wie Günther vom Vater weiß, dass das Tier gleich mit dem Abflug beginnen wird.

Jetzt ist er im Raum. Alles vibriert vom Brummen der Gespräche. Vielleicht fliegen wir schon, denkt Günther. Er spürt den Schweiß auf der Stirn und dass die Schminke, mit der er seine Hautnarben auf Bessers Geheiß abgedeckt hat, sich aufzulösen beginnt.

Zwei Personengruppen befinden sich vis-à-vis. Auf der zur Tür gewandten Seite die vier Anwärter mit ihren vier Gönnern und vier Gnomen, die sich im beständigen Faxenmachen zu überbieten suchen. Auf der anderen Seite sitzt die Jury, die Höflinge und Hofdamen, Minister, Offiziere, auch Leute aus der Bürgerschaft. Sie sitzen auf kunstvoll geschnitzten Stühlen und Bänken rechts und links von einem einfachen Hocker, auf dem eine massige Gestalt thront. Während alle anderen in prächtigen Farben à la mode gekleidet sind, hat diese Gestalt das schlichte braune Arbeitsgewand eines Elfenbeinschnitzers an. Günther bemerkt in dem aufgeschwemmten Gesicht unter dichten, schwarzen, bogenförmigen Augenbrauen einen unsteten Blick. Dieser Blick betätschelt alles, ohne bei einem Gesicht oder einer Sache zu verweilen.

Die Vorstellung der Kandidaten beginnt. Günther aber hört nichts als ein immer stärker werdendes Summen und Brummen. Sein Blick haftet wie gebannt an diesem riesenhaften Maikäfer, dessen Augen ihm jetzt wie lange Fühler vorkommen. Er spürt sie manchmal auch im eigenen Gesicht, wie sie kitzeln und prüfend tasten.

»Vater«, denkt er, »lüsterner, unsicherer, gewalttätiger, Hufeisen verbiegender, neugieriger Vater, du wirst es nicht schätzen, was ich zu bieten habe. Schöne Verse machen dir nicht die gleiche Freude wie schöne Pferde, schöne Kriege, schöne Frauen, schöne Bilder und schöne Gebäude, weil du sie nicht mit Händen greifen kannst. Du bist ein Dichter des Handelns und Anfassens. Ich bin einer des Klangs und der Gedanken. Wir werden niemals zueinander finden, Vater. Deine Schlachtfelder und meine Schlachtfelder können sich nicht berühren. Darum können wir uns nicht lieben. Ich kann dich nur verehren und du mich nur verachten. Man schreibt dir über dreihundert Kinder zu, ich habe kein einziges, sagt das nicht genug? Und doch lieben wir beide die Mädchen, die Frauen. Aber wie anders, fürchte ich, geht es jeweils dabei zu. Wenn ich mit einem Mädchen schlafe, möchte ich es von innen tun, verstehst du? Dass ich draußen bin, aus anatomischen Gründen, macht die Sache so traurig. Warum müssen wir Männer die Frauen immer wie ein Fass durch das Spundloch mit unserem Liebessaft füllen! Es wäre doch so viel schöner und richtiger, wenn wir im Fass wären und durch selbiges Loch ins Freie fließen könnten. Du wirst das nicht begreifen. Deshalb wirst du auch meine Verse nicht begreifen, die von innen kommen, aus dem Ohr, und nicht von draußen.«

Günther merkt nicht, dass er längst an der Reihe ist. Besser kneift ihn in den Arm, der Zwerg schlägt ihm mit der Pritsche auf den Kopf. Die Höflinge lachen. Der König besieht sich die Fingernägel. Günther klappt den Mund auf und zu, und kleine Insekten schlüpfen heraus, sie fallen nieder aufs Parkett und zappeln mit den Gliedern. Einige kriechen auch wie Raupen auf winzigen Kriechfüßchen herum. Günther stottert. Er stottert noch, als er mit seinem Vortrag, der aus vier Stegreifgedichten verschiedener Gattungen bestehen sollte, geendet hat. Der Schweiß mit der Schminke tropft ihm in den Kragen. Besser und der Narr führen ihn schließlich ab wie einen Verbrecher. Das allgemeine Gelächter wird durch das Zuklappen der Maikäfertür beendet.

Besuch beim Vater II *(September 1719)*

Nach Günthers Versagen kursieren Gerüchte in Dresden, die sich schnell auch bis Schlesien verbreiten.

Einige behaupten, gegen Besser intrigierende Hofkreise hätten seinem Kandidaten eine betäubende Droge in den Wein getan, den es auf dem Empfang vor der Prüfung gegeben habe. Andere meinen, Günther habe sich aus eigenem Willen vorher gründlich betrunken.

Da Besser nichts mehr von ihm wissen will, treibt Günther sich auf eigene Faust noch einige Tage in der Stadt herum.

Je näher der Höhepunkt der Feierlichkeiten, die Hochzeit des Prinzen rückt, desto farbenprächtiger und gewaltiger wird das Spektakel. Es ist wie bei einem großen Maskenball. Alles maskiert sich, Menschen, Häuser, Brücken, der Fluss. Nach des Königs Willen verwandelt dieser Teil der Welt sich in ein riesiges Schauspiel und Narrenhaus. Aus Feuerwerken, Wasserspielen, Umzügen, Musik und Theater wird eine gewaltige Oper komponiert. Niemand, der nicht zum Statisten in diesem Kunstwerk wird. Armut, Hunger, Elend sind genauso Requisiten wie Reichtum, Prunk und Liebe.

August der Starke ist Regisseur und Bühnenbildner in einem. Er ist auch Inhaber der männlichen Hauptrolle, und der Verdacht liegt auf der Hand, dass diese Form von Schaustellerei einer ganzen Stadt eine Art Schöpfungsgeschichte sein soll, mit der ein einzelner Mann seine tiefsitzenden Ängste nach außen wendet und so bezwingt.

Mehr und mehr fühlt Günther sich in Augusts Menschen- und Häuseroper fehl am Platze. Sein eigener innerer Absolutismus sträubt sich gegen diese Form des Welttheaters. Er hat für sich auch eine Hauptrolle gewählt, aber seine Vorstellung von Schauspielerei ist der des Königs entgegengesetzt. Er arbeitet ausschließlich mit den Mitteln der Kargheit, der treffsicheren Monologe, der heimlichen Küsse, der abgelaufenen Schuhe und der zärtlichen Einsamkeit.

Also geht er. Er verlässt Dresden anders, als er gekommen ist. Er versetzt seine von Mencke bezahlten Kleider und wandert in der einfachsten Kluft zur Stadt hinaus. Natürlich geht er nicht in Richtung Leipzig. Er weiß, dass Mencke und seine dortigen Gönner bitter von ihm enttäuscht sind.

Es gibt nur einen einzigen sinnvollen Kurs: zurück in Kindheit und Jugend. Also geht Günther der Schwache zunächst nach Striegau, um seinen Vater zu besuchen. Vielleicht verläuft die Audienz hier günstiger?

Das Haus seiner Kindheit ist bis auf die Mauern abgebrannt. Diesmal ist da keine Tür mehr, die verschlossen bleiben kann. Er klettert zwischen den verkohlten Balken des eingestürzten Dachstuhls herum.

Im Kinderzimmer, wo einst Flaviens und seine Wiege standen, ist das Fensterkreuz doch noch erhalten. Der Schatten, den es auf den angesengten Holzboden wirft, ist so, wie er ihn im Gedächtnis hat. Als er aus dem Fenster blickt, sieht er im ausgebrannten Garten die verkohlten Stümpfe von Vaters Bäumen stehen. Immer noch wohlgeordnet im Spalier wie disziplinierte Kriegsinvaliden.

Die Familie ist in eines der vielen leer stehenden Häuser umgezogen. Auch hier ist die Haustür nicht verschlossen. Günther dringt in ein großes Zimmer ein, in dem ein mit Tüchern verhängtes Bett steht. Er sieht gerade noch, wie eine hagere Gestalt in schwarzen Kleidern durch eine zweite Tür verschwindet, und er hört, wie sich ein Schlüssel dreht.

Neben dem Bett sitzt ein Mädchen in einem Schaukelstuhl. Es springt auf, als es den Bruder erkennt, und drückt sich an die Wand zwischen zwei Fenster. Günther tritt ans Bett und schiebt die Leinenvorhänge beiseite. Seine Mutter liegt da. Ihren trockenen Husten hat er schon draußen gehört. Sie hat fahle ledrige Haut und sieht alt und abgezehrt aus. Den Sohn erinnert sie an die Mumie aus der Leipziger Ratsbibliothek. Er setzt sich auf die Bettkante, schiebt seinen Arm unter ihren Kopf und sagt: »Mutter.«

Sie dreht ihm ihr Gesicht mit den schwarzen unruhigen Augen zu und bekommt einen Hustenanfall, der sie durchschüttelt und ihr den Schweiß auf die Stirn treibt. »Mutter«, sagt er noch einmal, und dann packt er den Leinenvorhang und tupft ihr die Stirn ab. Hinter sich hört er Schluchzen. Es ist die Schwester, die unaufhörlich weint. »Husten und Geheule«, sagt Günther, »ist das alles, was man hier zu hören bekommt?«

Er springt auf und geht zur Tür, hinter die sein Vater sich geflüchtet hat. Er rüttelt an ihr.

»Vater«, schreit er, »Vater, hör mich doch an!«

Da schreit es von drinnen zurück, mit einer angstvoll herrischen Stimme: »Gottesleugner!« schreit es, »verlass mein Haus!«

Günther dreht sich um und sieht seine Schwester an.

»Johanna«, sagt er, »wie hältst du es hier nur aus?«

Dann geht er. Hinter sich hört er noch einmal dieses »Gottesleugner«, untermalt von einem flachen Husten und leisem Wimmern.

Dann ist die Tür ins Schloss gefallen.

»Gottesleugner«, murmelt er, während er den Weg nach Schweidnitz einschlägt, »welch ein ungehöriges Wort ist dies. Wenn es Gottvater gibt, dann kann man ihn nicht leugnen, und genauso ist es, wenn es ihn nicht gibt. Ähnlich geht es mir mit diesem Menschen. Weder habe ich ihn, noch bin ich ihn los. Weißt du eigentlich, was du bist, Vater? Du bist ein Sohnesleugner!«

Kopfarbeit *(September/Oktober 1719)*

Von Striegau geht Günther nach Schweidnitz. Er fühlt sich dabei wie ein Schmetterling, der in die Puppe zurück soll. Auch hier hat ein Brand die Silhouette der Stadt verändert.

Ehe er durch das Tor geht, kommt er am Thiem'schen Gartenhäuschen vorbei. Er tritt ans Fenster und starrt in die leere Stube. Ein paar verwelkte Kränze liegen verstaubt in einer Ecke des Raumes. Verblasste Bänder teilen mit, dass sie von Thiems Beerdigung stammen. »Dem edlen Menschenfreund«, steht da, »dem würdigen Vater und Mann.« In einer anderen Ecke steht noch das Bett. Für einen Moment sieht er sich und Leonore dort liegen, in der Abschiedsnacht, als er die Leberflecken auf ihrem Bauch betrachtet hat und den Versuch unternahm, in diesen Sternbildern der Liebe ihrer beider Zukunft zu lesen.

Der Erste, den er in Schweidnitz besucht, ist Leubscher. Er findet ihn stark verändert. In den vier Jahren, in denen sie sich nicht gesehen haben, ist Leubscher ein alter Mann geworden. Er sitzt da im Lehnstuhl, noch dürrer als einst, mit schlohweißen Haaren. Das alte ironische Lächeln ist inzwischen eingetrocknet und hat nur ein paar Linien um die Mundwinkel hinterlassen. Obwohl der Rektor der Gnadenschule erst 45 Jahre alt ist, wirkt er wie ein zum Sterben bereiter Greis.

»Sieh einer an, die Hoffnung Schlesiens besucht mich«, sagt Leubscher. Dem Spott in seiner Stimme fehlt die einstige Wärme und Freundlichkeit.

Günther schweigt. »Man sagt, Er soll ein schlimmes Leben führen«, krächzt der Mann im Lehnstuhl. »Man sagt, Er habe dem König von Polen ein paar Verse vorgestottert und sei mit Schimpf davongejagt worden. Merke Er sich eins, junger Mann. Jeden ereilt das Schicksal, das er verdient.«

»Und die schleichende und die hüpfende Dummheit?«, fragt Günther, den Ärger und Enttäuschung haben rot werden lassen.

»Ach das«, sagt Leubscher, »Grillen, nichts als Grillen. Es gibt in Wahrheit nur zwei Sorten Dummheit: die stolzierende und die stagnierende. Hat Er das nicht etwa selbst herausbekommen? Mencke hat mir geschrieben, wie es Ihm in Dresden bei Hof ergangen ist. Er hat versagt, weil Er dort der stagnierenden Dummheit zu schnell war und bei der stolzierenden nicht mitgekommen ist.

Jetzt gehe Er bitte. Es dürfte das letzte Mal sein, dass wir uns sehen. Es ist mir keine besondere Freude gewesen, denn ich sehe, dass Er mit Seinem Weg gescheitert ist. Krause hat es besser gemacht. Er mag für die Unsterblichkeit weniger vorgesorgt haben, aber was ist das schon. Grillen, nichts als Grillen. Hier unten kommt Krause jedenfalls besser zurecht als Er.

Ich gebe Ihm einen letzten Rat, und dann verschwinde Er: leiste Er Abbitte, versöhne Er sich mit Krause. Es ist besser, Er mache endlich einen Frieden mit den wahren Verhältnissen. Versöhne Er sich auch mit Seinem Vater. Es ist Seine Pflicht, endlich auf diesen Luxus der Eigenliebe zu verzichten. Geht!«

Günther geht. Er zieht ins leer stehende Thiem'sche Gartenhäuschen ein. Die Herbsttage fallen geräuschlos wie Blätter. Günther liegt die meiste Zeit auf dem Bett und starrt das Fensterkreuz an. Er weiß nicht, was ihn hier festhält. Manchmal jedoch glaubt er des Nachts, Leonores ruhige Atemzüge neben sich zu hören.

Ende Oktober mischt er sich wieder häufiger unters Volk. Er glaubt, dass man seine Anwesenheit in Schweidnitz inzwischen akzeptiert hat. Als ein ehemaliger Schulkamerad heiratet, geht er zum Hochzeitsball in die Goldene Krone. Er ist bald betrunken und ergötzt die Gesellschaft wie in alten Zeiten mit kuriosen Einfällen und Gelegenheitsversen. Er erntet viel Gelächter und Applaus, als er beim Tanzen höfische Gesten und Bewegungen parodiert, wie er sie in Dresden beobachtet hat. Mitten in einer schnellen Drehung trifft ihn eine ausgestreckte Hand im Gesicht.

Diesmal bleibt Günther nicht am Boden hocken, sondern er stürzt sich mit mörderischer Wut auf den Angreifer. Es gibt eine Schlägerei, bei der der kleinere und körperlich unterlegene Günther tritt und beißt und wie rasend auf den Gegner eindringt. Es nützt ihm dies jedoch nicht viel, denn jener trifft ihn immer wieder mit harten Faustschlägen im Gesicht und am Kopf. Günther blutet aus dem Mund. Er verliert zwei Zähne. Als er erneut anzurennen versucht und seinen Kopf dem Gegner in die

Magengegend rammt, wird er von oben mit einem Bierglas besinnungslos geschlagen.

Inzwischen ist ein Gendarm erschienen, der sich offenbar viel Zeit mit dem Eingreifen gelassen hat. Er veranlasst, dass man den Verletzten auf einer Bahre hinausbringt. Dann beginnt er mit den Verhören, und hierbei zeigt sich, dass Günther doch immer noch einige heimliche Freunde und Fürsprecher in Schweidnitz hat. Denn es wird zu Protokoll genommen, dass der Angriff nicht von ihm ausgegangen war, sondern von dem anderen, einem gewissen Nagel. Dieser wird vom örtlichen Gericht zur Zahlung eines Schmerzensgeldes von zwei Gulden in Feingold verurteilt. Lange hat Günther nicht mehr so viel Geld in Händen gehabt. »Es ist eine Folge der richtig verstandenen Kopfarbeit des Poeten«, sagt er sich, »ich habe es bisher immer falsch gemacht.«

Er fühlt sich seines Lebens nicht mehr sicher und beschließt, Schweidnitz zu verlassen. Er will nach Breslau, wo er noch einen guten Ruf zu haben glaubt. Schließlich ist von dort die stärkste und lukrativste Resonanz auf seine Eugen-Ode gekommen. Er wird den kaiserlichen Rat Breßler aufsuchen, der damals die Sammlung veranstaltet hat. Er wird wieder in Leonores Nähe sein.

Bevor er abreist, geht er zu Krause. Er trägt einen dicken weißen Verband um den Kopf. Krause empfängt ihn gnädig.

»Dies ist mein wahrer Lorbeerkranz«, sagt Günther und zeigt auf die Binde. »Ich trage ihn ohne Groll. Ich möchte den Vorschlag machen, dass wir unsere Fehde begraben. Wir haben beide unseren eigenen Platz in dieser und der kommenden Welt. Es besteht kein Grund, sich das Leben schwer zu machen. Es ist so schon schwer genug. Ich verspreche hiermit feierlich, in Zukunft alle verbalen Angriffe auf Ihre werte Person zu unterlassen und erhoffe mir von Ihnen ebenfalls Schonung.«

Krause nickt. Er bietet Günther ein Bier an, aber dieser verweist auf seinen körperlichen Zustand, wobei er wieder auf den Kopfverband deutet, und geht, sich verbeugend, rückwärts zur Tür hinaus. Auf der Straße schlägt er den Weg zur Poststation ein. Er geht mit steifen, gestreckten Beinen, würdevoll wie ein Flamingo. »Ich hoffe, Leubscher wird mit mir zufrieden sein«, denkt er, »oder habe ich etwa nicht den Gang der stolzierenden Dummheit gelernt?«

Eigentlich will er noch einmal nach Striegau zu seinem Vater fahren. Er fühlt sich ihm gegenüber siegessicher, seit er mit Krause Frieden geschlossen hat. Aber die Post, die gerade eingetroffen ist, geht zufällig in die entgegengesetzte Richtung nach Nimptsch. »Auch gut«, denkt Günther. »Warum soll ich nicht zuerst Ordnung in meine Tabaksdose bringen!«

Vergebliche Nachforschungen *(Oktober 1719)*

Als er diesmal nach Siegroth kommt, erlaubt es ihm sein Geld, als feiner Herr aufzutreten. Er geht in die gleiche Schenke wie damals und lässt sich ein Bett geben. Das blanke Geldstück auf dem Tisch verhindert, dass man ihn wiedererkennt.

Am nächsten Morgen schlendert er wie ein Spaziergänger zum Friedhof. Zuerst besieht er sich die Gräber mit den vornehmeren Namen. Als er schließlich an ihrer ärmlichen Grabstelle vorbeikommt, bemerkt er, dass sie aussieht, als hätten Hunde darin gewühlt. Er traut sich nicht, Blumen darauf zu legen. Aber er hat ein Gedicht dabei, das er in kleine Schnipsel zerreißt und wie Konfetti auf die zerwühlte Erde regnen lässt.

»Stirbt meine Flavie, so klagen meine Flöten,
Der Schlag, so sie verletzt, muss mich auch selber töten.
Klagt, liebe Vögel, klagt, weint, Blumen, Feld und Vieh,
Schreit, Hirten, Berg und Tal, weil ihr der Tod zu früh
Und mir zu langsam kommt. Mein bangsames Gewinsel
Vermählet sich mit euch. Wer schafft mir Kiel und Pinsel,
Der meine Schmerzen malt, der meine Sehnsucht trifft,
Die ohne den Kompass und ohne Leitstern schifft,
Die ohne – doch was soll ein großes Wortgepränge?
Den Schmerzen ist mein Herz und mir die Welt zu enge.
Ich muss, doch aber nein. Ich werde, aber was?
Ich kann, doch wie? Ich mag, wodurch? Ich will das
Gras,
Ach wollen, wenn man muss, mit Blut und Tränen netzen,
Mich als ein lebend Grab zu deinem Grabe setzen,
Wo mein Gelücke schläft, wo mein Betrübnis wacht
Und meiner Liebsten Sarg die Erde fruchtbar macht.
Hier soll ein Tränenbach auf die Gebeine schwimmen,
In deren Asche noch die zarten Funken glimmen.
Hier soll mein Herze selbst dein bester Leichenstein,
Die Überschrift von Blut: Hier liegt mein Leben, sein.«

Abends in der Wirtschaft setzt er sich an den großen runden Tisch, wo sich die besseren Dörfler versammeln, um die Zeit mit politischen Gesprächen und Würfelspiel zu kneten und durchzubacken. Man stopft sich die Meinungen gegenseitig ins Maul und spuckt wieder aus, was einem nicht schmeckt. Schließlich sind die Zeiten schlimm. Die Zahl der Missgeburten ist groß, das Geld im Säckel selten, und das Alter der Ehefrau erhöht sich Jahr um Jahr.

Günther lässt eine Runde springen und verliert so lange beim Würfeln, bis er sich traut, das Gespräch in die von ihm gewünschte Richtung zu lenken. Wie es denn in dieser Gegend so stehe mit den außergewöhnlichen Vorfällen, mit den Hexen, den seltsamen Himmelserscheinungen, den mehrköpfigen Kälbern, den grausamen Verbrechen.

Er hat es nicht schwer, denn er rennt mit diesen Themen offene Türen ein. Augenblicks entsteht zwischen ihnen auf der Tischplatte ein aus Geifer und Gerüchten gespeister Morast von Sätzen. In diesem Sumpf tastet sich Günther vorsichtig bis zu der Stelle, wo die Rede auf das grausame Ende des Jungfräuleins aus Roschkowitz kommt, das nun schon vor über fünf Jahren geschah.

Er habe gehört, sie sei vom Blitz erschlagen worden, sagt Günther.

»Vom Blitz?«, meint ein Bauer, »das ist mir ein schöner Blitz, der einen Schädel sauber in zwei Hälften trennt bis aufs Rückenmark hinab!«

»Sie sah aus wie eine echte Alraune. So verbrannt war sie«, sagt ein anderer.

Im Nu ist der Stammtisch in zwei Lager gespalten, die sich nicht einigen wollen über die Todesart des Mädchens.

»Haben Sie die Leiche gesehen?«, fragt Günther den anwesenden Dorfmedicus, der sich bisher in Schweigen gehüllt hat.

»Ja, ich habe sie gesehen. Ich musste ja ihren Tod fest-stellen.«

»Und, wie sah sie aus?«

Lüsternes Schweigen folgt auf diese Frage. Der Medicus genießt die Situation offensichtlich. Er blickt in die Runde und dann zum Fenster hinaus. Die Frage wird wiederholt, die Gläser neu gefüllt. Endlich sagt er: »Sie war vollkommen unversehrt. Ich habe noch nie einen Leichnam gesehen, der so lebendig, so jugendfrisch gewirkt hat. Der Körper ein Meisterwerk des Schöpfers. Sie war noch unberührt. Weder der Blitz hat sie getroffen noch das Beil eines Mörders. Es war ihr eigenes Herz. Sie starb am Herzschlag, trotz ihrer Jugend.«

»Haben Sie die Leiche obduziert?«, fragt Günther mit einem deutlichen Zittern in der Stimme.

»Leider habe ich die Genehmigung nicht bekommen. Obwohl sie nur ein Armenbegräbnis erhielt. Aber sie war keines sündigen Todes gestorben.«

»Was für Haare hatte sie? Waren sie blond oder waren sie schwarz?«

Ehe sich die Anwesenden über diese Frage wundern können, kommt die Antwort: »Sie waren rot wie Feuer. Von einem herrlichen, tiefen Rot, wie man es nur selten in dieser Gegend sieht.«

Am nächsten Morgen fährt Günther unverrichteter Dinge mit der Postkutsche in Richtung Breslau davon.

Augenblick der Verwechslung *(Oktober 1719)*

Seit seiner Krankheit hat er Narben im Gesicht. Aus der Ferne wirkt es wie ein dünner Schleier. Aus der Nähe sind all diese kleinen Löcher und Vertiefungen der Haut Bestandteile einer neuen Schönheit, die Günthers Gesicht die Glätte genommen hat. Außerdem fehlen ihm zwei Zähne, was seinem Lächeln ein wenig Schwärze gibt. Vor allem wenn er redet, muss man ihn ansehen, denkt Frau Breßler.

Beim Essen und nachher beim Wein wird viel parliert. Der Gast aus Leipzig übertrifft noch, was ihm an Ruf vorausgeht. Da schwirren die Einfälle, die Frechheiten und die kuriosen Gedanken nur so durch den Raum. Immer wieder bittet man ihn, seine Eugen-Ode vorzutragen. Er tut es manchmal mit so merkwürdiger Betonung, dass er alle zum Lachen bringt.

Bei Tisch sitzt Marianne Breßler ihm genau gegenüber. Schon am zweiten Tag berühren sich ihre Füße. Erst wie zufällig, dann mit dem festen Druck des Einverständnisses. Marianne ist so alt wie Günther. Sie hat ein großes, rundes Gesicht mit blauen Augen, einen sehr schönen Mund und eine etwas zu kurze, hochgerutschte Nase. Sie schreibt auch Gedichte. Günther korrigiert sie und gibt der Gastgeberin Lektionen in poetischer Form und Ausdruck. Man hat ihm ein leer stehendes Mansardenzimmer gegeben. Tagsüber ist Günther viel unterwegs. Er besucht reihum verschiedene Freitische. Er ist unruhig. Er scheint auf etwas zu warten.

Eines Nachts, als er angezogen auf dem Bett liegt und an Leonore denkt, die auf einem nur wenige Meilen entfernten Gut als Hausdame arbeitet, sieht er plötzlich, wie die Zimmertür ohne das leiseste Knarren aufgeht. »Leonore«, flüstern seine Lippen, aber es ist Marianne.

Später, als sie zusammen schlafen, betrachtet er ihr Gesicht. Sie hält die Augen geschlossen, den Mund halb geöffnet. Ein Kranz dunkler Haare umgibt diese Landschaft, die von der Lust wie zerklüftet wirkt. Eine Kerze flackert auf dem Tisch. Der Schlagschatten von Mariannes kurzer Nase scheint sie an der linken Wange zu streicheln. Günther schließt ihren Mund mit seinem, als er sie schwerer und schneller atmen hört.

»Wieder ein Augenblick der Verwechslung«, denkt Günther, als Marianne gegangen ist.

Das Wiedersehen *(Dezember 1719)*

Er liegt auf dem Bett, die Hände hinterm Kopf verschränkt, und starrt zur Decke. Er weiß, dass er gleich ihre Schritte auf der Treppe hören wird und dann das Geräusch der sich öffnenden Tür. Fünfzig Monate hat er auf diesen Augenblick warten müssen. Fünfzig Monate war die Sehnsucht ein Gefängnis gewesen, in das man seine Liebe eingesperrt hat. Jetzt sind es vielleicht nur noch fünfzig Sekunden, aber sie sind schrecklicher als all die anderen verwarteten hundertunddreißig Millionen. So viele davon waren unbemerkt wie Sandkörner verrieselt, andere mit Ablenkungen, mit Arbeit oder mit Freunden verbracht, mit Saufen vertan, mit Versen verklungen, aber dieser kleine Rest jetzt lässt keine Abschweifungen mehr zu.

Sein Herz klopft laut und wild. Die Schläge spalten die Sekunden in lauter gleiche Teile. Was ist, wenn sie wirklich vor ihm im Zimmer steht? Können sie sich noch anfassen nach der langen Trennung? Umgibt ihre Herzen nicht schon zu viel totes Fleisch?

Ein Ruf draußen auf der Straße lässt ihn zusammenschrecken. Es ist ein Nachtwächter, der die Achtuhr-Stunde aussingt. Um acht wollte sie da sein. Der kleine Zettel, den ein Bote gebracht hat, enthielt nur diese drei Wörter: »Um acht, Leonore.«

»Wer sich so lakonisch auszudrücken versteht«, denkt Günther, »der wird inzwischen auch pünktlich sein.«

Und wirklich, da kommen Schritte. Sie kommen so schnell wie sein Herzschlag. Vierundzwanzig Stufen hat die Treppe. Vierundzwanzigmal klopft sein Herz, dann geht die Türklinke.

Günther meint, er ist so schwer wie eine Grabplatte. Aber er kann sie doch nicht liegend empfangen. Er erhebt sich und starrt gebannt auf das sich bewegende Türblatt. Dann steht sie im Zimmer und blickt ihn an.

Ihre Haut ist immer noch so weiß, wie er es in Erinnerung hat, die Haare immer noch ein schwarzer, lockiger Rahmen für ein spöttisches Gesicht mit großen Augen, in denen er nicht zu lesen versteht. Sie liegen sich in den Armen und pressen sich aneinander. Er spürt den sanften Druck ihrer Hände in der Lendengegend. Komm näher, bedeutet er. Aber zwischen ihre Körper würde kein Blatt mehr passen. Da sie ein wenig größer ist, kann Günther bequem seinen Kopf vorbeugen und in den Bogen ihrer Hals- und Kinnpartie legen.

Dann neigt auch Leonore den Kopf. Ihre Stirnen berühren sich sanft und gleiten aneinander entlang. Er sieht, wie ihre beiden Augen zu einem verschwimmen. So entsteht das dritte Auge einer anderen Trunkenheit. Es ist die Trunkenheit der Nähe.

Ihr Mund ist das obere kleine Herz. Er spürt seinen ruhigen Schlag mit den Lippen. »Nicht reden müssen ist eine schöne Sprache«, denkt er. Sie versuchen, sich die ganze Zeit zu küssen, während sie sich auskleiden. Das geht nicht immer, weil manche Stoffbahn zwischen ihren Lippen durchgezogen werden muss. Als sie endlich auf dem Bett liegen, ist das Vertrautsein von solch überraschender Stärke, als fände die Wunde zurück zum Schmerz.

Der sonst so redselige Günther spricht kaum ein Wort mit Leonore in dieser Nacht. Sie erzählt von ihrer Arbeit als Wirtschafterin und Gouvernante auf Schloss Zedlitz. »Ich habe einen Rang über dem Dienstpersonal. Aber ich habe nicht den der Herrschaft. Ich bin genau dazwischen. Eine dienende Herrin und eine herrschende Dienerin. Es ist keine gute Lage. Am liebsten ist es mir, wenn ich mit dem Vieh zu tun habe. Das Vieh unterscheidet nicht nach gesellschaftlichen Rängen. Wir haben kluge Gänse. Wären es Menschen, würde man sie wegen Gottes-, Königs- oder Herrenlästerung foltern und umbringen. So tut man es nur wegen ihres Wohlgeschmacks. Das ist ein großes Privileg und Glück für sie, weil es gerechter ist. Du gehörst zu den ganz seltenen Menschen, die man auch wegen ihres Wohlgeschmacks umbringen wird.«

Bald ist sie bei einem ihrer Lieblingsthemen. Sie beklagt, dass die Bildungsstätten ihr und ihren Geschlechtsgenossinnen verschlossen sind. »Wer sagt denn, dass die Wissenschaften bei euch in den besten Händen sind?«

So kennt er sie. Mal ist sie mütterlich, mal spöttelt sie. Mal ist sie kühl, mal lau, mal heiß. Aber dieses Wechselbad stört ihn nicht. Er macht alles mit wie ein Blatt, das im Wind noch festen Halt an einem Zweig hat. Manchmal fühlt er sich wie ihr Kind, manchmal wie ihr Bruder, manchmal wie ihr Vater. Und alle drei können ihre Liebhaber sein.

Leonores Art zerstört jegliches Zeitgefühl bei ihm. Er erwacht erst, als Leonore seine Hand, die in ihrem Schoß liegt, plötzlich nimmt und wie einen Gegenstand beiseite tut. Jetzt nimmt er das Morgengrauen im Fenster wahr. »Ich muss gehen«, sagt sie.

Er will noch einmal mit ihr schlafen. Aber sie gibt ihm nur einen kleinen, runden Abschiedskuss auf die Stirn. »Man kann nicht zum letzten Mal miteinander zusammen sein. Es gibt nur immer oder nie«, denkt er. Dann schläft er ein. Gerade noch rechtzeitig, ehe die Angstflut kommt und ihn ertränkt.

Erneuter Abschied *(Dezember 1719)*

Sie treffen sich noch zwei, drei Mal. Und jedes Mal ist es, als ob der endgültige Abschied seinen Auftritt probt. Sie beginnen sich ungeschickt zu bewegen.

»Es gibt kein letztes Mal«, hat Günther immer wieder beschwörend gesagt. »Endgültig ist nur der Tod. Die Liebe aber besteht auf Wiederholung.« Dann fangen sie an, sich nach Art und Größe ihrer Liebe zu befragen. Das endet bei Vorwürfen und Streit, oder schlimmer noch, bei verstocktem Schweigen.

Wieder einmal fällt die Tür zu. Wieder hört er ihre lei-

ser werdenden Schritte auf der Treppe. Er liegt halb aufrecht auf dem Bett. Ganz plötzlich wird ihm übel. Er fühlt
sich bis zur Kehle ausgestopft mit etwas Ekligem. Stöh-
nend beginnt er sich zu bewegen wie eine Frau in den Wehen. Die Anfälle kommen in kurzen Abständen. Dazwischen fühlt er sich matt und betäubt. Jedes Mal kriecht die
Übelkeit ein Stück weiter hoch. Erst füllt sie seinen Mund
mit einem ranzigen Geschmack. Dann steigt sie weiter bis
zu den Augäpfeln. Er spürt sie wie zwei Steine im Gesicht.
Zwei runde, undurchsichtige Steine, unter denen mächtige Wasseradern rauschen. Immer größer wird der Druck.
Er schiebt die Steine ein wenig zur Seite und aus den Lü-
cken schießt das Wasser hervor.

Es hört nicht mehr auf zu sprudeln und zu rinnen. Es
bilden sich ganze Bäche, die sich zu Flüssen vereinigen.
Immer heftiger strömt es seine Wangen herab. Die Fluten
steigen und steigen und tragen ihn davon. Hilflos bewegt
er Arme und Beine, schluckt Wasser, bekommt keine Luft
mehr.

Dann wird er hart an Land gespült. Der Anfall ist vo-
rüber. Nur die Übelkeit ist geblieben. Er dreht sich auf die
Seite, zieht die Beine an und stemmt die Unterarme in den
Bauch. Leise beginnt er zu wimmern. Aus seinen Augen
kommen keine Tränen mehr. Sie sind trocken und salzig
verkrustet. Wenn *er* ein wenig schaukelt, lässt die Übelkeit
nach. Es hilft auch, den Kopf fest an die Bettkante zu pressen. Vorsichtig schlägt er die Stirn gegen das Brett. Der
Schmerz lindert die Übelkeit. Wieder und wieder tut er
sich weh, bis rote Flecken auf dem Bettlaken erscheinen.

Jetzt fährt er auf und lehnt sich mit dem Rücken kerzengerade an die Rückwand des Bettes. So sieht er geradewegs vor sich hin. Nichts hält seinen Blick mehr auf, kein

Möbelstück, keine Zimmerwand, keine Hausfassade. Er blickt unendlich weit. Die Tränen haben seine Augen klar gewaschen. Sie sind wie Fernrohre auf die Tiefe des Alls gerichtet. Und dann hat er sie plötzlich im Blickfeld. Sie ist schon sehr weit weg, eine winzige Figur, ein Punkt, der immer mehr schwindet. Aber er erkennt sie immer noch ganz deutlich am Gang, an der leicht vorgeneigten Haltung und den hochgezogenen Schultern.

Aufbruch bergab *(Dezember 1719)*

Die Stunde des Schmerzes kann lange dauern. Sie hat ihre eigenen Gesetze.

Eines davon ist die übergroße Deutlichkeit, mit der tote Dinge plötzlich erscheinen, während die Gesichter der Menschen eher verschwimmen. Der Schmerz ist eine genau geschliffene Lupe. Jener kleine Riss im Holz, dieser Fingernagel, diese leere Zimmerecke, alles ist vom Schmerz vergrößert und wie von einem spitzen Stift in den Umrisslinien nachgefahren.

In einer solchen Stunde sehen wir die Dinge, wie sie wirklich sind. Wenn die Gesichter der Menschen verschwimmen, liegt es daran, dass sie weniger wirklich sind, dass der Schmerz sie in ihrer Unschärfe entlarvt.

Als Günther wieder aufwacht und nun begreift, dass Leonore verschwunden ist, erhebt er sich von seinem Bett, zieht sich an und verlässt das Zimmer. Er bewegt sich dabei wie ein Pantomime, der eine Idee ausdrücken will. Es ist in diesem Fall der Gedanke der Endgültigkeit.

Am nächsten Tag verlässt Günther die Stadt. Er hat die Nacht bei Schubart verbracht, einem Medizinstudenten aus Lauban, den Günther seit einiger Zeit kennt. Breßler hat inzwischen Günthers versetzte Kleidung ausgelöst und ihm ein Zehrgeld zukommen lassen. Wahrscheinlich ist er froh, den schwierigen Gast loszuwerden. Marianne aber sitzt auf ihrem Zimmer und wartet darauf, dass sie so traurig sein kann, wie sie es gerne wäre.

Jener Schubart aus Lauban ist der Einzige, der es in der letzten Zeit verstanden hat, mit Günther auszukommen. Dessen Witz und Gleichgültigkeit waren immer schärfer und kälter geworden. Eine spröde und einsame Geselligkeit geht von ihm aus, die niemand so recht aushält. Aber Schubart ist eine schwache und labile Kreatur, die solche Eigenschaften erst gar nicht bemerkt. Günther kann ihn mit seinen Äußerungen wie ein leeres Blatt beschreiben.

Schubart hat ihm übrigens den Floh ins Ohr gesetzt, nach Lauban zu gehen und dort ohne amtliche Beglaubigung eine Arztpraxis zu eröffnen.

»In diesem Lauban kannst du alles machen«, hat er gesagt. »Wenn du dich dort umbringst, musst du dich auch noch selber beerdigen.«

»Komm, Schubart, wir gehen in dein komisches Paradies!«

Es stört die beiden nicht, dass sie sich ausgerechnet am Weihnachtsfest auf den Weg machen. Sie verlassen die Stadt in Richtung Jauer. Der Wind weht zufällig so, dass sie den Schneeflocken folgen. Daher sind beide bald von hinten so weiß beschneit, dass ein Verfolger sie gegen die Landschaft kaum hätte ausmachen können. Von vorne wirken sie jedoch wie schwarze Scherenschnitte, die durch den tiefen Schnee taumeln.

Günther hat von Breßlers Geld eine Flasche Branntwein gekauft. Das beeinflusst ihren Gang schließlich noch mehr als der tiefe Schnee.

Als sie nicht mehr weiter können, kriechen sie in einer Scheune unter. Beim Einschlafen versucht Günther, an Leonore zu denken, aber der säuerliche Geruch, der aus den Kleidern des Mannes neben ihm steigt und der sogar noch den Heugeruch überdeckt, behindert seine Fantasie.

Zwischenstation in Jauer *(Dezember 1719)*

Er ist jetzt zum ersten Mal in seinem Leben wirklich allein, auch wenn jemand dicht neben ihm im nassen Schnee geht. Es ist seit dem Abschied von Leonore etwas mit ihm geschehen, das er nur undeutlich spürt. Die Veränderung äußert sich in einer Art Unlust, jemanden genauer anzusehen oder ein Gespräch anzufangen. Er sieht am liebsten nur seine Schuhspitzen, wie sie als unermüdliche Schiffchen am weißen Tuch der Winterlandschaft weben. Glücklicherweise ist Schubart der richtige Mann für diese Stimmung. Der sagt selber kaum ein Wort.

Einmal, als Günther stehen bleibt, um zu pinkeln, sieht er, dass der Schnee sich neben seinen zerrissenen Schuhen rot färbt. Er spürt jedoch keine Schmerzen. Er fühlt sich bis unter die Schädeldecke abgestorben. Auch der Hunger lässt immer mehr nach. Nur der Durst bleibt, den man immer nur für eine kurze Weile mit einer Hand voll Schnee löschen kann.

Sie kommen durch winzige Dörfchen, die ausgestorben

wirken. Günther bricht einen Eiszapfen über einem der zugezogenen Fenster ab und beginnt, daran zu lecken. Er sieht aus den Augenwinkeln, wie die Gardine vorsichtig einen Spalt aufklafft. »Es ist euer gutes Recht, liebe Leut, an diesem Winterabend misstrauisch zu sein. Was habt ihr schon Gutes von zwei armen Teufeln zu erwarten!«, ruft er einmal und hüpft an einer Hauswand entlang, wobei seine erhobene Hand zahllose Eiszapfen splittern lässt. Sie fallen geräuschlos in den Schnee und verschwinden dort wie Stecklinge im weißen Mutterboden.

Als sie in Jauer anlangen, auf halbem Weg zwischen Breslau und Lauban, zeigt es sich, dass Günther eine besondere Landkarte im Kopf hat. Er steuert ein Haus an, in dem ein Mann namens Adam Gorn wohnt.

Für diesen und dessen Promotion 1718 in Halle zum Doctor medicinae hat er zwei Lobgedichte gemacht, Auftragsarbeiten für Gorns Leipziger Freunde. Die Landkarte, nach der Günther navigiert, besteht neuerdings hauptsächlich aus den Namen und Wohnorten derer, die er sich durch seine Poesie gewogen gemacht zu haben glaubt.

Als die Tür auf Günthers Klopfen hin aufgeht, steht ein großer Mann in der Tür, dessen Verwunderung im Blick sehr schnell in Freundlichkeit übergeht. »Zwei deutsche Studiosi, nehme ich an, so abgerissen und verwildert, wie ihr beiden ausseht. Landstreicher und Bettler seid ihr jedenfalls nicht. Die pflegen sich bei diesem Wetter gewöhnlich praktischer zu kleiden. Kommt also herein und wärmt euch auf.«

Er führt die beiden in eine große Stube, in der ein offenes Kaminfeuer flackert. »Ich nehme an, du bist der berühmte Johann Christian Günther«, sagt Gorn, indem er auf diesen zeigt. »Nach dem, was man von euch erzählt, gibt es niemanden sonst im Lande, der so königlich abgerissen auszusehen vermag. Ich finde, dies ist ein trefflicher Steckbrief. Seid ihr auch so vor König August erschienen?« Gorn lacht und nimmt Günther in die Arme. »Mach dir nichts aus meinen Worten. Du bist selber nicht zimperlich. Ich habe dies deinen beiden Gedichten an mich entnommen. Fürwahr, ich kann sie bei ihrer ganzen Länge auswendig.«

Gorn rezitiert mit erhobener Stimme:

»Gebt Pflastertreter ab und stoßt an jeden Stein.«

Er bedeutet seinen Gästen, die Schuhe auszuziehen, und während sie sich mit schmerzverzerrtem Gesicht an diese Arbeit machen, denn die Hitze hat die Gefühle inzwischen in ihre Glieder zurückkehren lassen, fährt Gorn theatralisch fort:

»Es springt ein Tier heraus, das will ein Dichter sein.
Der kommt und reckt den Steiß, vergafft sich in sich
    selber,
Verdreht so Aug als Fuß wie abgestochne Kälber,
Trägt Hut und Busen voll, ertappt mich hier und da,
Und liest mir (Himmel hilf, jetzt hat mein Ohr Gefahr!)
Ein krankes Carmen vor und schielt bei jeder Zeile
Und räuspert, bis ich ihr ein falsches Lob erteile.«

Günther räuspert sich, dreht die nackten, blutverschmierten Füße und windet sich aus dem Oberkleid. Schubart hat sich in der Nähe des Feuers in einen Sessel fallen lassen.

Gorn betrachtet Günthers Füße. »Allmächtiger, ich dachte, er pflegt nur Leute mit seinem poetischen Drang zu zerfetzen. Aber nicht seine eigenen Gehwerkzeuge!«

Gorn holt eine Schüssel mit warmem Wasser und stellt

sie vor einen Stuhl. Dann bedeutet er Günther, sich hin-
zusetzen und die Füße zu baden.

Während das Wasser sich rosa färbt, ist Gorn verschwunden und gleich darauf wieder zur Stelle. Er drückt
seinen Gästen je ein großes Glas angewärmten Branntwein
mit Honig in die Hand. »Dies ist wirklich eine Arztpraxis
nach meinem Geschmack«, sagt Günther. »Wie kommt es
nur, dass nicht alle Leute so freundlich zu mir sind?«

»Welch eine törichte Frage«, brüllt Gorn. »Wer fremde
Beulen sticht, dem wird zur Dankbarkeit der fremde
Schleim ins Antlitz spritzen. Steck nur die Nase in dein
eigenes Lobgedicht an mich.

Was heißt übrigens Lobgedicht. Ich habe, als ich deine
Verse mit solch außerordentlichem Vergnügen las, nie den
Eindruck gehabt, gelobt zu werden. Heruntergeputzt hast
du uns, mich und die Menschheit, herausgeputzt hast du
nur dich, mein Lieber. Und da wunderst du dich noch über
die Vielzahl deiner Feinde?

Ich will dir etwas sagen. Du bist der Erste in diesem
Land, der auf eine so elegante Weise nur von sich selber
zu reden versteht, dass die ganze übrige Menschheit sich
plötzlich einsam und verlassen fühlen muss, allein gelassen in ihrem Mittelmaß. Das ist eine Todsünde, mein Lieber. Und ich sage dir, so etwas kann schließlich nicht gut
ausgehen. Deshalb wirst du dich jetzt erst einmal kräftigen müssen für dein vermutlich baldiges, bitteres Ende.«

Gorn schenkt die Gläser aus einem Kessel nach, der
über dem Feuer hängt. Günther lehnt sich zurück. Er
spürt seine Schmerzen nicht mehr. Aber diesmal ist es
nicht die Kälte, sondern die Hitze, die sie vertreibt. »Das
Leben ist ein Wechselbad«, denkt er.

Nach dem dritten Glas ist ihm, als ob er am Gestade des

Roten Meeres barfüßig steht und zusieht, wie es sich vor ihm teilt. Aber nur die Tür geht auf und Gorns Haushälterin erscheint aus der Küche mit einem Tablett voller Schüsseln und Schalen mit Brühe, Kartoffeln, Soße und Braten.

Lateinische Maikäfer *(März/April 1720)*

Sie bleiben einige Tage bei Gorn, in denen Günther seine Fußverletzungen pflegt. Dann ziehen sie weiter nach Lauban. Das Wetter ist schlecht. Schneeregen und Sturmböen machen ihnen zu schaffen. Schon nach wenigen Kilometern platzen die Wunden wieder auf, und der Verband, den Gorn angelegt hat, tränkt sich mit Blut.

Günther schleppt sich weiter. Er macht ein ihm bekanntes Experiment. Er lässt den Schmerz in sich wachsen wie einen Baum, so lange, bis er schließlich mit seinen Zweigen die ganze Person bis in jeden Winkel ausfüllt. Wenn die Kopfhaut genauso wehtut wie die Haut an den Füßen, dann ist alles dazwischen nur ein mattes Unlustgefühl, eine Art körperlicher Schwachsinn. In diesem Zustand erreicht Günther Lauban.

Schubarts Eltern leben im Armenhaus. Günther kann dort nicht schlafen. Sie haben nur tagsüber Platz für ihn. Schubart besorgt seinem Freund eine Übernachtungsstelle auf dem Dachboden eines Tuchmachers. Es ist kalt und zugig hier und es gibt kein Fenster.

Günther liegt auf feuchten Strohballen. Er hat Fieber. Die Wunden entzünden sich und eitern. Außerdem hat er

Schenkelfluss, eine rheumatische Entzündung der Gelenke. Oft kann er vor Schmerzen nicht schlafen. Die Folge davon ist eine gewaltige Zunahme seiner Produktivität. Er schreibt bei einer flackernden Kerze ganze Nächte hindurch. Er sitzt dann auf dem Stroh, mit einem Brett auf den Knien. Manchmal sind es über tausend Verse. Das Versemachen ist ein leises Schaukeln der Wiege. Nur so hält er die Schmerzen aus.

Der Frühling beginnt mit strengem Frost. Manchmal, wenn Günther gegen Mittag aufwacht, weil er erst im Morgengrauen eingeschlafen ist, hat der Nordostwind Schnee durch die Ritzen des Daches gepresst und sein Lager mit einem weißen Leichentuch bedeckt.

Wenn der Hunger größer ist als die Schmerzen, zwingt sich Günther aufzustehen. Er streift einen geliehenen alten Militärmantel über seinen zerrissenen Schlafrock und humpelt zum Armenhaus hinüber. Dort erwartet ihn eine andere Hölle: die Ehe von Schubarts Eltern. Die Frau ist eine wahre Hexe, ein Gerippe, mit gelbsüchtiger Haut überzogen, und verquollenen roten Augen. Sie keift den ganzen Tag. Ihr Mann, der oft unterwegs ist, um Abfälle zu durchstöbern, ist von derselben apathischen, weichlichen Natur wie sein Sohn. Er sitzt da wie ein Mehlsack und lässt alles über sich ergehen. Seine einzige Reaktion ist eine ständig wiederholte, fahrige Bewegung, mit der er sich über die dünnen, fettigen Haare streicht.

Warum leben diese Leute, denkt Günther, warum ertragen sie diese Hölle so geduldig? Meine Hölle ist dagegen ein Paradies.

Noch nie hat Günther so intensiv und so gut geschrieben wie in dieser Zeit. Sein Hunger nach geistiger Nahrung wird allmählich größer als der, den er mit dem lieblos zusammengekochten Essen aus geklauten und gefundenen Resten bei den Schubarts stillt. Er hat nichts zu lesen, außer den eigenen Sachen. Einmal, nach einem Mittagessen, das aus verkochten Rüben und Kartoffeln besteht, wickelt Vater Schubart ein Stück Käsefett aus einem Papier. Er hat es im Trödel vor einem Bauernhaus gefunden. Die Familie stürzt sich auf diesen Nachtisch wie auf eine Delikatesse. Während Günther das unerträgliche Schmatzen um sich herum hört, greift er zu dem Papier. Seine Augen leuchten. Er liest dort lateinische Sätze unter den dreckverschmierten Fettflecken. Er erkennt den Text: Es sind Reden von Cicero.

In dieser Nacht schreibt Günther keinen Vers. Er liest wieder und wieder den lateinischen Druck. Er spürt seine Schmerzen nicht. Er trinkt mit Augen und Verstand diese Melodie, die vor tausendachthundert Jahren zum ersten Mal erklang, und plötzlich weiß er, dass es auch lateinische Maikäfer gibt.

Eine überraschende Wende *(Juni 1720)*

In Lauban findet ein entscheidender Schritt in Günthers Entwicklung statt. Er gewöhnt sich daran, bei lebendigem Leibe ein früh Verstorbener zu sein. Zwar beklagt er sich weiter in langen Briefgedichten an Freunde und Bekannte über sein Schicksal, aber allein, wie er diese Klagen reimt, verrät, dass er inzwischen einen beinah spöttischen Abstand zu sich hat.

Als der Sommer kommt, geht es ihm körperlich besser.

Manchmal geht er mit Schubart auf die Felder vor die Stadt. Es sind keine sehr fröhlichen Spaziergänge. Schubart redet fast nie ein Wort. Er starrt zumeist mit ausdruckslosem Blick vor sich hin. Günther fragt sich, was in diesem Menschen vor sich geht. Er scheint auf eine besondere Weise tot zu sein. Anders als Günther, der bei aller Resignation seine Lebensfreude nie ganz verbergen kann. Wenn er sich selbst auch ausgehöhlt fühlt, dann rumpelt diese Lebensfreude doch in ihm wie ein kostbarer Sarg in einem Leichenwagen. Schubart dagegen scheint auf eine höchst überflüssige Weise gar nicht vorhanden zu sein. Die Trägheit seiner Bewegungen, sein schläfriger Blick unter langen, dunklen Wimpern ergeben eine solche Wirkung von Trostlosigkeit, dass auch die Sonne und das frische Grün in der Natur im Schatten seines namenlosen Elends zu liegen scheinen. Eigentlich ist er ein hübscher Kerl, dieser dreiundzwanzigjährige Student, von dem man allerdings nicht genau weiß, was er studiert. »Es wird die Philosophie sein«, denkt Günther, »die ihm so in die Knochen gefahren ist.«

Nach einer der Ekel erregenden Mahlzeiten im Spital und Armenhaus, denen jeweils ein hastig gemurmeltes Gebet vorangeht und folgt, erheben sich die Eltern Schubarts ebenso wie ihr Gast. Nur sein Freund bleibt vor dem Teller Brotsuppe sitzen, den er nicht leer gegessen hat. Günther nickt ihm aufmunternd zu und sagt: »Komm, wir gehen vor die Stadt.« Aber Schubart rührt sich nicht.

Da beginnt diese Hexe von Mutter zu keifen, was für einen schlechten Nichtsnutz von Sohn sie habe, was für einen elenden Schmarotzer und Taugenichts. Aber Schubart rührt sich immer noch nicht. Schließlich schreitet der Vater ein. Ohne ein Wort zu sagen, tippt er mit seiner fleischigen, blassen Faust gegen die Schulter des Sohnes. Da fällt dieser um. Wie ein Mehlsack. Quer liegt er auf der Bank. Mit lose pendelnden Armen. Der Kopf ist rückwärts abgewinkelt. Die Augen blicken müde und gläsern. Die Zunge hängt zwischen den Zähnen heraus und ein wenig Brotsuppe tropft auf den Boden.

Nachdem sein Freund Schubart sich so mir nichts dir nichts aus dem Jammertal dieses Erdenlebens davongestohlen hat, wendet sich das Schicksalsblatt Günthers unversehens zum Besseren. Bei dem Armenbegräbnis des Freundes wird er von einem wohlgekleideten Menschen angesprochen, gerade, als er sich bemüht, ein wenig Trauer und Anteilnahme zu zeigen. Dieser Mensch ist der Kaufmann Kirchhof, der zu Günther die schlichten Worte sagt: »Ich möchte Sie einladen, in meinem Hause zu wohnen. Ich glaube nicht, dass wir Laubaner oft die Gelegenheit haben, ein Genie wie Sie in unseren Mauern zu beherbergen.«

Die Vision *(Juli 1720)*

Im Haus des Handelsherrn Gottlob Kirchhof nimmt Johann Christian zunächst ein heißes Bad. Es kommt ihm wie Fruchtwasser vor. Die Gewänder, die man ihm gibt, sind besser als eine neue Haut. Als er im Spiegel sein Narbengesicht sieht, mit der Zahnlücke und den dünner gewordenen Haaren, verliert sich jedoch das Gefühl, neu geboren zu sein.

Man gibt im Hause Kirchhof dem Dichter zu Ehren einen festlichen Empfang. Die illustre Kleinstadtgesellschaft behandelt Günther mit demselben Respekt, mit dem man ein Insekt behandelt, von dem man nicht weiß, ob es giftig ist.

Später, als man sich in den festlich erleuchteten Garten begibt, wird Günther gebeten, ein paar seiner Verse zum Besten zu geben. Da er inzwischen genug ungewohnten, schweren Wein getrunken hat, entledigt er sich dieser Tätigkeit mit Verve und Eleganz. Es gibt Applaus und mehrere Zugaben. Kirchhof ist zufrieden mit seiner Entdeckung.

In den folgenden Wochen lebt Günther wie in einem Sanatorium. Er erholt sich zusehends, aber er wird nie das Gefühl los, wie ein exotischer Vogel im Bauer gehalten zu werden. Kirchhof nimmt ihn mehrmals ins Gebet, sein Leben doch zu ändern und noch einmal den Versuch zu machen, die Gunst des Vaters zurückzugewinnen. Kirchhofs Frau unterstützt die Rede ihres Mannes mit Wärme. Günther ist sich nicht ganz sicher, ob sie dabei unter dem Tisch seinen Fuß berührt hat.

»Ich muss weg hier«, denkt er, »das alles muss doch endlich einmal ein Ende haben.«

Als Günther auf die Vorschläge Kirchhofs bereitwillig eingeht, wird er mit Reisekleidung und einer kleinen, gefüllten Börse ausstaffiert. Man gibt ihm auch Empfehlungsschreiben mit.

Noch nie ist Günther so vornehm und wohlhabend nach Striegau gekommen. Noch nie sah man ihn auch so schwungvoll dem Haus seiner Eltern zustreben. Als er näher kommt, sieht er seinen Vater am Fenster stehen. Günther bleibt auf der gegenüberliegenden Straßenseite stehen und blickt seinen Vater an. Der Vater verzieht keine

Miene. Streng blickt er hinaus, ihm genau vor die Füße, wie der Sohn meint. Erkennt er ihn nicht?

Schon will er die Straße überqueren und zur Haustür gehen, da sieht er, wie sich das Gesicht und die Gestalt des Vaters verändern. Sie bekommen Risse und knorrige Auswüchse. Die Augen werden zu Astlöchern, Arme und Brust sind mit Rinde bedeckt. Ist es nur die Dämmerung? Sind es die Schatten der gemusterten Gardine, auf die seitlich aus dem Zimmer Licht fällt?

Günther befällt panische Angst vor diesem Baum. Er rennt zur Poststation und erreicht gerade noch die Kutsche, die ihn hergebracht hat. Sie fährt weiter nach Breslau.

Der Abschied vom Abschied *(August 1720)*

Im Hause Breßler empfängt man Günther wie einen alten Freund. Der Hausherr leidet noch unter den Nachwirkungen einer schweren Krankheit. Seine Frau strahlt ein kaltes Licht aus, als Günther ihr die Hand gibt. »Wie ein Glühwürmchen«, denkt er. In der Nacht kommt sie zu ihm. Sie schlafen fast kameradschaftlich zusammen.

Am folgenden Morgen bittet Breßler seinen Gast ins Herrenzimmer. Breßler schließt die Tür und befiehlt dem Diener, niemanden hereinzulassen. Dann sitzen sie sich an einem kleinen Marmortischchen gegenüber und stopfen die Pfeifen.

»Ich möchte dir einen Vorschlag machen«, sagt Breßler. »Ich bin vierzehn Jahre älter als du und Marianne. Marianne liebt mich, und ich liebe sie. Aber da sind diese vierzehn Jahre zwischen uns. Lauter Erdwälle. Manchmal kommt mir diese Ehe wie eine Belagerung vor. Ich weiß nicht, was ich machen soll. Vielleicht liegt es an mir, an meiner militärischen Vorsicht, die ich in diesem Krieg walten lasse. Wenn du da bist, spüre ich es am stärksten, ich meine Mariannes Verhalten. Sie benimmt sich wie der Herr einer belagerten Stadt. Geht sparsam mit ihren Vorräten um. Dich hält sie für eine Art Entsatz.«

Günther, der sich das alles in größter Ruhe anhört, fordert Breßler auf, seinen Vorschlag endlich zu nennen.

»Ich akzeptiere deine Beziehung zu meiner Frau«, sagt der Rittmeister, und seine Stimme klingt ein wenig metallischer. »Ich möchte aber eine Gegenleistung. Du sollst mir einige Gedichte schreiben. Lob- und Ehrengedichte an für mich wichtige Persönlichkeiten. Ich werde sie ohne Namensnennung des Autors drucken lassen. Du wirst über deine Urheberschaft Schweigen bewahren.«

Als Günther das Rauchzimmer verlässt, hat er in alles eingewilligt. Er bittet Breßler nur noch um eines: um das Arrangement eines heimlichen Treffens mit Leonore, und davon möge er bitte seiner Frau nichts verraten.

Das Treffen mit Leonore soll am 10. August stattfinden. In einem Park. Breßler teilt Günther die Bedingungen mit. Leonore möchte ihn nicht in einem Zimmer sehen.

Günther findet sich eine Stunde vor der verabredeten Zeit an der verabredeten Stelle ein. Er spürt, dass sein Herz wie rasend klopft, während er die Allee entlangstarrt. Er lehnt an einem Baum, dessen Rinde er durch seine Kleidung fühlt, als wäre er nackt.

»Ich war sicher, dich nie wiederzusehen«, flüstert er, »genauso, wie ich sicher bin, dich immer noch zu lieben.

Vielleicht stärker denn je. Denn ich habe inzwischen so wenig Hoffnung, dass alles an meinen Gefühlen ehrlich geworden ist.«

Schließlich erblickt er sie. Dort, wo die Bäume sich in den Fluchtlinien verjüngen, wo das schmale Dreieck des Weges aus einem Punkt beginnt, sieht er sie wie eine aus dem Boden gewachsene Statue, die langsam näher kommt.

»Eurydike aus dem Totenreich«, flüstert er.

Sein Herzschlag scheint sich mit jedem ihrer Schritte zu beschleunigen. Als sie voreinander stehen, fühlt er einen kühlen Hauch, der über einen Abgrund weht.

Der Boden ist zwischen ihnen aufgeklafft. Wenn er jetzt den Blick senkt, wird er den Mittelpunkt der Erde sehen. Aber er kann seine Augen nicht von ihren lösen. Es sind noch die gleichen Seen, auf deren Grund man nicht blicken kann, weil sie zu tief sind.

Günther merkt, dass sie sich beide über den Abgrund beugen müssen, um sich zu küssen. Es ist noch die gleiche nässende Wunde. Nichts hat sich verändert. Eher noch leichter ist es geworden, dieses Gefühl, über die Lippen zu treten. Dieses Gefühl, ausgegossen zu werden in den anderen und gleichzeitig zu trinken.

Sie nehmen sich bei der Hand und verlassen den Abgrund, aber er wandert mit. Wie sie stumm nebeneinander gehen, scheint der Weg zwischen ihnen aufzuklaffen, als zöge man dort einen scharfen Pflug mit tief greifender Schar.

»Ich liebe dich immer noch genauso wie früher«, sagt er. »Glaubst du mir das?«

Leonore nickt.

»Ich habe Sehnsucht nach dir. Ich möchte mit dir schlafen. Meinst du, das ist möglich?«

Leonore schüttelt den Kopf.

»Warum ist das so?«, ruft Günther, und er sieht aus wie ein unsicher gewordenes Kind. »Bin ich nicht mehr der Gleiche?«

Leonore schüttelt den Kopf.

»Was ist es dann, was dich diesen Abstand halten lässt?«

»Vielleicht habe ich mich verändert.«

Sie gehen mit schnellen, fast hastigen Schritten die Allee entlang. Immer, wenn Günther stehen bleibt und sie an sich zieht, ist es wie früher. Wenn sie sich küssen, ist es die alte Nähe. Als Günther sie auf eine Baumgruppe zulotsen will, weigert sie sich. Sie bleibt stehen. »Nicht dorthin«, sagt sie.

Er bringt sie zurück zum Eingang des Parks, von wo sie gekommen ist. Dort wartet die Kutsche noch. Er hat die ganze Zeit, während sie schweigend und Hand in Hand nebeneinander hergehen, Tränen in den Augen.

Als die Kutsche wegfährt, hofft er, dass sie wenigstens aus dem Fenster blickt und winkt. Aber sie sitzt stocksteif auf ihrem Sitz und sieht geradeaus.

Günther betrinkt sich an diesem Abend auf seinem Zimmer mörderisch. Als er am nächsten Tag wieder bei Sinnen ist, bittet er Breßler, noch ein weiteres Treffen zu arrangieren.

Der Abschied vom Abschied des Abschieds
(August 1720)

Seit dem Spaziergang mit Leonore ist es zwischen Marianne und Günther zu keinem weiteren Zusammensein gekommen. Günther wartet, und dieses Warten wird immer mehr eine Form der Hypnose. Er sitzt stundenlang auf seinem Zimmer am Fenster und starrt das Kreuz an.

Endlich ist es so weit. Er soll zu einem Treffen mit Leonore auf Schloss Zedlitz kommen.

Er zieht es vor, den Weg zu Fuß zu machen. Die ganze Strecke wird ein einziges Spießrutenlaufen zwischen Angst und Hoffnung. Als er endlich anlangt, ist er vollkommen erschöpft. Es ist Abend. Er hört die Hühner und Gänse, das Vieh in den Stallungen. Er geht durch den Gesindeeingang. Der Flur ist dunkel. Es riecht nach Wäsche und Lavendelwasser.

An der Treppe sieht er einen Schatten. Es ist Leonore. Sie nimmt seine Hand, und er folgt ihr wie ein Kind seiner Mutter.

Sie sitzen auf dem Bettrand eng beieinander. Günther küsst Leonore ungeschickt auf die Wange und legt den Arm um sie. Er spürt, dass er nicht weitergehen kann mit seiner Zärtlichkeit. Plötzlich fühlt er eine feine Traurigkeit in sich, als sei er ein Sack, den man Schaufel für Schaufel mit trockenem Sand anfüllt.

Leonore wendet sich mit einer Drehung ihres Kopfes zu ihm und küsst ihn flüchtig auf die Stirn. »Ich muss gehn, ich muss die Vögel füttern«, sagt sie.

Sie bringt ihn bis an die Tür.

Den ganzen langen Weg nach Breslau weint er keine Träne. Er schleppt nichts anderes als diesen Sack.

Ein Bettgespräch *(September 1720)*

Du musst endlich als Arzt praktizieren. Ich glaube nicht, dass du jetzt an eine Universität gehen solltest. Wenn dein Vater sieht, dass du dein eigenes Geld verdienen kannst, dann wird er seine Meinung über dich ändern.«

Marianne stimmt diesen Worten ihres Mannes zu. Sie hat begriffen, wie es Günther zu Mute ist. Sie hat auch nicht mehr versucht, sich ihm zu nähern. Seit er aus Zedlitz zurück ist, wirkt er so ruhig und gefasst, dass man es mit der Angst zu tun bekommen könnte. Das Ehepaar Breßler redet auf Günther ein.

Sie entwickeln einen Plan.

Er soll in den Teil Schlesiens ziehen, wo die Obrigkeit am wenigsten zu sagen hat, wo die Gesetze am freiesten gehandhabt werden, wo die Ärmsten der Armen leben. Er soll in die welligen Hochflächen der polnischen Grenzgebiete. Es gibt noch Wölfe und Bären dort und riesige Fichtenwälder, in denen es nicht geheuer sein soll. Außerdem gibt es dort kaum Ärzte.

Erst soll er nach Brieg gehen und sich bei der dortigen, für das Grenzland zuständigen Behörde um eine Genehmigung kümmern.

Günther willigt in den Plan ein. Das ganze Leben kommt ihm inzwischen wie ein einziges Sackhüpfen und Blindekuhspielen mit dem Elend und den Möglichkeiten, ihm zu entgehen, vor. Es trifft sich gut, dass ein alter Schulkamerad von ihm in Brieg wohnt. Der wird ihn aufnehmen.

Sein Ruf als Galan oder poetischer Hurenbock scheint inzwischen landauf, landab so verbreitet zu sein, dass Günther auch in Brieg sofort in mehrere amouröse Abenteuer hineingezogen wird. Er lässt es mit sich geschehen. Vielleicht, dass der Sack in ihm dadurch Löcher bekommt und der Sand allmählich herausrieselt.

Eines der Mädchen bittet Günther, mit ihrem Geschlechtsteil ein Gespräch anzufangen. Vorher könne sie mit ihm nicht schlafen. »Du musst mit ihr reden, als sei sie ein Tier. Du musst gut reden, sonst öffnet sie sich dir nicht.« Günther nickt. Er stützt sich rechts und links von den Hüften des Mädchens mit den Armen ab und nähert sein Gesicht ihrer Scham.

»Ich sehe, dass es dir nicht gut geht, mein Kätzchen. Du siehst ganz traurig und verstört aus. Dein Fell hat keinen Glanz und dein Näschen ist ganz trocken.«

»Wie Recht du hast, mein Freund. Weißt du auch, warum es mir so schlecht geht?«

»Weil du keine Milch zu lecken bekommst und keine Mäuse fangen darfst. Du siehst schon ganz verhungert aus.«

»Du verstehst mich, mein guter Freund. Du bist der Einzige, der mich versteht. Kannst du mir nicht helfen?«

»Ich werde dir eine Schale Milch hinstellen und ich werde dir eine Maus zum Spielen geben. Aber du darfst sie nicht fressen.«

»Ich verspreche es dir. Du bist so freundlich und gut zu mir. Kannst du mich hinter den Ohren kraulen?«

»Das ist nicht leicht. Die meisten machen es falsch bei

Kätzchen. Die machen dann einen Buckel. Du musst schnurren, damit ich weiß, ob ich es richtig mache.«

»Jetzt geht es mir schon viel besser. Die Menschen haben mir immer so viel Angst gemacht mit ihren groben Händen. Du hast keine groben Hände.«

»Du kannst jetzt die Krallen einziehen und die Augen schließen. Ich höre dich schnurren. Ich fühle es wie ein feines Summen in meinen Fingern.«

Als Günther aufblickt, sieht er, dass das Mädchen unter ihm eingeschlafen ist.

Der große Bock *(September 1720)*

Im September wandert Günther mit seinem Gastgeber und einstigen Schulfreund Reichel in Richtung der Kreuzburger Grenzregion. Reichel hat dort eine Schwester wohnen. Sie ist mit einem Pfarrer namens Schlipalius verheiratet. Pfarrhäuser sind für Günther inzwischen gewohnte Häfen auf seiner Wanderung geworden.

Das Land Schlesien gleicht bekanntlich einem länglichen Blatt, dessen Mittelrippe die Oder bildet, während ihre Nebenflüsse wie Querrippen rechts und links der fruchtbaren Oderniederungen angeordnet sind. Die beiden Reisenden folgen einer dieser Querrippen, dem Fluss Stober, und erreichen Kreuzburg binnen zweier Tage. Die Dörfer, durch die sie kommen, sind armselige Ansammlungen von Holzhäusern, oft nur durch Palisadenzäune geschützt. Günther hat bei der Brieger Behörde keine Approbation erlangt. Aber er bemerkt, dass Armut und

Krankheit immer mehr zunehmen, je näher sie der polnischen Grenze kommen. »Hier wird die Approbation von der Wirklichkeit verliehen«, denkt er. »Ich werde versuchen, diesen Menschen zu helfen. Vielleicht werden ihre Krankheiten mich von meinen Wahnideen kurieren.«

Wie oft schon ist Günther in seinem Leben bei Fremden zu Gast gewesen! Immer hat sich sehr schnell das gleiche Spiel ergeben. Man schmückt sich mit ihm wie mit einer zweifelhaften Rarität. Die Männer sind meist verachtungsvoll-interessiert, die Frauen fast immer mütterlich-entrüstet. Aus dem einen entwickelt sich gewöhnlich eine Art Eifersucht, die sich mit Verachtung verbindet, aus dem anderen ein erotisches Interesse, das mit der Gleichgültigkeit der Krankenschwester dem Patienten gegenüber gekoppelt ist.

Günther hasst beide Formen des Umgangs. Hier, bei Schlipalius und seiner Frau, ist es zum ersten Mal völlig anders.

Schlipalius ist kaum älter als er. Aber er hat schlohweißes Haar, ein branntweingerötetes Gesicht, eine Hängenase und blassblaue Augen. Er redet kaum, aber wenn er etwas sagt, dann ist es so richtig, dass schon allein das Zuhören entspannt. Das Ungeheuerlichste an Schlipalius ist jedoch sein Hang, hin und wieder den Dudelsack zu spielen.

Er spielt nicht irgendeinen Dudelsack. Er spielt den größten seiner Art. Den seltenen großen Bock, dessen Bordune oder Hummel das tiefe Kontra-G hervorzubringen vermag.

Wenn Schlipalius zum Dudelsack greift, dann bricht alsbald jedes Gespräch ab. Draußen beginnt die Landschaft sich zu verwandeln. Die im Wind sich wiegenden

Wipfel der Fichtenwälder werden zu stürmischen Meereswellen.

Zunächst ist alles still. Die Art, wie Schlipalius sein Instrument aus dem Kasten holt, es sich überstreift und dann wie abwesend vor sich hinsieht, wobei er offenbar die Kräfte seiner Lunge zu sammeln versucht, reicht schon, um die Küchengespräche verstummen zu lassen.

Dann bläst er den Ledersack auf, wobei sein rotes Gesicht sich noch dunkler färbt. Er tastet ihn mit den Händen wie ein Bauer das Euter seiner Lieblingskuh, um zu fühlen, wie prall es voll Milch ist. Wenn das Kontra-G, wenn die große, phallusförmige Hummel zu dröhnen beginnt, packt er sie mit beiden Händen und dreht und schraubt an ihr herum, bis der Ton zur Melodiepfeife stimmt.

Alles im Haus hat inzwischen zu vibrieren begonnen. Die Teller und Gläser und Tassen, die Fensterscheiben. Günther spürt, wie sein eigenes Zwerchfell, seine Brust, sein ganzer Körper mitschwingen. Dann endlich perlt und näselt die Melodie wie ein Katarakt in diesen Topf voll Gebrumm hinein.

Schlipalius spielt zum Tanz auf. Er bewegt sich dabei in kleinen, tänzelnden Schritten um die eigene Achse. Das Jaulen des Hundes unter der Ofenbank ist nur ein weit entferntes Säuseln. Die Brandung der Wälder draußen gischtet gegen die Fenster.

Der Kartoffelschnaps, den Günther und Reichel trinken, schmeckt wie Quellwasser. Und Reichels Schwester küsst ihren Mann mit den Augen, während er die ganze Stille dieser einsamen Gegend in einen Wirbelsturm verwandelt, in dessen windstillem Auge sich Schlipalius mit dem Dudelsack wie ein Leuchtfeuer dreht.

Die Praxis *(November 1720)*

Durch Schlipalius wird Günther mit dem Adel der Gegend bekannt. Es ist wenig Glanz dabei. Dafür umso mehr solides Grauen. Man spricht polnisch und deutsch. Es wird viel geprügelt, viel getrunken, wenig geerntet, früh gestorben. Es ist eine gottverlassene Gegend. Die Fichtenwälder verdunkeln alles, die Fenster, den Horizont, das Gemüt der Leute. Man kann hier krank sein, ohne es zu merken. Und man kann hier gesund sein mit einem Gefühl, das eher zu körperlichen oder geistigen Gebrechen passt.

Günther, der in der letzten Zeit fleißig geschrieben hat, der alte Texte überarbeitet und Handschriften wie Reviermarken auf seinen Wanderungen bei den verschiedensten Gastgebern zurücklässt, als gelte es, dieses Schlesien für eine poetische Schnitzeljagd zu präparieren, wobei der Fuchs das erste lyrische Genie der Neuzeit ist: Günther hört auf zu schreiben. Er macht etwas anderes. Etwas, mit dem keiner seiner so genannten Freunde noch gerechnet hat. Er wendet sich der Praxis zu. Er verlobt sich, und er versucht, sich als Arzt von eigenen Gnaden zu etablieren.

Bei dem Pfarrer von Bischdorf, Daniel Littmann, wirbt er um dessen Tochter Barbara. Wenig später leiht er sich von dem adligen Gutsherrn von Nimptsch Geld, um eine Praxis zu eröffnen.

Ist Günther endlich zur Vernunft gekommen? Man wird unsicher, wenn man erfährt, dass er der Braut, die sehr resolut den elterlichen Hausstand führt und die gerade von einem langjährig Verlobten verlassen worden ist, einen Totenkopfring zur Besiegelung ihrer Verbindung schenkt.

Seine Karriere als Arzt ist jedenfalls wesentlich kürzer als die eines Bräutigams.

Er mietet sich ein Zimmer und hängt ein selbst gemaltes Schild vor die Tür mit der Aufschrift »J. Chr. Günther, Physicus«. In das Zimmer stellt er eine Liege, einen Tisch, einen Schrank mit einigen Pulvern, Kräutern und Tinkturen, die er sich aus verschiedenen Haushalten zusammengeliehen hat. Dann setzt er sich auf den einzigen Stuhl und wartet.

So vergeht ein ganzer Tag.

Abends öffnet er den Schrank und holt eine der Flaschen heraus. Sie enthält Finkeljochen, den berüchtigten Fusel der Landsknechte. Dieses Medikament hilft gegen Niedergeschlagenheit, aber es verursacht heftige Kopfschmerzen.

Am nächsten Morgen, als er vor die Tür schaut, bemerkt er, dass jemand das Schild ausgetauscht hat.

»J. Chr. Ganter, Balbulus«, steht jetzt drauf.

Ganter heißt Gänserich, und Balbulus heißt der Stotterer oder auch der Schnatterer.

Günther sieht, wie eine sehr alte Frau des Weges kommt. Sie trägt etwas in der Hand. Es ist ein Topf mit einem Tuch drüber. Sie will offensichtlich zu ihm. Günther stößt die Tür weit auf und bittet sie mit einer tiefen Verbeugung herein. Die Alte stellt das Gefäß auf den Tisch und zieht das Tuch weg. Dann holt sie aus ihrer Schürze eine Tasse und taucht sie in dampfende Flüssigkeit.

»Ich habe Ihnen einen Kräutertee gemacht, junger Herr«, sagt sie. »Sie sehen ein wenig elend aus.«

Günther bedankt sich vieltausendmal. Dann trinkt er den Tee, und wirklich, er tut gut und räumt das Schlachtfeld ein wenig auf, das der Finkeljochen in seinem Bauch und seinem Kopf hinterlassen hat.

Als die Alte gegangen ist, nimmt Günther das Schild ab und verzieht sich.

Er wandert die fünfzehn Kilometer nach Wilmsdorf und bittet Schlipalius, an diesem Abend den Dudelsack recht kräftig zu spielen.

Das Verlobungsessen *(Februar 1721)*

Er sitzt in der guten Stube bei der großen, vollbusigen Walküre auf dem Sofa und hält sittsam ihre Hand. Der Vater thront im Lehnstuhl und liest in einer großen Bibel, wobei er des öfteren Pausen macht und mit geschlossenen Augen nickt. Ab und zu blickt er über den Rand seiner Augengläser und mustert das ungleiche Paar, ohne eine Miene zu verziehen. Die Mutter sitzt in der anderen Zimmerecke auf einem Stuhl und strickt. Auch ihre Blicke gelten des öfteren dem Brautpaar, das sich so im Schnittpunkt zweier Beobachtungslinien befindet.

»Barbara«, murmelt Günther, und er spürt, wie sich ein massiger Oberschenkel unter ihrem geblümten Kleid fest an seine enge braune Hose drängt. »Barbara, musst du wirklich von mir gehen übers Meer?« »Ach, Liebster, mein Vater will es so.« Der Blick vom Lehnstuhl trifft Günthers Narbengesicht wie ein Bannstrahl.

»Aber, liebste Barbara«, sagt er, und wieder kommt der Schenkeldruck, als gelte es, ein wildes Pferd zu reiten, »aber warum denn übers stürmische Meer nach Stockholm?« »Vater sagt, der Landweg sei unsicherer, und außerdem hält er deine Gegenwart für stürmischer als jedes

Wasser im schärfsten Wind.« Sie lacht. Günther versucht es mit einem vorsichtigen Gegendruck, wobei er spürt, dass sich ihr Schenkel wie eine große weiche Rolle Teig eindrücken lässt. Genau auf den Ort dieses Phänomens trifft jetzt ein Geschoss von Mutters Blick.

»Barbara«, sagt Günther, »auch ich werde weggehen und mein Glück versuchen. Ich werde durch den erfolgreichen Abschluss meiner Studien und den anschließenden ehrlichen Broterwerb mich der Gunst meines und deines Vaters versichern und als würdig erweisen.«

Dankbar drückt sie ihren ganzen Leib an Günther, der dabei im Sofa fast umgeworfen wird, aber die jetzt erfolgende Kanonade aus den vier Geschützen beider Elternaugen bringt ihn wieder ins Lot.

Der Tisch ist inzwischen gedeckt. Die Kerzenleuchter werden angezündet und das Essen serviert. Die Eltern und das Brautpaar sitzen auf Stühlen mit besonders steilen Lehnen. Die Dienstmagd serviert die Vorspeise. Einen Teller Blutsuppe. Sie trinken dazu dünnes, lauwarmes Bier. Als Hauptmahlzeit gibt es Kuddeln mit großen weißen Mehlklößen, die Günther an Barbaras Brüste denken lassen. Während er Bissen um Bissen hinunterwürgt, spricht der Vater mit vollem Mund und in fast unverständlichen, aber im Ton gemessenen Worten von der Heiligkeit der Ehe und ihren hohen Werten, der Treue und der Enthaltsamkeit.

Als er nach dem Essen das Haus des Pfarrers Littmann verlässt, geht er nicht stracks in sein Zimmer, sondern macht einen Bogen durch die Gassen. Das Mondlicht lässt die Schneewälle vor den Haustüren wie Silberbarren glänzen. Da sieht er sie wieder, eng in eine Toreinfahrt gedrückt, ein schwarzer Schatten an der Wand. Er nähert sich, lehnt sich der Länge nach gegen den Schatten. Sofort spürt er ihre kalten Lippen auf seinen, hört den kleinen Laut, mit dem ihre Zähne gegen seine stoßen, schmeckt er das Innere ihres Mundes, diese warme, feuchte Grotte mit den Zähnen wie Tropfsteine, und er drängt sich an sie und spürt ihre Hände an sich, kleine Tiere, die unter seine Kleidung kriechen. Dann kommt wie jedes Mal der kurze Stoß einer Faust gegen seine Brust. Er löst sich und geht. Wie er sich umdreht, sieht er den Schatten unverändert im Torbogen stehen. Schon ist er um die Ecke. In einer Gaststube trinkt er einen halben Liter Finkeljochen.

Doppelsterne *(Mai/Oktober 1721)*

Im nasskalten Frühlingswetter befällt Günther eine solche Melancholie, dass er mehrmals in diese schier endlosen Fichtenwälder hineinrennt wie in ein Weltenende. Er stolpert und fällt und torkelt über schwarze Baumleichen, zwängt sich durch flechtenbedecktes Unterholz. Auch Schlipalius' Dudelsack kann ihm nicht mehr helfen.

Eines schönen Tages im Mai ist er verschwunden. Er hat sich nicht von den Littmanns verabschiedet. Auch nicht von der geheimnisvollen Frau aus dem Toreingang. Das Gefühl, selber zu zerfallen, wie eine schmarotzende Flechte über filzigen Boden zu wachsen, um sich in bröckeligen Auswüchsen auf anderer Bäume Rinde zu vermehren, treibt ihn davon.

Er will einmal quer durchs Land. Er will auf die andere Seite des schlesischen Blattes, dort, wo Städte in engen

240

Talkesseln gefangen sind. Vielleicht verliert sich da dieses Gefühl, einfach so zu verschwimmen.

Sein Geschäft mit Breßler floriert inzwischen. Breßlers Ruhm als Dichter ist mächtig gewachsen, seitdem Günther für ihn arbeitet. Da Günther in westliche Richtung marschiert, bietet es sich schon geographisch an, die alten Häfen unterwegs aufzusuchen. Brieg, Breslau, Schweidnitz, Striegau. Er hält sich auch kurz in Siegroth auf. Dort betrinkt er sich sinnlos und bezichtigt den Arzt in diesem Zustand der Leichenräuberei. Man jagt ihn davon, nachdem er seinen Rausch in der Gosse ausgeschlafen hat.

Es geht ein wenig im Zickzack, aber insgesamt ist es eine ökonomische Art des Kreuzens. Es gibt warme Mahlzeiten, es gibt Händedrücke, es gibt einige freundlich-leidenschaftliche Reminiszenzen mit verheirateten Damen der besseren Gesellschaft. Es gibt Geld in Breslau. Günther macht keinen Versuch mehr, Leonore zu sehen, obwohl er nahe am Schloss Zedlitz vorbeikommt.

In Striegau betritt er ohne anzuklopfen das Haus seiner Familie. Sie sitzen gerade beim Essen. Ehe der Vater reagieren kann, wünscht sein Sohn guten Appetit und ist wieder zur Tür hinaus. Er ärgert sich anschließend über sich selbst, denn er findet diesen Auftritt zu theatralisch und der Sache nicht angemessen.

Günther hat für seine Wanderung quer durch Schlesien noch einen zweiten Grund. Schon lange plagen ihn Fragen, und er weiß nur einen, dem er sie stellen zu können glaubt. Dieser Mann ist Arzt, ein Fachmann für Gesundbrunnen wie Thiem. Aber er ist noch viel mehr: Er ist eine berühmte Kapazität für den Bau des menschlichen Herzens. Und er ist Astronom. Sein Name ist Adam Thebesius.

Thebesius hat an der berühmten holländischen Universität Leyden studiert. Obwohl ihm Professuren vieler Universitäten offen standen, hat er sich nach dem Tod seines Vaters in seine Heimatstadt zurückgezogen. Nicht nur Herz und Sterne beschäftigen ihn. Er schreibt auch über die Anatomie des Auges, und er hat eine neue Theorie über die Gezeiten des Meeres entwickelt.

Günther weiß, dass Thebesius seine Gedichte kennt und schätzt. Die letzte Strecke nach Hirschberg rennt er fast. Er braucht nach seinen Tagen an der polnischen Grenze einen geistigen Dudelsack, der alles wegbläst, was sich an Zweifeln und Hoffnungslosigkeit in ihm angestaut hat.

Thebesius empfängt Günther wie einen Kollegen. Mit der Selbstverständlichkeit, mit der die Gelehrten seit dem Humanismus miteinander umgehen. Sie sind ihre eigene Kaste.

»Uns verbindet ein gleiches Interesse«, sagt der zehn Jahre ältere Thebesius zu seinem Gast, nachdem sie gut gegessen haben und beim Rotwein sitzen. »Uns beschäftigt das Herz. Ein Poet darf sich genauso ein Anatom nennen wie ein Arzt. Ich habe manchmal gedacht, gäbe es keinen Herzschlag, gäbe es auch keinen Takt in der Sprache. Das Herz ist der Taktmesser unserer ganzen Existenz. Wenn es mal langsamer, mal schneller schlägt, dann bestimmt es jeweils das Tempo, mit dem wir unser Dasein musizieren. Insofern hatten die Alten schon Recht. Das Herz ist mehr als ein Muskel, mehr als eine mechanische Pumpe.«

»Und die Sterne?«, fragt Günther. »Was ist mit ihnen? Haben sie auch eine Verbindung mit unserem Leben?«

»Die Astrologie ist ein Irrtum. Sie wendet mechanische Gesetze an, wo es wenig passend ist. Aber ich glaube dennoch an einen Einfluss der Sterne, weil sie uns ein Erlebnis von Ferne, von Unberührbarkeit schaffen, ohne das wir nie zu denkenden Menschen geworden wären. Wir kröchen, ohne die Sterne über uns zu sehen, immer noch wie Gewürm auf dem Erdboden herum.«

»Ich möchte Sie etwas fragen, Herr Thebesius. Es geht um ein Problem, das mir, wie es in diesem Fall doppelt richtig zu sagen ist, am Herzen liegt.

Sie kennen meinen schlechten Ruf, den ich in Herzensangelegenheiten habe. Dieser Ruf hängt mit meinem Problem zusammen, aber nur indirekt.

Was die Leute von mir denken, ist mir egal.

Sie merken an meiner umständlichen Rede, dass es mir nicht leicht fällt, auf den Kern der Sache zu kommen. Ich weiß nicht, wie ich die Frage stellen kann, ohne dass eine Antwort dabei präjudiziert wird.«

»Ich schlage Ihnen vor, Günther, eine kleine Spazierfahrt zu machen. Ich möchte Ihnen etwas zeigen, von dem ich denke, dass es Ihnen das Fragen erleichtert.«

Sie fahren in einem leichten Zweispänner zur Stadt hinaus. Am Fuß eines Berghanges halten sie. Ein schmaler Fußpfad führt zu einem turmähnlichen Gebäude.

»Dies ist mein Observatorium der göttlichen Wirklichkeit. Gehen wir erst einmal nach oben.«

Über eine enge Wendeltreppe erreichen sie die Plattform des Turmes. Dort befindet sich ein hölzerner Verschlag, der sich öffnen und zur Seite schieben lässt. Ein großer Refraktor aus Messing wird sichtbar.

»Ich nehme an, Ihr Problem, lieber Günther, hat etwas mit der Liebe zu tun. Ich kenne einige Ihrer Gedichte. Es ist viel Spott und Witz darin und ein merkwürdiges Schwanken des Klangs, das mich immer an Zärtlichkeiten erinnert. Ich kann mir nicht denken, dass Sie mit einem naturwissenschaftlichen oder kriminalistischen Problem zu mir gekommen sind.«

Während er spricht, richtet Thebesius das Fernrohr gegen den Himmel. Es ist eine sternklare Nacht. Das Band der Milchstraße zeichnet sich sehr deutlich ab.

»Wir wissen nicht, welches Geheimnis sich hinter diesem Gürtel verbirgt, der unseren Himmel teilt. Wir wissen nicht, warum ihn etwa vom Sternbild des Schwanes an in Richtung Schlange ein ungeheurer Axthieb gespalten hat.

Wie Sie gelernt haben werden, sahen die Griechen in der Milchstraße die Folge einer ungeheuren mütterlichen Grausamkeit. Es sind die Milchspritzer an der Wand des Alls, die entstanden, als Hera an ihrem Busen Herakles, den saugenden unehelichen Balg ihres Mannes, Zeus, entdeckte und ihn von sich warf.

Es ist erstaunlich, wie ungeniert jenes Volk die bösen Erfahrungen seines Alltags auf den Himmel projizierte. Und ich muss sagen, mir selbst fällt es schwer, diese Sternbeobachtungen mit der angemessenen Einstellung einer wissenschaftlichen Nüchternheit zu betreiben.«

Thebesius winkt Günther heran und lässt ihn ins Okular blicken. Er legt die Hand auf seine Schulter und duzt ihn plötzlich: »Was siehst du?«

»Ich sehe zwei Punkte, die nah beieinander stehen, einen bläulichen und einen mehr rötlichen Stern.«

»Es ist ein Doppelstern. Ich könnte dir davon noch viele zeigen. Es wimmelt am Himmel geradezu von solchen Pärchen.«

Thebesius öffnet eine Flasche und schenkt sich und Günther ein Glas ein. Es ist erstklassiger französischer Branntwein, der sie wärmt.

»Als meine Frau Johanna vor drei Jahren an der Pest starb, habe ich mit der systematischen Beobachtung jener Sternenpärchen begonnen. Es klingt lächerlich, aber ich suchte Trost bei der Vorstellung, dass es sich um unvergängliche Liebesbeziehungen am Firmament handelt. Ich machte eine erstaunliche Entdeckung, die ich bisher noch niemandem mitgeteilt habe. Ich bin mir im Übrigen immer noch nicht sicher, ob sie nicht auf Täuschungen meiner Sinne beruht. Weshalb ich auch nicht bereit bin, sie einer wissenschaftlichen Diskussion zugänglich zu machen. Einige dieser Doppelsterne scheinen nämlich ganz allmählich ihre Lage zueinander zu verändern. Sie nähern sich einander an oder entfernen sich immer mehr voneinander. Bei anderen, ich würde meinen, bei den meisten, findet hingegen keine Veränderung des Abstandes statt.

Dann gibt es noch einen seltsamen Einzelgänger: Mira, der Wunderbare genannt. Er steht im Sternbild des Schwans. Ich kann ihn dir heute sogar zeigen.«

Thebesius bewegt das Fernrohr behutsam in seinen Achsen. Es dauert eine Weile, bis er Günther wieder hindurchsehen lässt.

»Was du siehst, ist nur ein schwacher rötlicher Punkt. Mira ist dunkel zur Zeit. In einem halben Jahr wird er ein Stern zweiter Größe sein. Mira ist ein Stern mit veränderlicher Helligkeit. Er geht aus und an wie eine Lampe, an deren Docht man dreht. Der Rhythmus, in dem das geschieht, dauert ein knappes Jahr.

Die Griechen hielten Mira für ein an den Himmel verpflanztes Seeungeheuer, dem Andromeda zum Fraß vorgeworfen werden sollte, weil ihre Mutter behauptet hatte, schöner als alle Meerjungfrauen zu sein. Es ist fast noch wunderbarer als dieser pulsierende Stern, der dort wie ein

Herz des Weltalls schlägt, in welcher Kompliziertheit die Alten sich unsere seelischen Gebrechen in kosmischen Dimensionen ausmalten.«

Günther starrt Mira an, bis ihm die Augen tränen.

»Zeigst du mir dies Rätsel, weil du mich für einen pulsierenden Einzelgänger hältst?«

»Ein Fixstern normaler Art bist du jedenfalls nicht, auch kein Wandelstern, denn deine Bahnen und Bewegungen sind zu unberechenbar.

Aber ich wollte dir weiter von den Doppelsternen erzählen.

Zunächst ging ich davon aus, dass es zwei Arten von Pärchen gibt: die im Abstand veränderlichen und die im Abstand gleich bleibenden. Die einen haben es nötig, sich vom Partner zu entfernen und sich ihm wieder zu nähern, die anderen nicht.

Du siehst, ich wage es, wie die griechischen Kosmologen, Erfahrungen aus dem menschlichen Bereich mit dieser Beobachtung zu verbinden. Gab es nicht auch solche Liebespaare? Im Abstand ruhende und veränderliche?

Dann kam mir eine Idee. Wer sagt denn, dass jene Doppelsterne überhaupt eine wirkliche Gemeinschaft bilden? Ihre Nähe zueinander konnte doch auch eine Folge der optischen Verhältnisse sein. So wie man einen Berg über seinen Daumennagel anpeilen kann und Gipfel und Nagel für das Auge nahe beieinander sind, während sie in Wirklichkeit hintereinander liegen und durch eine große räumliche Tiefe voneinander getrennt sind!

So kam ich zu der Ansicht, dass die meisten Doppelsterne in Wahrheit ihre Ehe oder Liebe dem Standort unseres Auges verdanken. Sie haben in der Realität gar nichts miteinander zu tun. Und diesmal übertrug ich die astronomische Deutung auf menschliche Verhältnisse, machte es also umgekehrt. Die im Abstand veränderlichen Doppelsterne musste ich von dieser Interpretation ausnehmen, denn ihre Bewegung konnte schließlich nur als ein sich gegenseitiges Umkreisen gedeutet werden. Du siehst, lieber Günther, wie nahe wir bereits dem von dir gewünschten Thema unseres Gesprächs gekommen sind.«

Diesmal füllt Günther die Gläser. Selten hat er sich so geborgen in einer Redesituation gefühlt wie auf dieser winterkalten Plattform.

Thebesius schiebt den hölzernen Kasten über das Fernrohr. Dann legt er wieder den Arm um Günther und sagt: »Ich möchte dir noch etwas anderes zeigen. Es befindet sich am anderen Ende meines Observatoriums. Im Keller. Es ist gewissermaßen die Gegenrichtung des Blicks. So wie du ein Fernglas in der Umkehrung auch zum Mikroskop machen kannst. Ich möchte dir nämlich noch einen Doppelstern zeigen. Einen erloschenen übrigens. Ich hoffe, ich mute deinen Nerven nicht zu viel zu. Aber schließlich wolltest du selbst einmal Arzt werden und willst es vielleicht immer noch.«

Sie betreten die Wendeltreppe und steigen nach unten.

»Mein Problem, Thebesius, ist folgendes.

Ich habe einmal, als ich mit meiner Freundin schlief, in einem plötzlichen Aufwachen meiner Sinne ihr Gesicht gesehen. Es war verändert. Es lag da, gröber als sonst und zerklüftet wie eine Landschaft, die im Entstehen ist oder aber gerade durch eine Naturkraft zerstört wird. Ich habe sie fast nicht mehr erkannt. Sie war mir fremd geworden, aber ich wusste zugleich, dass ich selbst oder unser Zusammensein diese Fremdheit bewirkte. Wahrscheinlich war mein Gesicht ebenso durch den körperlichen Akt der

Liebe entstellt. Ich frage mich nun, und diese Frage lässt mich nicht mehr los, was ist das für eine Liebe, die unsere Gesichtszüge verändert, als ob man in einen Zerrspiegel schaut? Legt sie etwas frei von der ursprünglichen Fremdheit? Macht sie uns wieder zu Lehmklumpen, ehe ein Gott der Erziehung sie bearbeitet hat? Wird die Schöpfungsgeschichte vielleicht in dem Moment rückgängig gemacht, wo wir uns so nahe sind, dass ein Kind daraus entstehen kann?

Verstehen Sie, Herr Thebesius. Ich zweifle am Sinn solcher Liebe, wenn sie unsere Gesichter auch nur im Geringsten verunstaltet durch eine Einsamkeit, die gerade im Moment der Lust entsteht. Eigentlich sollten wir uns doch klarer, deutlicher und besser erkennen in einem solchen Augenblick. Ist das nicht der Sinn jenes biblischen Ausdrucks ›und sie erkannten sich‹? Ich war meiner Freundin damals körperlich nahe, wie es nicht stärker sein kann, und ich habe sie dabei kaum mehr erkennen können.

Wenn Sie mich fragen, warum ich so oft mit verschiedenen Frauen geschlafen habe, dann muss ich sagen: um diesen Augenblick zu erforschen. Ich wollte herausfinden, was den Moment größter Nähe in den der größten Fremdheit und Ferne umschlagen lässt.«

Sie gehen eng hintereinander die Wendeltreppe zum Keller hinunter, während Günther spricht.

Die brennenden Fackeln an den feuchtkalten Wänden lassen ihre Schatten als graue Begleiter über das Mauerwerk folgen.

Am Fuß der Treppe bleibt Thebesius stehen und dreht sich zu Günther um.

»Ich verstehe dein Problem sehr gut. Ich darf von mir behaupten, ähnliche Erfahrungen gemacht zu haben. Ich fürchte, ich kann dir keine genaue Antwort geben. Was ich dir jetzt zeige, ist ein Experiment, bei dem unsere Gefühle und Träume, was die Liebe anbelangt, in einer extremen Weise in Bedrängnis geraten. Ich glaube, dass ein solches Erlebnis nicht unwichtig ist für die Art und Weise, wie wir unsere Leiden gewöhnlich erleben.«

»Sie machen mich neugierig, Thebesius. Ich habe keine Furcht vor der Wirklichkeit, auch wenn sie unsere Gefühle zu verhöhnen scheint.«

Sie betreten das Kellergewölbe. Ihre Schritte und Stimmen hallen. Thebesius zündet eine Reihe von Kerzen an, sodass ein feierliches Licht entsteht wie in einer Kapelle.

In der Mitte des Raumes befindet sich ein großer Tisch. Über ihn ist ein Tuch gebreitet, unter dem sich zwei längliche Gegenstände abzeichnen.

Thebesius nimmt das Tuch an einem Eckzipfel und zieht es beiseite. Zwei nackte Gestalten werden sichtbar. Sie liegen eng nebeneinander, bewegungslos, mit geschlossenen Augen. Das Kerzenlicht verleiht ihrer Haut einen lebendigen Schimmer.

»Es ist ein Liebespaar, das gestern Selbstmord begangen hat. Eine ziemlich alltägliche Geschichte. Er war nicht in der Lage, eine Familie zu ernähren, sie hat vermutlich ein Kind erwartet.

Ich habe die Leichen gekauft. Eine kirchliche Bestattung ist sowieso ausgeschlossen. Wirkliches Leid ist eine Todsünde, denn es lässt gewisse Konstruktionsfehler in der göttlichen Schöpfung ahnen.

Weißt du, wie du den Tod dieser beiden Menschen, die aussehen, als schliefen sie friedlich nach einer Liebesnacht, zweifelsfrei ermitteln kannst? Du brauchst sie nicht zu berühren. Es reicht, wenn du näher kommst.«

Günther folgt einem Wink des Arztes. Er bringt sein Gesicht nahe an den Leib des Mädchens. Fast berührt er ihre Haut.

»Es ist tot. Ich spüre es deutlich.«

»Was du spürst, ist das Fehlen eines Fluidums. Wenn man sich einem lebenden Menschen nähert, dann wächst eine leichte Spannung in uns. Aus der Entfernung empfindet man den anderen nur als Bild. Dann gerät man in seine Aura. Das geht bis zu einer gewissen Zone in der Nähe der Haut. Kommt man noch näher heran, dann bricht diese Aura wieder zusammen. Die Person mag dann noch riechen oder warm oder kalt sein, aber sie ist eigentlich kein geistiges Leben mehr. Das Leben umgibt sie nämlich wie eine Hülle, ähnlich den Särgen der ägyptischen Mumien, die Abbilder ihrer Inhalte sind. Nach meinen Beobachtungen ist die Zone des menschlichen Fluidums in einem Abstand von fünf bis dreißig Zentimetern am stärksten. Bei einem Toten fehlt diese Zone. Er ist aus jedem Abstand ein Abstraktum. Oder ein bloßer Gegenstand. Was wir Liebe nennen, ist eine Angelegenheit des Fluidums. Niemals des nackten Körpers, niemals des reinen Geistes.«

Thebesius nimmt einen Koffer aus einem Schrank und öffnet ihn. Er holt mehrere Messer, Scheren und Pinzetten hervor und legt sie ordentlich neben die Toten auf die Tischplatte.

»Du willst oder wolltest Medizin studieren. Du weißt, wie selten ein Student Gelegenheit bekommt, einer Obduktion beizuwohnen. Jetzt hast du dieses Glück. Ich werde dir jenes Organ demonstrieren, das man seit altersher für den Sitz der Gefühle, sei es Hass oder sei es Liebe, gehalten hat. Du weißt auch, dass ein großer Teil meiner anatomischen Forschung der Enträtselung der Funktionen des Herzens gilt. Komm einen Schritt näher und halte mir den Leuchter. Wir fangen mit dem Mann an.«

Günther sieht ihn jetzt erst genauer. Er ist gut gebaut, hat blonde Haare. Er lächelt, aber dem Lächeln fehlt etwas. Das macht es zum idiotischen Grinsen. Günther hat den Eindruck, dass es sich immer mehr verstärkt, je weiter Thebesius in seiner Arbeit fortschreitet.

Der Arzt nimmt ein scharfes Messer und sticht es unter dem linken Schlüsselbein der Leiche ein. Dann durchtrennt er Haut und Muskulatur halbkreisförmig in einem langen Schnitt, der bis zum rechten Schlüsselbein führt. Der rote klaffende Graben, der so entsteht, ist keine Wunde. Tote haben keine Wunden. Es ist ein großer Narrenmund.

Dann schneidet Thebesius die Bauchhöhle auf. Er arbeitet schnell und ruhig dabei. Man sieht kein Blut, man sieht nur, wie ein ehemaliger Mensch zu einem Buch wird, das in der Mitte aufgeschlagen wird, um eine Abbildung sichtbar zu machen.

Mit einem anderen Messer beginnt der Arzt, die Muskulatur des Brustkorbs abzuschälen. Die Fleischbahnen wirft er in eine Schüssel. Rippen und Brustbein werden sichtbar. Das Messer fährt rechts und links durch die Rippenknorpel. Es gibt ein merkwürdiges, rhythmisches Geräusch.

Dann packt Thebesius das Brustbein und klappt es wie einen Deckel nach oben. Günther erkennt in der roten Brusthöhle des Menschen einen faustgroßen Beutel. Das Herz.

Thebesius nimmt eine Pinzette, zieht damit die dünne Haut des Herzbeutels hoch und fährt mit einer Schere hinein. Ein wenig klare Flüssigkeit tritt aus.

Dann wird der eigentliche Herzmuskel sichtbar. Auch ihn schneidet er auf, indem er die Schere in die obere Hohlvene einführt. Dann klappt er die Herzwand zur Seite, sodass man in die rechte Herzkammer hineinsehen kann.

»Ich habe hier etwas Seltsames entdeckt«, sagt Thebesius, »etwas, das bisher kein Anatom vor mir bemerkt hat. Ich werde aber erst noch das andere Herz freilegen, ehe ich es dir zeige.«

Günther muss feststellen, dass ihm die zweite Obduktion größere Schwierigkeiten bereitet. Als der Arzt in die Bauchhöhle des Mädchens sticht, zieht sich etwas in Günthers Hals zusammen, und er hat einen säuerlichen Geschmack im Mund. Das Abschälen des Brustfleisches geschieht genauso schnell und sauber wie beim Mann. Aber Günther möchte am liebsten die Augen schließen.

Das Mädchen ist sehr schön gewesen. Man hat den Eindruck, dass ihre beweglichen Brüste immer noch leben. Mehr als ihr Gesicht, dieses blasse Oval mit dunklen, starken Augenbrauen. Der Mund ist voll und geschlossen. Während der Obduktion jedoch beginnt er aufzuklaffen, und regelmäßige, weiße Zähne werden sichtbar.

Schließlich ist auch das Herz des Mädchens freigelegt und geöffnet. Thebesius holt einen Schwamm und ein Vergrößerungsglas. Mit einer Handbewegung veranlasst er Günther, sich den Demonstrationsobjekten noch mehr zu nähern. Er beugt sich mit dem Kerzenleuchter in der Hand weit über die Leichen. Sie riechen den faden Dunst toten, jedoch noch frischen Fleisches.

Thebesius wischt mit dem Schwamm beide rechten Herzkammern aus, entfernt das schwarzrote Totengerinnsel, sodass die innere Herzhaut glänzend und rosa schimmernd sichtbar wird.

252

»Wie ein Abendhimmel, an dem die ersten Sterne sichtbar werden«, sagt Thebesius. »Ich habe seltsame Zeichen
an ihm entdeckt. Winzige Punkte wie Sternbilder. Ich be-
mühe mich, ihre Bedeutung zu verstehen, aber ich habe
bisher zu selten obduzieren können.

Vor allem hatte ich noch nie das Glück, zwei Herzen
von Personen verschiedenen Geschlechts vergleichen zu
können. Deswegen werde ich diese Nacht besonders intensiv nutzen.«

Er hält die Lupe über die Herzhaut, und Günther bewegt den Leuchter so, dass dorthin genügend Licht fällt.

»Das sind sie, diese seltsamen kleinen Gruben und na-
delfeinen Löcher. Die mechanische Funktion des Herzens
habe ich seit meiner Entdeckung der zarten Klappe, die
die Mündung der großen Herzvene im rechten Vorhof verschließt, so gut wie verstanden. Es ist in der Tat eine
komplizierte Pumpe. Bei Mann und Frau vollkommen
gleich gebaut.«

Thebesius gibt Günther die Lupe in die Hand und hält
nun seinerseits das Licht.

»Du erkennst die Fleischbalken und die Warzenmus-
keln, von denen die Sehnen zur dreizipfligen Klappe laufen, die die rechte Herzkammer vom rechten Vorhof
trennt. Betrachte jedoch noch einmal die glatte Haut zwischen diesen deutlichen Merkmalen. Siehst du sie, meine
Foramina, meine Sternbilder?«

Günther gibt sich alle Mühe, aber er muss den Kopf
schütteln. Immer wieder verschwimmt ihm das Bild.

Thebesius bemerkt seine Verfassung. Er bittet seinen
Freund zu einem Tischchen herüber. Sie lassen sich dort
nieder, den Leuchter zwischen sich, und dann schenkt
Thebesius zwei volle Gläser Branntwein aus.

»Ich werde die beiden Herzen später herausnehmen und die inneren Herzwände präparieren. Unter dem Mikroskop wirst du vielleicht mehr erkennen.

Ich will dir jedoch sagen, welche Hypothesen ich, die Foramina betreffend, in Erwägung ziehe. Entweder handelt es sich um Reste eines archaischen Blutkreislaufsystems. Ich habe ähnliche Foramina nämlich in Froschherzen beobachtet. Das hieße, dass wir Menschen uns aus primitiven Lebewesen wie etwa den Reptilien entwickelt haben. Ein Gedanke, der natürlich ziemlich ketzerisch ist.

Oder aber jene winzigen Kanäle sind Anzeichen einer Herztätigkeit, die über die mechanische Funktion einer Blutpumpe hinausgehen. Vielleicht hatten die Alten doch Recht. Das Herz als Sitz der Gefühle. Sind diese Sternbilder der Foramina möglicherweise winzige Ventile, die den Strom der Gefühle in uns regulieren?

Wir wissen beide, dass die Liebe von Männern und Frauen unterschiedlich ist. Lieben Frauen nicht ruhiger und wärmer als wir? Und müsste man dann nicht, wenn die zweite Hypothese richtig ist, vielleicht doch unterschiedliche Merkmale der Herzphysiologie bei den Geschlechtern feststellen können?

Jetzt weißt du, warum es mir so wichtig ist, jene Foramina heute Nacht zu vergleichen. Ich werde möglichst präzise Sternkarten von ihnen anfertigen.

Noch eins: Diese beiden Toten waren gesund. Ich habe jedoch einen an einer Seuche Verstorbenen obduziert und festgestellt, dass sein Herz einwandfrei in Ordnung war. Nur an den Foramina hatten die Gifte kleine Veränderungen bewirkt. Ist dies nicht auch ein Hinweis auf höchst wichtige Funktionen dieser Sternbilder des Herzens?

Wir haben über das Fluidum gesprochen, das den Körper des lebenden Menschen wie eine unsichtbare Hülle umgibt, und in ihm die Zone der stärksten Gefühle vermutet. Wie, wenn die Foramina mit der Erzeugung dieses Fluidums zusammenhingen?«

»Du hast von einem Abstand von fünf bis dreißig Zentimetern gesprochen, Thebesius. Ich meine aber, Opfer dieses Fluidums geworden zu sein in Bereichen größerer Nähe. Was ist es denn, wenn wir den Menschen küssen, den wir zu lieben meinen? Was ist das für ein seltsamer Zustand, in den wir dann geraten?«

»Nun, ich könnte mir denken, dass diese Zone nicht starr ist. Dass sie vor allem, wenn sie mit dem Fluidum eines anderen Menschen Kontakt aufnimmt, verformbar wird. Ähnlich einer nachgiebigen Haut. Vielleicht entsteht so jene seltsame Spannung des Kusses Liebender.

Und vielleicht liegt hier auch die Antwort für die Frage, die dich so beschäftigt. Jenes Fremdwerden der Personen beim Liebesakt. Kann es nicht dadurch entstehen, dass das Fluidum, jene atmosphärische Haut, in solchen Fällen durch die Geschlechtsorgane über Gebühr gedehnt wird und plötzlich aufreißt und das dahinter liegende nackte Fleisch des Körpers sichtbar werden lässt?«

Günther befällt plötzlich eine abgrundtiefe Müdigkeit. Thebesius bemerkt es und zeigt auf eine Pritsche in einem Winkel des Gewölbes. »Leg dich hin, mein Freund. Ich habe sowieso eine arbeitsreiche Nacht vor mir. Wir können morgen beim gemeinsamen Frühstück weiterreden.«

»Eine Frage habe ich noch, mit deren Antwort ich gerne einschlafen würde«, sagt Günther. Er holt eine zerbeulte Tabaksdose aus der Rocktasche, klappt sie auf und nimmt ein Haarbüschel heraus. »Dies ist eine Locke meiner ersten Freundin. Ich habe sie vom Haupt der Leiche abgeschnitten. Meine Freundin war jedoch blond. Ich verstehe dieses Rätsel nicht.«

Thebesius nimmt die Haare und hält sie gegen das Licht einer Kerze. Er wiegt den Kopf. Dann geht er hinüber zu einem Tischchen, auf dem sein Mikroskop steht. Er zieht ein Haar aus dem Büschel heraus und klebt es mit ein wenig Spucke auf einen gläsernen Objektträger. Dann sieht er durch das Okular.

»Wie ich mir dachte, Günther. Es sind keine Menschenhaare. Es sind die Haare eines Tieres. Wahrscheinlich eines Hundes.«

Günther lässt den Kopf auf die Tischplatte sinken. »Melampus«, murmelt er. »Ich hätte es wissen können. Man hat seine Reste mit ihr zusammen begraben. Mein Talisman war eine Locke von dem Wesen, das sie wahrscheinlich mehr geliebt hat als mich.«

Thebesius setzt sich wieder Günther gegenüber und schenkt die Gläser noch einmal voll. Günther nimmt die Haarlocke und hält sie in die Kerzenflamme. Sie flackert auf. Es riecht nach verbranntem Horn.

»So ist es mit der Liebe. Meistens ist sie nicht mehr als eine Liebe zur Liebe. Und schließlich gibt es noch solche Idioten wie mich, die die Liebe zur Liebe lieben.«

In dieser Nacht schläft Günther lange und tief. Seit er bei der Obduktion zweier Leichen und der Präparation ihrer Herzen zugesehen hat, tritt seine Raumsucht nie wieder auf.

Eine dritte Leonore *(November 1721)*

Thebesius hat bei seiner nächtlichen Forschung keine neuen Erkenntnisse gewonnen. Die Foramina der beiden Herzen zeigen keine deutbaren Abweichungen. »Vielleicht waren sich die zwei in ihrer Liebe zu ähnlich. Dafür spricht ja auch ihr gemeinsamer Selbstmord.«

Der Arzt lädt Günther ein, ein paar Wochen bei ihm zu wohnen. Er könne ihm als Assistent zur Hand gehen, dann hätte er auch nicht so sehr dieses gefährliche Gefühl, immer nur Gast zu sein.

»Was dich immer mehr schwächt, ist deine schlechte Meinung von dir. Du hältst dich für einen Schmarotzer. Dabei beschenkst du die Menschen mit deinen Versen.«

Günther geht es zusehends besser. Der Einfluss des Badearztes von Hirschberg erweist sich als heilsam. Aber diese Entwicklung wird jäh unterbrochen, als Günthers alter Freund Speer vorbeikommt.

Speer ist von der gleichen Krankheit wie Günther gezeichnet. Er lag damals in Leipzig ebenso auf den Tod wie dieser.

Speer ist immer noch der gleiche Tausendsassa, Bruder Leichtfuß und Hallodri. Mit einem Unterschied. Er verfügt über einen sehr gesunden Überlebensinstinkt. So hat er es geschafft, in seiner Heimatstadt Landeshut als Anwalt angestellt zu werden. Er wird noch zum Ratsherrn und Bürgermeister aufsteigen. Aber seinem alten Freund Günther gegenüber markiert er ganz den Bürgerschreck. Aus ihrem Wiedersehen entsteht eine gewaltige Sauferei.

Sie trinken bei alten Geschichten bis zur Besinnungslosigkeit; vor allem Günther ist im Morgengrauen nicht mehr in der Lage, zu wissen, wer und wo er ist. Während er wirres Zeug von Sternbildern und Foramina von sich gibt, wobei ihm letzteres Wort in der Aussprache die höchsten Schwierigkeiten macht, lässt Speer eine Kutsche kommen. Zusammen mit dem Kutscher lädt er Günther wie einen Sack in den Wagen. Dann entführt er ihn nach Landeshut.

Dort entwickeln sich die Verhältnisse ähnlich wie in Breslau. Speer führt den Freund im Hause seiner Schwester ein. Sie ist mit einem siebzehn Jahre älteren Mann verheiratet, dem Handelsherrn Christoph Dauling. Mit Vornamen heißt sie Leonore. Günther beginnt ein Verhältnis mit ihr.

Wie einst Marianne Breßler fängt er sie mit seinen Gedichten ein. Er führt mit dem Paar bis in die Nacht hinein Kunstgespräche, bis Leonores Mann im Sessel eingeschlafen ist und Leonores Fuß gefahrlos den seinen berühren kann.

»Die größte Obszönität ist die von wahrer Liebe abweichende Liebe, die nur so tut als ob. Da kann selbst ein Augenzwinkern unanständig sein.«

Diesen Satz denkt Günther, als er zusieht, wie sich Leonore Dauling eines Tages vor ihm, auf dem Sofa sitzend, nackt auszieht. Die rudernden Bewegungen ihrer Gliedmaßen, die umständlich den Unterkleidern zu entschlüpfen suchen, wirken merkwürdig hilflos.

Schließlich legt sie sich der Länge nach aufs Sofa und reckt die Arme. »Komm«, sagt sie. Günther entkleidet sich im Stehen. Er hat gelernt, dass dies korrekter aussieht.

Während er mit ihr schläft, hat er plötzlich das unangenehme Gefühl, nichts zu fühlen. Es ist, wie wenn er einen

258

Federkiel wieder und wieder ins Tintenfass eintaucht, ohne eine Zeile schreiben zu können. Er hat Angst, dass sie seinen Zustand merken könnte. Daher will er sich Mühe geben, Erregung zu zeigen. Er versucht, sich zu erinnern, wie das eigentlich immer war mit dieser Lust. War es nicht ein Schwebezustand gewesen, wie der eines schnell übers Wasser hüpfenden Steines, der erst eintaucht, wenn er zu langsam wird?

Er dreht sich zur Seite, in der Hoffnung, sie dann mehr zu spüren. Dabei rutscht ein Sofakissen zu Boden. Leonore löst einen Arm, mit dem sie Günther umschlungen hält, und greift nach dem Kissen. Er sieht, wie die Hand einer kleinen weißen Zange gleicht. Damit schiebt sie sich das Kissen unter die Taille.

Aber das Thebesius'sche Fluidum will sich nicht einstellen, sosehr Günther sich auch innerlich zu überreden versucht. Er schließt die Augen und sieht wieder diese Sternbilder vor sich. Diese winzigen Pünktchen, die Thebesius ihm unter dem Mikroskop gezeigt hat und die ihn an Leonores Leberflecken erinnert haben. »Ich muss hier fort«, denkt er, »ehe der Himmel ganz bewölkt ist.«

Sein Verhältnis mit Leonore Dauling hat sich herumgesprochen. Sein Freund Speer spielt dabei eine üble Rolle. Speer, dem selbst kein Weiberrock zu schade ist, ihn auf die Spindel zurückzuspulen.

Eines Tages ersucht Dauling um ein Gespräch mit seinem Gast. Günther tritt zum verabredeten Zeitpunkt vor die Haustür und starrt zum grauen Himmel empor. »Bin ich denn inzwischen meine eigene Parodie, dass sich alles so gleichförmig wiederholt? Wahrscheinlich will Dauling auch Gedichte von mir, um sie unter eigenem Namen zu drucken.«

Sein Aufbruch gleicht einer Flucht. Er geht nach Hirschberg. Die ganze Zeit über regnet es in Strömen. Er wird durchnässt bis auf die Haut. Es ist ihm nicht unangenehm, denn er empfindet es als einen Akt der Säuberung.

Die Kugel eines Jahres
(November 1721/Oktober 1722)

Ich lasse mich herumreichen wie einen Eimer mit einem Loch darin. Ich werde immer leerer dabei. Gewiss, dies erleichtert das Herumreichen, aber es lässt sich am Ende kein Feuer mehr damit löschen.«

In Schmiedeberg mietet Günther sich bei einem gewissen Seidel ein. Es ist ein nasskalter November. Günther fühlt sich nicht gut, aber er beginnt vom Tag seiner Ankunft an, mit einer Intensität zu arbeiten, als gelte es, den lecken Eimer schneller zu füllen, als er ausläuft. Zu dieser Arbeit gehören vier Dinge.

Er versucht, seinen Lebensunterhalt zu verdienen, indem er Unterricht in Philosophie, Kunst und Latein gibt. Er betreibt eine Art Zimmeruniversität, in der er einige junge Leute aus dem Städtchen mit Wissen verköstigt.

Zweitens versucht er, seine abgebrochenen und gestörten menschlichen Kontakte zu reparieren. Er versöhnt sich mit Speer. Er schickt an Thebesius, demgegenüber er wegen seiner betrunkenen Abreise aus Hirschberg ein schlechtes Gewissen hat, ein langes Freundschaftsgedicht.

Er schreibt an Leonore Dauling folgenden konventionellen, jedoch ehrlich gemeinten Brief:

»Madame!

So viel ich Ihnen verbunden bin, so wenig unterstehe ich mich, Ihnen mit weitläufigen Lobsprüchen und gekünstelten Worten meine aufrichtige Dankbarkeit verdächtig zu machen.

Der Ruhm von Ihrer Klugheit und Güte besteht ohnedem in Ihrem eigenen Verdienste, so wie meine Ehre in der Begierde, dieses letztere mit einem verschwiegenen Gehorsam zu erkennen.

Ich werde bei meiner nächsten Aufwartung, welche Sie mir gütigst erlauben wollen, den rechten Grund und die wahren Ursachen meines so plötzlich und mit Verwirrung genommenen Abschieds mündlich entdecken. Daher ich vor diesmal nichts übrig finde als das Zeichen meiner Schuldigkeit, Ihnen nämlich bei gegenwärtigem Jahreswechsel ein dauerhaftes und vollkommenes Vergnügen anzuwünschen, nebst der redlichen Versicherung, dass ich auch die geringste Gelegenheit, dero hochwertestem Hause seine Ergebenheit durch möglichste Dienste zu bezeugen, niemals vorbeilassen werde

Madame

Dero J. Chr. Günther«

Er schreibt ebenso an Marianne und schickt ihr ein Glückwunschgedicht zur Geburt ihres Sohnes, von dem er nicht einmal weiß, ob es nicht sein eigener ist, denn er hat im Frühjahr auf der Wanderung von Kreuzburg ins Riesengebirge noch einmal in Breslau mit ihr geschlafen. Er erinnert sich jetzt daran, dass Marianne bei seinem Abschied geweint hat. Sein Gedicht schließt mit folgenden Versen:

»Denn steckte nicht der Leib den Geist mit Schwachheit
  an,
Den Geist, der alle Glut im Fieber fast vertan,
So würd es mich anjetzt bei aller Qual vergnügen,
Dein kostbar Liebespfand mit Liedern einzuwiegen.
Dies wäre meine Lust, dies wäre meine Pflicht.
So aber kann mein Herz vor Ohnmacht weiter nicht,
Als dass es für dein Wohl und deines Hauses Glücke
Nebst treuer Dankbarkeit verschwiegne Seufzer schi-
  cke.«

Mit dem Glück des Hauses Breßler ist es jedoch in Wirklichkeit nicht weit her. Der Hausherr ist im Herbst am hit-
zigen Fieber erkrankt und stirbt im Mai. Damit verliert
Günther einen wichtigen Mäzen, und auch seine Abspra-
che, als Lieferant höfischer Poesie Breßlers Karriere zu
fördern, ist jetzt gegenstandslos geworden.

Den wichtigsten Versuch in dieser zweiten Kategorie
stellt zweifellos der lange Versbrief dar, den Günther an
seinen Vater schreibt. Er will ihn drucken lassen, um damit ein für alle Mal von der Welt und dem Gott seiner
Kindheit Absolution zu erhalten.

Die groß angelegte Rechtfertigung ist jedoch eine ver-
kappte Anklage. Hätte der Vater sie je zu Gesicht bekommen, das Verhältnis zum Sohn wäre dadurch nicht besser
geworden.

Die Aufräumarbeiten gehen weiter. Auch in einem dritten Bereich: Günther erweitert den Kundenkreis für seine
Gelegenheitsdichtung. Und er versucht, ein neues Netz
des Mäzenatentums zu knüpfen. Ihm fällt ein, dass es da
noch diesen dubiosen Grafen Sporck gibt, für den er im
Auftrag Breßlers schon gearbeitet hat. Sporck ist einer der

berühmtesten Mäzene der Zeit. Da er ein kranker Mann ist, hat er in Böhmen ein ganzes Modebad mit Hofhaltung, Gesundheitsbrunnen und Bordell als Versailles seiner Zipperlein errichten lassen. Sollte man sich direkt an diesen Mann wenden?

Zunächst aber ist ein anderer Musenfreund wichtiger für Günther: der Sohn des Kaufmanns Beuchelt aus Landeshut.

Mit Beuchelt hängt auch die vierte Ebene seines Lebensrettungsversuchs zusammen. Es gilt, all die verstreuten Kinder seiner Poesie zu sammeln, zu überarbeiten, ein Œuvre zu bilden, das eine angemessene Hinterlassenschaft an die Nachwelt darstellt.

Beuchelt drängt Günther dazu. Er gibt ihm Geld, um seine Gedichte von einem Schreiber festhalten zu lassen.

Günther hat wohl noch nie so viel und umsichtig gearbeitet wie in diesem letzten Jahr seines Lebens. Fast könnte man meinen, dass es ihm gelingt, den Eimer abzudichten und nicht nur durch rastloses Schöpfen zum Überlaufen zu bringen.

Gäbe es da nicht ein Problem.

Günther wird wieder krank. Es beginnt mit rasenden Kopfschmerzen. Dann folgen Gliederschmerzen, Rheuma, auch Fieber und Nasenbluten. Anscheinend gehört die Krankheit dazu, um dieses Jahr, das wie ein auf eine Kugel projiziertes Zerrbild seines ganzen Lebens wirkt, komplett zu machen.

Als es ihm im Verlauf des Februar wieder besser geht, holt Beuchelt ihn nach Landeshut zurück.

Die Schnitzeljagd ist zu Ende. Überall aus Schlesien treffen Briefe ein mit Handschriften Günthers. Bis Mitte Juli arbeitet er an seinem Werk.

Dann macht er sich auf nach Hirschberg. Er besucht Thebesius. Aber es kommt keine rechte Nähe mehr zwischen ihnen auf. Auch die Freundschaft hat ihr Fluidum.

Beuchelt hat Günther diesmal gut ausgestattet. Er geht gerüstet noch einmal an die Front des Lebens. Ziel der Reise ist das Kukus-Bad in Böhmen. Dort soll dem Grafen Sporck Günthers großes Lobgedicht ausgehändigt werden. Der Mensch, der es in Schönschrift geschrieben hat, ist mit den Blättern nach Kukus unterwegs. Günther will im August dort eintreffen, wenn der Graf die Badesaison eröffnet. Es ist also noch einmal ein Feldzug des Erfolges ausgeheckt worden.

Aber Günther bleibt vorerst in Hirschberg hängen. Nachdem Thebesius ihn kühl behandelt hat, nachdem auch die Krankheit sich immer wieder, wenn auch flüchtig zeigt, macht Günther in Hirschberg eine Trink- und Badekur. Er trinkt abwechselnd Schnaps und den Hirschberger Sauerbrunnen, manchmal auch beides zugleich.

Der Schreiber hat das Lobgedicht inzwischen eigenmächtig übergeben, ohne dass allzu viel dabei herauskommt. Ihm werden 30 Gulden in Gold zugesagt. Vom Autor des Textes ist überhaupt nicht die Rede.

Als Beuchelt von Günthers Trinkkur in Hirschberg Wind bekommt, mobilisiert er den dort wohnenden Christian Jacobi, einen alten Schulfreund Günthers aus der Schweidnitzer Zeit, der sich auch an der Abschriftenaktion beteiligt hat.

Jacobi trifft Günther an, wie dieser gerade sturzbetrunken den Kopf unter den dünnen Strahl einer Heilquelle hält. Er nimmt ihn mit nach Hause und bringt ihn binnen zweier Tage so weit, dass Günther seine Reise nach Böhmen in Jacobis Begleitung fortsetzen kann.

Es wird Günthers letzte, größte Wanderung.

Da er oft Nasenbluten hat, gibt es viele Halte. Günther liegt auf dem Rücken und starrt den Stamm irgendeines Baumriesen entlang in den Abgrund des Himmels.

Es ist beinah wie in alten Zeiten. Aber es ist doch nicht mehr genauso. Diese Bäume sind viel größer jetzt und bedrohlich massiv.

In Kukus geraten die beiden Ankömmlinge in ein makabres Zeremoniell. Der Graf Sporck sitzt nackt in einer vergoldeten Badewanne, die sich auf einem Podest befindet. Drum herum ist eine Gruppe von Schauspielern und Schauspielerinnen in halb durchsichtigen römischen Gewändern drapiert. Ein als Mohr geschminkter nackter Knabe wedelt mit einem Palmwedel dem Grafen vor den dicken Augensäcken herum. Dampf steigt aus der Wanne. Eine Kapelle spielt.

Günther begreift bei diesem Anblick, dass ihn hier höchstens die Karikatur der Situation von Dresden erwartet. Hier sind die Günstlinge im selben Maße schäbiger, wie es der Gunstvergebende ist.

Noch am selben Tag beginnt Günther die Rückreise. Jacobi folgt ihm, immer einen bis zwei Schritte zurückbleibend, bis Hirschberg. Dort trennen sie sich. Jacobi verlässt Frau und Kinder, weil Günther ihn beredet hat, Medizin zu studieren. Er geht nach Altdorf.

Günther aber schlägt den Weg weiter nach Jena ein. Es ist dies die letzte bedeutende Universität des deutschsprachigen Raumes, die ihm noch in seiner Sammlung fehlt. Jena ist auch der westlichste Punkt, den er in seinem Leben erreicht.

Insgesamt läuft er von Kukus nach Jena über vierhundert Kilometer. Er braucht dazu fast zwei Monate, an die er schließlich kaum Erinnerungen hat. Vielleicht, weil die Zeit zu knapp geworden ist, um Erinnerungen noch lohnend aufzubewahren.

Als er im Oktober in Jena eintrifft, ist er so geschwächt, dass er nur mit Hilfe einiger schlesischer Landsleute, die dort studieren, ein Zimmer findet.

Die Lehre des Vaters *(Oktober 1722)*

Ich bin das Kind dreier unehelicher Väter. Sie heißen Johann Günther, Christian Wolff und August der Starke. Wie soll ich leben können, wenn mich alle diese drei Väter verleugnen? Der eine, weil er mich nicht will. Der andere, weil er mich nicht kennt. Und der dritte, weil ich ihm gleichgültig bin. Es bleibt mir nichts übrig, als mein eigener Vater zu sein. Aber dazu ist es wohl schon zu spät.«

Diese Gedanken kommen Günther, als er sich in einem höchst merkwürdigen Raum befindet. Er hat die Form eines hohen, quadratischen Schachtes, an dessen Seitenwänden Treppen emporlaufen, die ihrerseits das Haltegerüst für einen Fahrstuhl bilden, der sieben Stockwerke durchläuft.

Auf den verschiedenen Galerien ist manches Wunderbare zu sehen. So gibt es da einen Trichter und daneben einen Hahn. Wenn man in den Trichter Wasser hineingießt, kommt aus dem Hahn Wein heraus. Natürlich befindet sich hinter der Wand ein System kommunizierender Röhren, das die Verwirklichung dieses biblischen Wunders ermöglicht. Man sieht an solchen Spielereien, wes Geistes Kind dieser Weigel war. Erfinder, Forscher, Lehrer von Leibniz, Pädagoge, der Leubscher die modernen Ideen eingab, Sterndeuter, ein Anreger der Aufklärung, der genau am Ende des Jahrhunderts stirbt, als sei dies ein symbolischer Akt.

Weigel war vor allem ein Inspirator, ein Portier, der zur Seite trat, um den neuen Geist hindurchzulassen. In ihm selbst mischen sich noch die magischen und verstandesmäßigen Kräfte wie in einem Gefäß, das Wasser und Wein zugleich enthält, wobei beide Flüssigkeiten sich natürlich gegenseitig verpanschen müssen.

Immerhin, Weigel hat ein Wunder technisch realisiert. Und er hat mit seinem seltsamen Treppenhaus noch mehr getan. Es ist ein Lichtbrunnen. Man kann das Dach über ihm öffnen und ganz unten stehen und in den Himmel sehen. Durch die Länge des so entstandenen Lichtbrunnens ist alles Streulicht ausgeschaltet. Es ist also eigentlich eher ein Schattenbrunnen. Man soll auf diese Weise an klaren Tagen sogar Sterne beobachten können. Das Ganze ist nichts anderes als ein gewaltiges Fernrohr ohne Linsen.

Günther besieht sich diese Sehenswürdigkeit wie alle Neuankömmlinge in Jena. Er trinkt ein wenig von dem Wein, der aus jenem Hahn kommt. Der ist hundsföttisch sauer.

Er steht ganz unten im Schacht und erblickt über sich ein mattblaues Viereck, in dem sich kein Stern ausmachen lässt. »Würdest du, lieber Gott, dich bitte jetzt zeigen. Beug dich nur einmal da oben über diesen Schacht und lächle mir zu. Ich hätte so gern einen richtigen Vater, um ein richtiger Sohn zu sein.«

Am Rand des blauen Vierecks erscheint etwas Weißes.

Wie greises Haar oder ein Bart. Es wird immer größer und bringt das ganze Himmelsblau zum Verschwinden. »Wolken wie diese bedeuten anhaltend schönes Wetter«, flüstert Günther, »so hat es mein leiblicher Vater mir beigebracht.«

Es wird jetzt dunkel. Oben hat man das Dach des Observatoriums geschlossen. Als Günther auf die Straße tritt, beginnt es heftig zu regnen.

Diesmal empfindet er dies jedoch nicht als Waschung, sondern als lästige Störung. Er möchte trocken und schmutzverkrustet sein. Eine Larve in der schützenden Hülle des eigenen Drecks.

Süße des Sommers *(Oktober 1722)*

Ein Mädchen geht über die Straße.

Es setzt vorsichtig Fuß vor Fuß und kommt dementsprechend langsam voran – weil es eine große irdene Schale mit beiden Händen trägt, in der sich ein rotes bewegliches Ungeheuer befindet. Das möchte immer aus seinem Gefängnis heraus und über den Schüsselrand kriechen.

Es liegt aber auch daran, dass das Mädchen diesen Gang nicht gerne macht, denn es soll das rote Ding einem Furcht erregenden Menschen bringen, der sehr hässlich und schmutzig ist. »Erschrick dich nicht vor ihm, er ist nicht böse, er ist nur arm und krank«, haben die Leute gesagt.

Das Mädchen ist acht Jahre alt. Es hat hellblonde Haare und trägt ein himmelblaues Kleid. Wahrscheinlich fehlt dem Firmament jetzt ein Stückchen Stoff.

Das Mädchen nähert sich der Paradiesgasse, in der der Studiosus Johann Christian Günther wohnt. Herr von Ebener, sein Gönner, hat diese Schale mit Fruchtkompott auf den Weg geschickt.

»Dieses schickt Ihnen Herr von Ebener mit den besten Wünschen zur baldigen Genesung«, murmelt das Mädchen vor sich hin. Es hat den Satz auswendig lernen müssen.

Das Mädchen hat Angst, und die Angst wächst mit jedem Schritt, den es auf den ausgetretenen Stufen der engen Holztreppe zurückgelegt. Die große Tür sieht aus wie der Rücken eines Mannes in einem Holzmantel. Das Mädchen stellt mit klopfendem Herzen die schwere Schüssel auf den Boden. Die rote Pfütze darin erstarrt. Es soll jetzt auch mit dem Finger klopfen, aber es traut sich nicht. Ein kleiner, vorgereckter Fingerknöchel schwebt in der Luft vor der Tür. Was ist, wenn der Mann im Holzmantel sich plötzlich umdreht?

Da geht dieser Mantel zur Seite. Das Mädchen stößt einen kleinen, mageren Schrei aus, denn sie sieht einen Schatten in der Öffnung. Sie stammelt ihren Satz. »Dieses schickt Ihnen Herr von Ebener mit den besten Wünschen zur baldigen Genesung.«

Der Schatten kommt näher. »Meint er dich mit dem Geschenk?«, fragt er.

Das Mädchen aber deutet auf die Schüssel, dreht sich um und lässt den blauen Fetzen Himmelstuch eilig davonflattern.

»Flavie!«, ruft der Mann, »ich tu dir doch nichts! Du brauchst doch nicht so schnell wieder zu gehen.«

Dann bückt er sich mühsam und hebt mit zitternden Händen die Schüssel auf.

Das Mädchen ist auf dem untersten Treppenabsatz stehen geblieben. Jetzt kommt es zurück. Die Angst ist verschwunden. Es sieht diesen armen Menschen immer noch in der Tür stehen. Er lächelt, man sieht seine Zahnlücken ganz deutlich, weil sie noch schwärzer sind als das Dunkel im Treppenhaus. Auch seine Augen sind schwärzer. »Danke, Flavie, dass du noch einmal gekommen bist. Du kannst mich immer besuchen.«

Das Mädchen nickt. Der wilde Mann sieht eigentlich schön aus. Sie dreht sich um und hüpft die Treppe hinunter. Auch den ganzen Nachhauseweg hüpft sie im Hickelschritt.

Günther trägt die Schüssel mit dem Kompott ins Zimmer. Er setzt sie mitten auf den Tisch neben ein großes beschriebenes Blatt Papier.

Der Raum ist fast ganz kahl. Er wird beherrscht von einem großen Fensterkreuz, in dessen Querholz rechts und links je ein Nagel steckt. Früher war hier wohl eine Gardine befestigt. In der Ecke ein dürftiges Lager aus strohgefüllten Matratzen. Ein Türmchen Bücher, auf dem ein Teller mit einer Kerze steht. Ein wackliger Tisch und ein Stuhl davor. Auf dem Boden verstreut einige Kleidungsstücke. An der Wand neben der Tür eine große Scherbe Spiegelglas. In ihr erscheint jetzt für einen Moment Günthers Gesicht.

Es ist von fahler Farbe. Die Augen liegen tief und sind von schwarzblauen Ringen umgeben. Auf der Haut sind zahllose Blutaustritte in Form rötlicher Flecken und Striemen. Auch aus der Nase blutet es. Am schrecklichsten aber ist der Mund, der sich jetzt zu einem Grinsen verzieht. Nur noch wenige Zähne sind darin. Das Zahnfleisch aber ist zu dicken Wülsten geschwollen. Sie sind blau-

schwarz, und die von der Krankheit verursachte Speichel-
sekretion führt dazu, dass dem Mann ein grotesker Bart
aus mit Blut vermischten Spuckefäden vom Kinn hängt.

Die ganze Jammergestalt ist gekrümmt und offenbar
von großen Gliederschmerzen geplagt, als sie jetzt zum
Stuhl schlurft und dort am Tisch zusammensinkt. Die von
Beulen und Schwären bedeckte Hand greift von oben in
die Schüssel mit dem Johannisbeerkompott. Wie eine
Schaufel transportiert sie große Klumpen der gelierten
Substanz zum Mund. So füllt sich Günther gänzlich mit
Süße an.

Freilich blutet das Zahnfleisch immer stärker. Rot
mischt sich mit Rot und tropft auf den Tisch und das Blatt
Papier. Aber die Schmerzen sind untergegangen in all der
Sommersüße der eingekochten Früchte. Der blutige
Mund lächelt, und die Augen überfliegen die Verse, die auf
dem rotbeschmierten Bogen stehn:

> Endlich bleibt nicht ewig aus,
> Endlich wird der Trost erscheinen,
> Endlich grünt der Hoffnungsstrauß,
> Endlich hört man auf zu weinen,
> Endlich bricht der Tränenkrug,
> Endlich spricht der Tod: Genug!

> Endlich wird aus Wasser Wein,
> Endlich kommt die rechte Stunde,
> Endlich fällt der Kerker ein,
> Endlich heilt die tiefste Wunde,
> Endlich macht die Sklaverei
> Den gefangnen Joseph frei.

Endlich, endlich kann der Neid,
Endlich auch Herodes sterben,
Endlich Davids Hirtenkleid
Seinen Saum in Purpur färben,
Endlich macht die Zeit den Saul
zur Verfolgung schwach und faul.

Endlich nimmt der Lebenslauf
Unsers Elends auch ein Ende,
Endlich steht ein Heiland auf,
Der das Joch der Knechtschaft wende,
Endlich machen vierzig Jahr
Die Verheißung zeitig wahr.

Endlich blüht die Aloe,
Endlich trägt der Palmbaum Früchte,
Endlich schwindet Furcht und Weh,
Endlich wird der Schmerz zunichte,
Endlich sieht man Freudental,
Endlich, endlich kommt einmal.

»Mir ist die Verheißung zeitiger wahr gemacht worden«,
murmelt Günther. »Nur ganze siebenundzwanzig Jahr!«

Die Wandlung *(Winter 1723)*

Es gibt eine Stille in Kirchen, die vom Singen und Mur-
meln der Stimmen nur noch tiefer wird. Es ist die Stille der
Steine, der Dämmerung, der hohen farbigen Fenster, der

düsteren Holzbänke mit ihren Schatten darunter. Das ganze Kirchenschiff scheint beladen mit dieser Stille und daher tief einzutauchen im Wasser der Sintflut. Das Brausen der Orgel ist nur ein Windstoß, der es langsam vorantreibt. Und alle die Sünder dort in den Kirchenbänken sind Galeerensklaven, bis zum Jüngsten Tag an ihre Verbrechen angekettet und an ihre Schuld, und die mahnende Stimme des Priesters ist wie eine Peitsche, die er über ihren Köpfen knallen lässt.

Niemand, der nicht Angst vor dieser Stille hat, kaum einer, der nicht betet und singt, um sie zu übertönen. Haben nicht Kriege und Krankheiten, haben nicht Hungersnöte und Feuersbrünste immer wieder gezeigt, wie begründet diese Angst ist? Denn wahrlich, Gott redet nicht anders mit den Menschen als durch die Art seiner Strafen. Auch seine Liebe kann eine Strafe sein, denn sie beschämt das armselige Herz des Sünders. Krieg sagt er, wenn die Menschen feige und bequem sind, Pest sagt er, wenn sie frech und wollüstig sind, Hunger sagt er, wenn sie es sich zu Hause und in den Schenken zu gut sein lassen. Feuersbrünste aber sind eine Strafe für die Kälte ihrer Liebe zum Herrn.

Ein Mann da vorne, in der dritten Bankreihe, singt besonders laut und eifrig. Was kann er dafür, dass seine Stimme zu tief, zu ungehobelt ist und die Töne nicht richtig zu halten versteht?

Er betet auch inbrünstiger als die meisten. Und fast ist es ein Frevel, wie wild und ungestüm er lateinische Wörter nachplappert und singt, die er nicht versteht. Seine Hände hat er so fest gefaltet, dass die Adern auf ihren Rücken dick hervortreten. Und wenn er sich erhebt, sieht es aus, als drücke er mit Schultern und Nacken eine gewaltige Last nach oben, die ihn ruckartig wieder niederzwingt, wenn er die Knie beugt, um zu beten.

Wieder schwillt die Stille zu einem mächtigen Brausen an, als der Priester das Lob- und Danklied auf den unendlich erhabenen Gott anstimmt:

Per omnia saecula saeculorum ...

Orgel und Gesang steigern sich immer mehr. Als das Sanctus, Sanctus, Sanctus durch das Kirchenschiff dröhnt, beugt der Mann in der dritten Reihe den Kopf so tief, dass er für die hinter ihm Sitzenden wie ein kopfloses Monstrum wirkt.

Als der heiligste Teil des Hochamtes, die Doppelwandlung beginnt, scheint dieser Mann immer mehr in sich hinabzusinken. Sein Körper wirkt wie ein grober, fast leerer Sack, der über der Seele zugebunden ist.

Es naht der Wandlung zweiter Teil. Im hoch erhobenen Kelch, den der Priester küsst und segnet, leuchtet der Wein wie Blut.

Hic est eniin Calix Sanguinis mei ...
Das ist der Kelch meines Blutes ...

Beim Schrillen des Glöckchens entsteht eine heftige Bewegung. Einige sehen ein Blitzen, und dann poltert etwas zu Boden. Dieser große, unförmige Sack ist umgefallen. Und es ist wirkliches, menschliches Blut, das dort unten im Schatten unter dem Holz eine tiefschwarze Lache bildet. Die Nebenstehenden sehen es. Da liegt einer mit einem Messer im Hals. Dicht neben dem Ohr ragt der Griff heraus. Und eine Unruhe wälzt sich als ein schweres Wiegen der Oberkörper durch die Bankreihen.

Ist es eine Sünde, sich jetzt zu erheben? Den Gang der heiligen Messe zu stören? Denen, die zum Abendmahl gehen wollen, stockt der Schritt. Die Unruhe, der Wind im Kornfeld der Gläubigen, der ihre Körper beugt und sich wieder aufrichten lässt, hat jetzt die vorderste Reihe erreicht. Die Messdiener mit den Glöckchen recken die Hälse. Der Pfarrer hebt seine Hand, als wolle er Ruhe fordern. Aber dann schreitet er gemessenen Schrittes dem Mittelpunkt der Unruhe zu. Dort zieht und zerrt man gerade den Leichnam zwischen den Bänken hervor. Es ist eine schwere Arbeit, weil der massige Sack sich im Gestühl verklemmt hat.

Schließlich liegt er im Mittelgang, mit verdrehten Augen, die Hände zu Fäusten geballt. Ein Todsünder, der den Frevel beging, Hand an sich zu legen, in Gottes Gerichtsbarkeit eigenmächtig einzugreifen. Dieser Mensch ist toter als tot. Er muss hinaus. Aber da kommt ein leises Röcheln aus seiner Brust. Das Bluten aus der Halswunde hat aufgehört. Nur aus dem halboffenen Mund weht ein schwarzes feines Bändchen wie ein Trauerflor.

Wenn ein Leichnam atmet, hat seine Seele noch nicht aus dem Leib gefunden, auch wenn der Teufel schon an ihr zieht und zerrt. Sie tragen ihn also hinaus vor die Kirche und legen ihn vorsichtig in ein weiches Schneefeld mit einer Decke darunter. Jemand will das Messer, das im Halse steckt, herausziehen. Ein anderer verwehrt es. Er war im Krieg. Er weiß, dass das ein Stöpsel sein kann, der drin bleiben muss, weil sonst der Körper wie ein Waschzuber leer läuft.

Also schickt man nach dem Medicus. Hier draußen ist die Stille in der Kirche unhörbar geworden. Das Orgelspiel hinter dem Portal klingt merkwürdig dünn und kläglich. Der Medicus aber ist nicht da. Er ist in einer anderen Kirche, eine Wegstunde nördlich von hier. Denn der hiesige Arzt ist evangelisch. Und er muss zum Gottesdienst aus der Stadt in eine der wenigen Friedenskirchen, die den Protestanten nach dem Ende des großen Krieges zugestanden worden sind.

Also trägt man die riesige atmende Puppe mitsamt der kleinen Seele, die wohl nie ein Schmetterling werden wird – so denkt später der Medicus Johann Günther –, in sein Haus. Eine grausige Unordnung herrscht dort. Er lebt, wie man weiß, allein. Es gibt keine hilfreiche Hand im Haushalt. Das Bett ist ungemacht und riecht säuerlich, auf den Armen des Kruzifixes liegt Staub. Man legt den Körper mitsamt dem Messer in der Wunde nieder auf die Strohmatratze und zieht die Bettdecke so hoch, dass man das Messer nicht mehr sieht.

Als der Medicus endlich kommt, mit seiner kleinen schwarzen Ledertasche, bildet man einen respektvollen Kreis. Und dann sieht man zu, wie er mit ruhigen und sicheren Bewegungen hantiert. Heißes Wasser bestellt. Das Messer vorsichtig herauszieht und einen Bausch auf die Wunde drückt. Er schickt eine Frau weg, die kräftige Fleischbrühe besorgen soll.

Als die Leiche die Augen öffnet und mit Kinderstaunen um sich sieht, denn so hat sie sich die Hölle nicht vorgestellt, spricht der Medicus leise und freundlich mit ihr. Und der Wiederauferstandene redet, obwohl er große Schmerzen hat, ununterbrochen von seiner Schuld, um Verzeihung bittend, dass er das heilige Hochamt gestört hat mit seiner Untat. Da seien nämlich schwarze Gedanken, die manchmal in ihn hineinkröchen wie Eidechsen. Schwarze, glatte, glänzende Gedanken mit langen Schwänzen, die abgingen, wenn man sie im letzten Moment packen will. Da hülfe dann nur noch das Messer. Angreifen müsse man sie, in ihrem Bau vernichten. Er habe es deutlich während des Gottesdienstes gespürt, wie es hineingeschlüpft sei, geradewegs in den Mund, als er gebetet habe. Da war ein Kitzeln unter dem Gaumen, und es habe sich dort etwas Kaltes, Glitschiges schnell und heftig bewegt. Da habe er zustechen müssen.

Der Medicus packt seine Siebensachen zusammen und schickt die Leute nach Hause. Nur eine alte Frau bleibt beim Kranken. Sie soll ihm Suppe einflößen und aufhören, sich so häufig zu bekreuzigen.

In den nächsten Wochen scheint es, dass etwas wie Licht in diesen armen Menschensack zurückkehrt. Die Wunde verheilt, ohne zu schwären. Die rötlich geschwollenen Ränder sehen wie ein kleiner Mund aus, als habe er sich dort am Hals einen zweiten Ausgang zum Sprechen verschafft. Und wirklich, er redet und redet für zwei. Günther ist es zufrieden. Dieses dauernde Geschwätz von Schuld und Sünde ist ein Aderlass. Die Heilung eines Menschen gleicht der Rettung einer Pflanze. Oft ist es nützlich, sie ein wenig zurückzuschneiden.

Das mit all den schwarzen Gedanken, sagt der Medicus zum Kranken, solle er sich besser von der Seele reden. Er sei manchmal ein wenig unruhig, antwortet der Kranke, und gleichzeitig furchtbar müde.

Das komme möglicherweise vom Wetter, sagt Günther. Wenn es feucht und kalt ist und dann plötzlich die Sonne durchbricht, sagt der Kranke, sei ihm zum Heulen zumute.

Zwei Monate später, genau am fünfzehnten März, der ein besonders schöner, klarer Tag mit trockener Luft und

277

tiefer Himmelsbläue geworden ist, nachdem es am Morgen noch feucht und kühl gewesen war, schickt man wieder nach dem Medicus.

Diesmal findet man ihn in seinem Garten draußen vor der Stadt, wie er die ersten Eidechsen beobachtet, die die Sonne aus den Mauerritzen lockt. Von hier ist es nicht weit zu einem anderen Garten, der im Gegensatz zu dem Günthers schlecht gepflegt ist.

Auf seinem Gelände gibt es ein hölzernes Gartenhäuschen mit zerbrochenen Fenstern. Die Tür steht halb offen. Als Günther dort eintritt, sieht er seinen ehemaligen Patienten in einer großen Blutlache am Boden liegen. Er liegt auf dem Bauch, und rechts und links von seinem Unterleib hat sich ein rotes Meer gebildet, durch das dieser Mensch wohl zu schreiten versucht hat, aber es hat sich nicht geteilt, und er ist darin ertrunken.

Als man auf Günthers Geheiß den Toten umdreht, sieht man, wo er diesmal die schwarzen Lurche zu töten versucht hat. Die Hose ist aufgerissen, und der Unterleib ist grausam verstümmelt.

Hier gibt es für einen Arzt nichts mehr zu tun.

Günther geht in seinen Garten zurück und beschließt, den Vorfall Johann Kanold zu berichten, Redakteur der »Sammlung von Natur- und Medicis- wie auch hierzu gehörigen Kunst- und Literatur-Geschichten«, denn es ist sein Anliegen, ein möglichst genaues Bild der Natur zu zeichnen, und dazu gehört nun einmal auch die dunkle Schattierung, in der sich die Schwachheit des menschlichen Wesens zeigt.

Der Tod *(März 1723)*

Die Gedanken eines Sterbenden haben wenig gemein mit denen eines Lebenden. Der Saft des Lebens ist schon so eingedickt, dass sie unendlich langsam darin treiben und dabei Fäden ziehen wie schwarzer Sirup.

Als Günther sich in seiner letzten Stunde an Leonore zu erinnern versucht, kommt er über einen kleinen Teil ihrer linken Gesichtshälfte nicht hinaus. War da nicht ein Grübchen oder eine winzige Hautschwelle über der Wange?

Weiter gelingt es ihm nicht, sie zu sehen, sosehr er sich anstrengt, das ganze Gesicht Leonores zu erfassen.

Das hölzerne Fensterkreuz aber sieht er verschwommen im Licht. Das Licht ist flockig und weich und dunkel wie Erde auf einem Grab. Es fließt um das Grabkreuz herum in den Raum hinein.

Günther schließt die Augen. Der Hustenanfall in seiner Brust ist ein weit entferntes Rumoren irgendwo im Keller. Auch das Herz schlägt dort. Unregelmäßig und ungenau. Der Schmied, der wieder und wieder diesen schweren Hammer hebt, taugt nichts. Er lässt ihn lustlos auf den Amboss fallen, ohne das Hufeisen zu treffen.

Nach dem Hustenanfall fühlt sich die Brust an, als sei sie mit spitzigem Stroh ausgestopft. Um dem Blut zu entgehen, das wieder aus den Nasenlöchern rinnt, dreht er den Kopf zur Seite. Auch dies ist eine mühsame Tat, die einen langen, vorbereitenden Gedanken erfordert.

Genauso ist es um das neuerliche Öffnen der Augen bestellt. Es will erst nicht gehen. Die Lider bewegen sich schwer wie das rostige Visier eines Helmes.

Endlich sieht er ganz nahe dem linken Auge das grobe Betttuch. Er gewahrt jeden Webfaden einzeln. Wie beschneite Ackerfurchen sieht es aus. In einer von ihnen hockt ein kleines rotbraunes Tier. Es ist ein Maikäfer mit zusammengeklappten Flügeln.

Wieder zerrt der Schmied am Hammer. Aber der Amboss will ihn nicht mehr hergeben. Der Schmied wird böse und droht davonzugehen. Diese Wut gibt ihm die Kraft, das Werkzeug noch einmal hochzureißen. Er zielt damit nach dem roten Tier. Das viele Stroh in der Brust ist feucht und warm geworden.

Der Hammer trifft, aber der Maikäfer ist nicht tot. Ein zweiter liegt jetzt neben ihm auf dem Rücken und zappelt mit den Beinen.

Wieder gehen die Lider zu, weil er Leonore noch einmal sehen will. Das Grübchen ist ein Hügel geworden, von dem aus er ihre gerade, schöne Nase erblickt. Auf der anderen Seite des Bergkammes ist der gleiche Hügel. Er sieht ihn nur verschwommen. Klarer sind diese großen, dunklen Teiche, an denen er vorbeikommt, ehe er zur Nasenspitze wandert. Von dort sieht er ihren Mund weit unter sich liegen. Ein weiches, herzförmiges Samtkissen, in das man sich ohne Gefahr hineinfallen lassen kann.

Während er sanft hinabgleitet, ist der Schmied tot neben dem Amboss umgefallen. Die beiden Maikäfer haben sich aufgerappelt und spreizen die Flügel. So sieht ein Mund mit geöffneten Lippen aus. In diesen doppelten Blutfleck hinein taucht jetzt Günthers eigener Mund.

Er bleibt fortan stumm. Doch ist anzunehmen, dass Günther im Moment seines Todes den Kuss Leonores zu schmecken glaubte.

Ein Steckbrief *(1735)*

An jenem schönen Vorfrühlingstag, als Günthers Vater den toten Gärtner findet, ist sein Sohn in einer schäbigen Dachmansarde in Jena an den Folgen des Landskorbuts gestorben. Einseitige Ernährung, die oft nur aus Rüben und Wasser bestand, hat ihr Zerstörungswerk kurz vor seinem achtundzwanzigsten Geburtstag vollendet.

Es heißt, dass schlesische Landsleute nach dem Pfarrer schickten, der nicht kam, weil er zu sehr beschäftigt war. Es heißt auch, dass Günther dennoch friedlich hinüberschlief und auf Kosten jener Landsleute »in silentio«, in aller Stille beerdigt wurde.

In Wahrheit fand ein kleines Mädchen die Leiche mehrere Tage nach Günthers Tod. Es hatte ein Schüsselchen Johannisbeergelee dabei, das es beim Anblick der Leiche vor Schreck fallen ließ. Der Raum wurde ausgeräuchert, und der von Verwesungsgasen aufgeblähte Leib musste angestochen werden, um in den billigen Sarg zu passen, in dem er auf dem Armenacker verscharrt wurde.

Fast auf den Tag genau dreiundzwanzig Jahre später stirbt Leonore im Alter von siebenundfünfzig Jahren. Sie hat nie geheiratet. Daher wird sie nach ihrem Tod als »Jungfrau Magdalena Eleonora geborene Jachmannin« im Kirchenbuch eingetragen.

Um die gleiche Zeitspanne wie Leonore überlebt auch Günthers Vater den Sohn. Dieses ist ein erstaunliches Ergebnis seines Experiments, einen wilden Schössling zu veredeln. Die Pflanze geht ein, der Gärtner aber wird darüber haltbar.

281

Erst dreizehn Jahre nach Günthers Tod findet sich ein Verleger, der eine erste Sammelausgabe seiner Gedichte wagt. Da kein Bild vom Autor überliefert ist, bittet der Verleger dessen Vater um eine Personenbeschreibung. Sie lautet:

»Mein Sohn war von mittelgroßer Statur und wohlproportionierten Gliedern, eines gleichfalls mit den anderen Gliedern wohl harmonierenden Gesichts, etwas länglich und von schwarzbraunen Augen und Haupthaaren, außer dass er damals eine lange Staatsperücke mit blonden Haaren trug. War sonst freundlich und anschaulich von Angesicht und hatte etwas Reizendes an sich, dass er auch bald von Kindheit an und sonderlich auch bei seinem Studieren und erwachsenen Jahren jedermann gefiel.«

Sich an diese Beschreibung nicht haltend, lässt man für das Titelkupfer der Gedichtsammlung ein imaginäres Bild des Dichters stechen, auf dem er behäbig wie ein Kaufmann wirkt, mit dicken Hängebacken, die wie Taschen voller Dukaten aussehen.

Wer so schöne Gedichte geschrieben hat, kann trotz eines lasterhaften Lebens kein ganz verwilderter Mensch gewesen sein. Er muss das Antlitz eines ordentlichen Mannes gehabt haben.

Historisch belegbare Fakten aus dem Leben des schlesischen Dichters Johann Christian Günther, geboren am 8.4.1695 in Striegau, gestorben am 15.3.1723 in Jena, sind nur spärlich überliefert. Oft spiegelt Günthers Dichtung jedoch eigenes, poetisch verarbeitetes Erleben.

Seine Gedichte sind daher die Hauptquellen dieser fiktiven Biografie.

Die derzeit umfangreichste Auswahl aus Günthers Werk bietet die im Carl Hanser Verlag erschienene Ausgabe seiner gesammelten Gedichte, herausgegeben von Herbert Heckmann.

Inhalt

286